U0054704

玄靈的天平 II

蛛絲、冰晶與熾燄的大地

秀弘——著
韭方——繪

推薦序——隱藏在書本背後的人

執業律師　張業珩

每本書的作者都有不同的寫作契機與創作歷史，看一本書，我最想知道的是作者為何而寫。初識秀弘是在二〇〇六年初，他是個關懷社會、痛恨不義的法律人，全身散發善辯的氣場，不時放言談論、諷刺庸俗，說是嫉惡如仇也不為過，很難想像這樣的他，腦袋裡卻藏著天真爛漫的創作夢想。

自二一〇年的《玄靈的天平》起，秀弘正式展開他的出版計畫，透過這些故事，可以看出他對經典的熱愛，體會特別深的，是他對道教、廟宇和符咒的描寫，這些從小陪伴我們長大的元素，無論是每逢節日跟著外婆去祭拜，或為求身心靈的穩定而與長輩至廟宇收驚的畫面，都深藏在我們從小到大的回憶，明明是我們很熟悉的傳統，卻鮮少有人關心。特別珍貴的是，他將故事場景放在臺灣，《玄靈的天平》尤其直接設定在他所居住、成長的新莊地區，相當道地。

秀弘的小說讓我想起學生時代所熱愛的《哈利波特》、《納尼亞傳奇》等奇幻作品，華人式的本土設定又自然帶有些許金庸小說的武俠風格，都是陪伴我們長大的心靈叢書，充滿回憶的感動，讓我回想起工作前的自己。或許，每個人心中都曾有創作故事的願望和傳遞理念的願景，然而從事法律工作的我們，常常連睡眠的時間都不夠，創作彷彿是遙不可及的奢侈，但我認為對秀弘來說，這並不是娛樂或消遣，他將創作視為終生志業，這一路來全靠自己的力量，歷經多年努力，終於在一一〇年出版了他的第一本小說，如願成為作家。一般來說，律師寫的大多是與訴訟或法律有關的書籍，可能是為了普及法治知識，或以訴訟案件為背景進行創作，而這本書，沒有非黑即白的善惡批判，是以奇幻情節傳達主旨的娛樂作品。

秀弘創作的態度，讓我想到德國作家費迪南・馮・席拉赫（Ferdinand von Schirach）的一個訪問，他分享了自己的寫作守則：「要無時無刻寫作，絕不能有例外。」秀弘就是能夠實踐這項守則的人，我可以形容他彷彿僧侶般地寫作，無論再怎麼忙碌，都一定會留下寫作的時間。

在律師事務所工作，時常會捲入訴訟當事人的情緒漩渦，據我所知，有非常多的律師和法官因為辦理訴訟紛爭的關係，深陷他人的因果漩渦，承受著來自當事人強烈的情緒。看著人間百態，內心不斷拉扯，律師好像是個很難天真快樂的職業。我覺得最幸福快樂的人生，是一個人清楚自己想要的生活是什麼，愛其所愛，分得清工作與生活的那種人——秀弘就是這樣的人。我想，就是對於創作的這份理念讓他能保持工作時的理性，透過文學平息現實與理想間的界限衝突。

本書《玄靈的天平II——蛛絲、冰晶與熾燄的大地》承繼了前作的奇幻冒險，豪華的人物陣容在秀弘精心打造的特別宇宙中大顯身手，如果你正在尋找可以感動自己的小說，不要懷疑，就是這本了！

推薦序——劈腿型斜槓的佼佼者

永安聯合會計師事務所會計師　尹崇恩

這是一本律師寫的小說，卻完全看不出是位律師所寫；內容沒有引述法條、故事沒有出現法院、警察局、檢察署，這到底是怎麼回事呢？

先跳脫小說講點別的吧，我想和各位聊一個看似簡單、其實非常困難的狀態——「斜槓」。依我定義，斜槓簡稱文昌文曲下凡塵，多才多藝擁有複數專業能力，而且最驚人的是樣樣都很出色。這斜槓的形式依據發展方向和先後順序的差別，分為同時擔任兩份或以上的專業工作，或在某行業取得相當成就的同時轉往或兼為另一行業發展。我自己就是個小斜槓到有點嚴重的人，是會計師，又是大學講師，還承蒙機關抬愛任職各種委員、更是一個即將直奔四十五歲的媽媽……各式各樣的角色，數都數不清了，雖像老王賣瓜自賣自誇，但斜槓最大的收穫，就是結識不同行業的人，擴大自己的交際圈，豐富本業外的人生體驗。

秀弘老師之所以沒有標準法律人作品常有的濃厚法政描寫，正是因為他多工multifunctional的斜槓本質，同時是律師、小說家、中英文導遊領隊、大專院校暨補習班國考講師、業餘圍棋棋士、正港小提琴手、國高中家庭教師、0.5個心理諮商師、0.3個紫微斗數命理師、0.2個塔羅牌占卜師，又是個100％毒舌暖男，才有這麼多創作靈感和生活體驗。他也經常行俠仗義，解決諸多疑難雜症，一來不至於被本業完全掩埋化為法匠一枚，二來維持頂尖出色、靈活、乾淨俐落的律師身分。從這層面來看，秀弘和我一樣都很擅長享受自我生活、用心發展興趣，安排時間和行程時總是不忘夢想，就算放在斜槓者裡看，也是很特別的人。

講回小說本身，我和《玄靈的天平》這系列倒是挺投緣的，在第一冊上架前就從秀弘那裡聽到這個好消息，上架後更是幸運抽到簽名書，讓我的小朋友——小寶獲得最完整的特典禮包，簡稱超大福袋！有親筆簽名書、限定期間別冊、全套主角造型鑰匙娃娃和玄靈特製帆布袋！

秀弘小說的一大特色是，雖然作者本身的國際觀和歷史地理知識超級豐沛，卻完全不打算離開我們的寶島福爾摩沙，簡直像跨出海外就不會寫了一樣，專注關懷本土文化，致力推廣通俗文藝，這點也與我不謀而合！另外，書裡關於道教文化的描寫與再造同樣趣味十足，秀弘本來就對本土文化與宗廟系統很有研究，對鬼神之事和風水算命也很了解，完全不枉師承諸位法力高深的道長，集眾神冥冥中給予的靈感於一身，堪稱「東方史詩」、「臺版漫威」！是的，本土的東西很有趣，也應該由好的傳述者傳述、介紹給大家，秀弘注定就是那位轉述者和說書人！

當初看見《玄靈的天平》的書名我立刻有「啊，果然是這類型的書」的感覺，或許他也覺得非寫不可吧，關注臺灣本土的作品不是沒有，能夠巧妙搭配活潑可愛的人物和精彩刺激的故事，不只將妖怪、神獸、道教、法術、法寶、學校生活、帥氣的少年與美麗的少女完美融合，還在大家熟悉的地名（新北市新莊、機場捷運、中港大排）創造虛構的建築（御儀宮、東明高中），設計超越想像的奇幻事件，這些才是我們生活的全部啊！

這種虛幻的奇想和親切的現實倍乘得出的精彩總和，也只有斜槓到幾乎像在劈腿的秀弘老師才能締造了，有道是「文昌文曲下凡塵，多才多藝一狀師」——秀弘是也！

目次

第一節　獨行之途

這傢伙未免也太快了。

我躍過一幢紅磚大廟，踏於青瓦之間，飛快穿越兩個街區，朝西南方高聳的青山矮坡奔去。

前方不遠處的獸形身影過於迅速，我咂咂嘴，定住左足，乘著慣性前進的推力使勁踢出右腿。雖然身於市郊不宜過度張揚，但相距超過五米的現下，只能採取這個下下策。

右腿空踢一回，自是什麼也沒踢到。

獸形身影停下腳步，似乎對我毫無意義的舉動感到不解。

說時遲，那時快，被我右腳狠狠掃過的空氣化作一把無形的月牙風刃，直朝對方襲去。

牠四足一縮，快速彈起身子，勉強躲過這波攻勢。風刃持續橫掃五、六十米，擊上空無一物的山腳，連番發出轟然巨響。所幸此處是新北大道相對靠山的地段，才能如此放肆。

對方遲疑半晌，四足猛頓，拔腿狂奔。我又咂了咂嘴，繼續追趕。

胸前口袋一陣躁動，毛茸茸的黃金小倉鼠鑽出頭來，用力擰擠雙眼，問：「翔哥哥，這是哪兒呀咪？」

「小倉呀小倉，妳連目的地都忘了嗎？」我不禁失笑，「至少記得我們為什麼出發吧？」

「這我當然知道。」名為小倉的鼠仙笑著說：「是去找吃的！」

「是出門抓狐狸。」
「差不多嘛。」
言談間，越過幾戶人家，獸形妖怪卻已不見身影。附近的鐵皮屋頂有一道清晰的烏黑爪痕，範圍雖小，卻特別新，顯然對方正朝山的方向前進。
我所指的「對方」，並不是人類。
不久前，我的大腦受到認知層面的典範轉移，世界未曾改變，但我看待它的方式已然不同。曾經，神靈妖物之於我，不過是傷人害物的邪魔；今日，潛伏體內供我力量者，正是此類靈屬。
我很早便明白，這世界中不只有人類，甚至不屬於人類；正如我那足以劃破澄空、切開氣流，踢出風刃的強悍力量般，並不屬於人類。
冷不防地瞥見新北大道周邊殘破不堪的毀敗模樣，傾倒的房舍、四散的屋瓦和並未清理的血漬，範圍之大，猶如歷經生死惡鬥的戰場。新北大道七段已然無法通行，附近區段短時間內難以重建，方圓數公里的斷垣殘壁無疑是全臺最大的災害廢墟。
「翔哥哥……」小倉怯生生地問：「你還好嗎？」
我沒應聲，伸手輕拂她小巧的毛腦袋。
機場捷運劫持事件，主流媒體簡稱為機捷事件，是發生於機場捷運線新莊泰山段的嚴重人為事故。那是有史以來頭一遭，神靈與妖物以壓倒性的破壞力直接衝擊人們的認知，將看似安逸的平和假象一次敲碎。
雖然該起事件已經落幕，中央政府各相關部會為避免同樣事件再次發生，除了強化對涉案當事人的監控之外，更著手研究更符合「現實」的防護體制。
所謂的涉案當事人，其中一人便是我。

耳內的微型通訊器傳來沙沙雜音。

『小翔。』

「阿光？」我按住右耳，盡可能讓耳機的聲音清晰一點。

『聽得清楚嗎？』

「還行。」我在遠離機捷廢墟的位置停下，問：「發生什麼事了？」

『沒事，單純測試一下裝備性能而已。』

「喂。」

精通機械的莊崇光，在機捷事件後自告奮勇造出幾組輔助戰鬥的裝備，其中之一便是我臉上的半罩面具。這副面具只遮住右半臉，露出整張嘴巴，若說主要目的是為了藏身，未免高調得不切實際。

面具內建無度數鏡片，上頭顯示各項由阿光提供的即時數據，對我而言，最有價值的功能是路線導航，其餘多為雞肋，聊勝於無。通訊耳機並不是什麼劃時代新配備，但經過阿光巧手，改良成近乎隱形，黏貼於耳內的款式，除非用反偵測器，否則絕對找不出來。

唯一的缺點是，我被迫無時無刻聆聽這傢伙煩死人的聲音。

調整綁於後腦勺的小馬尾，踮起腳尖，朝遠方眺望。

『找到你要的狐狸了嗎？』

「還沒，不過很接近了。」

『我這邊快開始了呢……』他停頓幾秒，『感覺大家都在找你。』

「讓他們找吧。」

『真無情啊。我指的大家，也包含「那個人」哦。』

「哦。」

『那個人說，就算你沒出現，結束之後她也會在三川殿等你。』

「我可沒打算缺席。」

撇了撇嘴，仔細觀察前方地勢。

前方不遠處是壽山路，方圓百里之內，易於藏身的場所並不多，僅有青年公園和第一公墓。據我對妖物的理解，比起旅客與健行者偏愛的公園，竹林綠蔭之間遍布廢棄遷移的大小墓碑，位居野外的公墓理當才是首選。

雖說毫無歉意，但突然在萬眾矚目的活動開始前外出追逐狐妖，確實不妥。再怎麼說，雖然只是負責扛轎子的苦力，我姑且也是「御儀宮靈姬諸聖起轎繞街」活動的鑾轎生。

單獨留在御儀宮的阿光，立場似乎變得有點尷尬，此時卻也顧不了許多。

「阿光，能幫我打開壽山路和第一公墓的地圖嗎？」

『當然可以。』

數秒內，周邊環境與地形細節顯示於鏡片中，鏡片左下角有個小螢幕，標示近似於熱感應的動態畫面，可以看見老鼠與野貓的身影，低頭望去，小倉的身影則是異於熱感應的淺藍色。

「這是新的感應器？」

『你可終於發現了。』阿光的聲音帶著一絲喜悅。『那是能夠感應生命動態的機器，但——』

「熱感應器？」

『——但不是熱感應器。聽人把話說完嘛！』

「難怪看起來不一樣。」

畫面裡小倉與一般老鼠的色調截然不同。

『我說了，是感應「生命」的機器。內部原理就別問了，反正你也不懂。』阿光嘻嘻笑著，說：『而且，我還透過某個機密管道，加裝了得以判別靈力波動的零件。』

還「機密管道」咧，我們認識的強大靈力者也就一個而已。

稍加調整面具，使之完全貼和臉頰。

「那我就來試試這個裝備。」

『哦！』

轉向西北方，穿越寬廣的新北大道，沿著山緣尋找較為隱蔽的通道。一般而言，上山之途即為壽山路，屬於人潮較多的地段，若要追捕妖物甚或開啟戰端，均不合適。刻意挑上蔓草叢生、杳無人煙的靜謐之處，極目四望，再次確定毫無眼目才低身鑽入。

看來就是這裡了。甫一進入樹叢，強烈的靈力波動便迎面撲來。

極不自然的怪異氛圍，讓我有些遲疑。無法辨別箇中端倪，只能當成持續追捕之下，過度耗力費神的疲乏。小倉鑽出口袋，靈活地穿梭於雜草之間，我則扳開樹叢細枝，謹慎向前。萬一發出噪音而放跑目標，可就不妙了。

抓狐狸。簡簡單單的三個字，乘載綿延數年的複雜情緒，仇恨、懊惱、氣憤，揉合數種負面情感，成就今日的追捕行動。兩年多前，銀白色的妖狐奪走我妹妹——心柔的魂魄，徒留一具空殼肉身，在冰冷的醫院等待永不到來的甦醒。

過去，我遭到神靈寄宿，始終未能平安脫身，拯救妹妹的目標萬般困難，幾近無法達成；如今，已能運用白虎之力，無論如何都要將她帶回人世。

猝然傳來一聲鏗鏘巨響，小倉停下腳步等待指示，我則握緊拳頭，抬起左手，示意切勿妄動。

鏗鏘聲響後，是長達十秒的寂靜。

須臾，混亂的腳步聲自四面八方襲來。

「小倉！」我高聲一呼，取出一枚白符。「迎敵！」

小倉瞬間從手掌大小的鼠身，化為小女孩的樣貌。變換形體，是靈性妖物的特徵，也是她與尋常妖怪最為不同之處。

一把拉住小倉，迅速鑽出樹叢，放眼望去全是枯草荒地，既非墓園，亦無住家，猶如遺世獨立的化外之地，恰好是邪靈妖物的最佳居所。

面具的偵測器閃出數十個藍色形體，就在不遠處隱密的樹林裡面。

山林之中，有靈力者必為妖物。

「小倉，遠方樹林中有大批山野妖怪。」我朝廣大的荒地間，某幢突兀的廢棄鐵皮工廠努了努下巴，說：「看見那座鐵皮屋了嗎？等我口號，妳走左側，我跑右側，不管用什麼方法，平安進入那棟房子就好。」

「知道了。」

小倉瞪視遠方的神情略顯緊張。

摸摸她的頭，她詫異地抬起眼來，旋即羞紅雙頰。

『小翔，就當我雞婆吧，聽我一言。你們前方五十公尺外的樹林，有四百五十幾個靈力反應。』阿光的聲音聽來有些擔心。『我不認為正面突破能夠成功，也不認為狐狸在那群妖怪裡面。』

「我想也是。」

從未群體行動的賊妖，怎會突然呼朋引伴。
然而，這條路是那個藍髮傢伙指明的，想必雖然不中，亦不遠矣；真丟臉，光想到她知我追丟時，必會綻露的嘲諷嘴臉，就讓人抑鬱萬分。
『小翔，不如就撤了吧？』
「不，」我眯起眼來瞪視前方，「得先確定狐狸精不在裡頭。」
『肉眼確定？』
「就用肉眼確定。」
阿光輕嘆口氣，我甚至能想像到他搖頭的模樣。
「翔哥哥？」小倉水靈靈的雙眸閃爍著恐懼。
「單純擊退、平安脫身的方法也不是沒有。」
『小翔，不是要挫你銳氣……』我清楚聽見阿光再次嘆了口氣。『你體內殘留的靈力並不多，只減不增的用法，難以面對如此大的場面。』
「我另有辦法。」
『你指的是從小詩櫻那裡偷來的符咒？』
「唔。」
『看來是說中了。』阿光又嘆了口氣，『這種鬼鬼祟祟的事情到底要做到什麼時候？不如快快回來，把眼下狀況一五一十坦白，只要得到那枚最強後盾，何愁妖怪脫逃，又何愁強敵不倒？』
阿光這傢伙，口才哪時這麼好了……
他說的每句話、每個字，我都心知肚明。問題在於，實用性與可行性是一回事，能不能、想不想、願不願意又是另一回事。

我想自己解決，就這麼簡單。

過去，受我牽扯之人，要不險些喪命，要不傷重昏迷。那個女孩是失去妹妹之後，我生命中最耀眼的朝陽，也是數十日來最幽暗的陰影，絕不能讓她蹚這渾水。

前方草叢突然一陣騷動。

「小倉，準備好了嗎？」

「沒問題！」我點點頭，「走。」

指令一出，我使盡全力朝右方猛衝。與此同時，樹叢裡竄出一群靛青色的大鳥，閃動寶石般晶亮的雙眼，身長約莫一公尺，翼展幅度目測恐怕超過五公尺，身形怪異。

瞇起雙眼，估判可行的攻擊距離，向後頓足。倘若使用掃腿產生的月牙風刃應能解決多個目標，但擊退妖物並非此行目的，沒必要花費過多力氣。

「小倉，別跟他們纏鬥。」我揚聲喊道：「先把妖怪引到中間，我開一條路，妳再穿過樹叢確認狐妖是否在場。」

小倉點點頭，以飛快竄動的腳步代作回覆。或許鳥類天生對快速移動的生物有所防備，又或許是單純的狩獵者本能，靛青鳥妖對動作迅速的小倉感到興趣，從四面八方包圍上去。

抓準時機，我助跑幾步便騰空躍起，雙手抓住某隻鳥妖短小的足爪。鳥妖雙足被抓，被突然增加的重量牽制，難以順利飛行。我將牠當作現成的滑翔翼，握於手中的鳥爪則是操作儀，右手輕拉便朝右傾，反之亦然。

「轉彎——」

鳥妖受我牽引，緩緩朝樹叢飛去，卻始終沒能轉至正確方向。

「快轉！快呀！」

一面高聲叫喊，一面施加力氣，無能為力的我，眼前是棵高聳巨木。

「轉轉轉轉——可惡！」

撞上樹幹前，我連忙鬆手，重重摔回地面，鳥妖則咚地一聲衝撞堅木，當場斃命。想不到這傢伙居然企圖效仿神風特攻隊，打算來個玉石俱焚。鳥妖畢竟不是鳥，擁有智慧與靈性的生物果然特別難對付，所幸落於叢林亂草之中，揉揉摔疼的手肘，將面具內建的感應器重新對焦。

「這……」

眼前的靈力反應，密密麻麻的藍光宛如閃爍的無垠汪洋。

看來，該死的鳥妖把我丟進敵方大營了。輕輕嘆了口氣，關閉令人絕望的感應器畫面，切換為肉眼模式。樹叢深處一片漆黑，裸眼根本看不清妖物身影，遑論確認狐妖蹤跡。

認真說來，我絲毫不知新北大道與壽山路交界處居然有這等祕境。數年來，歷經過度開發、密集重劃、惡意炒房的新莊區，靜謐之處所剩無幾，此地尚且是難能可貴的休憩境地，值得來此一遊。諷刺的是，比人類更懂享受的靈怪妖物早已先行竊佔，密集程度堪比先前新莊廟街的駭人鼠群。

雖屬適合約會的場所，我想，除了靈巫等級的女孩，怕是沒幾個人有能耐於此遊憩。對我來說，能夠全身而退便是不幸中的大幸。

我收起白符，屏住呼吸，靜心觀察，黑暗密林明顯有股劇烈的靈流波動，分不出是屬於靛青鳥妖，還是源於力量更強的其他妖怪。春季新生的翠綠寬葉搖曳不已，密集雜亂的植被，無端增加判斷情狀的難度。

剎那間，林中百公尺的距離外，閃出一道刺眼的橘紅閃光。

滾燙的氣流直撲而來，彷彿熱水沸騰時的灼熱蒸氣瞬間包覆全身，難耐的刺痛令我忍不住低喊出聲，正欲扭頭迴避，樹叢驀然衝出大群鳥妖，撲天蓋地的數量將眼前視野掩成一片靛青。有隻鳥妖朝我臉上飛來，一時閃避不及，面具遭受撞擊，外部可能已有受損，鏡片畫面則未受影響。

專注應戰的我無暇檢查裝備，發現牠們四面八方隨意竄飛，全無秩序，似乎意不在攻擊，而在逃命。單一狐妖不會擁有如此驚駭的靈屬壓迫感，更不可能嚇跑多如牛毛的詭異鳥妖。

牠們在躲避更強悍的力量，更具威脅的靈屬。

「小倉！」

我連滾帶爬，高聲一吼，沿著原路往回衝。圍繞小倉的鳥妖被大批鳥群突如其來的竄逃之舉影響，放棄追擊，隨意繞幾圈後便向外飛去。

絲毫不敢鬆懈，我凝視密林深處，只見一團朦朧的朱紅烈焰。迎面而來的熱氣越發清晰，背部逐漸蒸出薄汗，倘若直接上前觸碰，恐會直接化作人漿。小倉在荒地中央的鐵皮工廠駐足，我咬緊牙關，張臂將她抱起，撞開斑駁不堪的員工通行鐵門。

工廠裡一片漆黑，伸手不見五指，只能勉強摸黑前行，躲到巨大的機臺後方。

「翔哥哥……」

「噓。」

工廠深處傳來奇異的步伐聲。

喀踏，喀踏，喀踏，喀踏。

時而行，時而停，逐漸逼近的聲響讓我額前冒出冷汗。

外頭沒有原先預期的強烈熱度，或許散發熱氣的不明妖物並未追往此處，又或許工廠的建材成功阻絕了那股熱能。無論屬於何種狀況，追丟狐妖並逃過一劫的我們，最佳選擇便是三十六計，走為上策。

正準備悄悄轉身，赫然發現雙腳被某物緊緊糾纏，動彈不得。視覺逐漸適應黑暗，才注意到自己踩上一張半徑數十公尺長的巨大蛛網，詭異的蛛絲黏性極強，縱然使盡全力也無法掙脫。小倉依舊在我懷裡，渾身發抖的她，顯然也意識到藏於黑暗的危險。

喀踏，喀踏。

喀踏喀踏，喀踏喀踏。

清脆的腳步聲越來越快速，也越來越近。束手無策的我，瞪直雙眼緊盯著前方緩緩現出身影的龐然大物，剎時竟也忘了呼吸。

冷汗滑過臉頰，在下巴尖端停留半晌，滴落地面。

所謂螳螂捕蟬，黃雀在後，指的大概就是這種情形。避開鳥群，躲過烈焰，想不到竟落入更恐怖的險境。眼前所見的是腹部長著鮮紅尖刺，渾身烏黑，布滿寬帶紅紋的龐大身軀，正朝輕輕打顫的我倆發出嘎吱嘎吱的怪異聲響。

身形恐怖的血紅蜘蛛，攀於絲網之上，散發無邊的敵意。

※　※　※

阿光瞇起雙眼，來回注視撐著下巴、百無聊賴的我，和靜心專注、埋首寫符的詩櫻。放學時間聚在詩櫻名為萬福社的獨立辦公室，儼然已成例行公事，即便百般不願意，雙腳仍會乖乖走向綜合校舍，宛如洗腦般地抵達此地。相對於總有事務必須處理的詩櫻，我和阿光只是在消磨時間，毫無作為。

我和他都沒問過這到底是什麼社團。或許，這根本就不是經過審核、得到許可的合格社團。
「好期待明天呢。」
阿光露齒嘻笑，雙掌撐於臉頰，左搖右擺地嘗試吸引我的注意。
今天週五，明天週六，雖是週末假期卻不是可以放鬆的日子。
「明天有什麼好期待的？」
「哎呀，還裝蒜。」阿光拍拍我的肩——煩死人了。用力撥掉他的手，他卻咧開嘴笑，勾上我的肩說：
「小翔明天不是得去御儀宮抬轎子嗎？而且還是抬我們家最甜美、最可愛也最性感的小詩櫻——好痛！」
我使勁扭開他的手，「對哦，還有這回事。」
「唔咦？」詩櫻抬起頭，眨了眨那雙烏溜溜的大眼睛。「雁翔忘記了？」
「現在想起來了。」
「原本忘記了嗎……」
用那種水汪汪的眼睛盯著我，讓人很難辨啊。
我撇過頭，搔搔右頰，「不就是抬個轎子而已，哪可能忘記。」
「御儀宮靈姬諸聖起轎繞街。」阿光一個字一個字地將又臭又長的儀式名稱頌出。「對新莊人來說是數一數二的大型宗教活動呢。況且，這也不是傳統的媽祖遶境或土地爺生日，以旁門教派來說，如此盛大的宗教儀式可不常見。」
「別把旁門教派四個字講那麼理所當然。」
「雖說歸屬旁門，勢力倒是大得不容小覷。」
阿光銜著詩櫻咧嘴挑眉，她則雙肩輕震，悄悄向後移動。

「話說回來，小詩櫻捕捉狐狸的現況如何？」

起先毫不停手的詩櫻，頭一次止住筆尖。她眨眨眼，長長的睫毛像兩把細刷輕擺幾回，先看向我，才望向阿光，似乎對這話題頗為困擾。

「銀狐的狩獵任務並非由我管轄。」她操起官方制式的語句：「目前是由戍格靈術士負責。現狀嗎……該怎麼說，好像並沒有確實掌握行蹤的樣子。」

「果然非小詩櫻出馬不可。」阿光呵呵一笑。

詩櫻低垂雙眉，朝我眨了眨眼，不經意地露出惹人憐愛的表情，像極了受困雨中的小貓。

「對不起……」

「我又沒說什麼。」我搔搔頭，「更何況，那隻臭狐狸是我放跑的，沒什麼立場譴責妳們。」

「但是——」

「妳們是這方面的專家，抓狐狸抓成這樣當然會失望。」我嘆了口氣，說：「無論如何，也只能靠妳了，詩櫻。」

「雁翔，我……」

詩櫻微啟朱唇，一時沒有言語。她的臉上一顆雀斑也沒有，膚質完美無瑕，五官精緻無比，不禁讓人看得入迷。

「咳哼！」

阿光的聲音把我們雙雙敲醒。

詩櫻甩甩頭，「白、白虎的話，目前也沒有新的進展。不用擔心，我會請她們加快腳步的。」

「這部分倒是不用急。」阿光竊笑插嘴。

「唔咦？」

無視詩櫻滿懷疑惑的表情，我狠狠瞪向嘻嘻竊笑的阿光。

目前只有阿光知道白虎依舊寄宿於我體內，以及知道我並未停止追逐銀狐。——不，其實還有那個藍髮傢伙，但不提也罷。事實上，無論是追逐銀狐抑或搜尋白虎，詩櫻的行動都不在我的考量範圍。雖說對話內容口是心非，讚美她的話倒絲毫不假，這女孩絕對是最強的戰力，只是我目前沒打算請求協助罷了。

詩櫻張開唇瓣準備追問時，傳來叩叩兩聲清響，恰到好處的力道，讓人不禁懷疑「敲門」這個簡單的動作該不會也有什麼技巧可學。詩櫻正要起身，外頭便傳來「詩櫻小姐您在裡頭嗎」的聲音。

男性的聲音。

「我在。」詩櫻走向鐵門，「現在就幫你開門。」

不待詩櫻動手，門已緩緩敞開。

來者是名長相清秀且身材瘦高的二年級學長，臉上戴著鏡片極厚的粗框眼鏡，梳起一般高中生罕見的西裝頭，還抹上髮油，頂著太過正式的髮型出現在高中校園，簡直突兀到了極點。

他一見到詩櫻，便執起她的手，無視我和阿光的存在，輕輕吻上手背。

「啊……」

詩櫻輕叫一聲，瞄來一眼，旋即移開視線。她注視著對方的雙眼，揪住裙子，行了標準的屈膝禮。

喂喂喂，這裡是臺灣，來這套歐洲中世紀的禮儀未免太做作了。儘管詩櫻完成回禮，那人依然沒有收手。換做平常，早已吹起口哨的阿光，此時悄然無聲、動也不動地緊盯來者。

終於將目光移向我倆的學長，臉上堆滿友善誠懇的笑靨。

「瞧我這人多麼失禮，竟沒注意詩櫻小姐還有其他客人。」

我才不是客人。

仔細觀察，嘴上帶笑的他，眼角並無笑意，雖不至於讓人厭惡，卻散發出與眾人格格不入的異樣氣場。

「兩位好。」他欠了欠身，「我叫令云翱，是詩櫻小姐的朋友。」

「只有這樣？」我脫口而出。

「請問閣下是什麼意思呢？」

我聳聳肩，不做回應。

阿光清清喉嚨，說：「令學長，您是現任學生會的會長，對吧？」

「瞧我竟如此失態，居然沒有自我介紹。──是的，我是學生會長本人。」

「會長怎會跑來這個小社辦呢？」

「有點事情。」

聽到這個回答，阿光微微瞇起雙眼。

「瞧我說的，真是不夠清楚。」令云翱掛著令人費解的笑臉，說：「所謂的事情，指的是私事，不過並非二人獨處才能談的隱密之事。」

「換句話說，我們不離開也行。」我雙手抱胸，「對吧？」

令云翱揚起微笑，沒有回應。他的口頭禪「瞧我」實在煩人，進門不到五分鐘，應答之間便已說了三次，未來乾脆偷偷叫他「瞧我哥」吧。

令云翱伸出右手，示意社辦主人詩櫻和我們坐下。雖然對他以主人之姿擺出「不要拘謹」的態度感到不悅，卻也沒有不入座的理由，只得乖乖照辦。他那真假難辨的微笑彷彿蒙上一層厚重的濃霧，讓人難以讀懂背後心思。

對於神祕新朋友總會特別興奮的阿光，此刻卻異常安分，看來這位學生會長存在某種我不知道的祕辛。

令云翱將手肘撐上桌面，雙眼直盯詩櫻，說：「詩櫻小姐，其實——」

「那、那個……」詩櫻微縮雙肩，眼神游移，扭扭捏捏地說：「既然大家都是同學，就別再稱我『小姐』了，何況云翱哥不是大我一歲嗎？。」

「大一歲，也還是同輩。」

令云翱揚起嘴角，笑得更為親切。

詩櫻眨眨眼，似乎沒能明白言下之意。我和阿光則面面相覷，無法參透這位學生會長的發言。不過，讓人在意的並非他的發言，而是詩櫻的話語；截至今日，除我之外，這是第二次聽見她直呼別人的名，讓人頗為在意。——附帶一提，第一次是那個可怕的雙頭蛇女王。

難不成眼前這傢伙的地位，比我想像的還更特別？

令云翱喀喀笑了。

「瞧我如此失禮，竟沒把話說明白。人有長幼，長幼之外則有名份之別；詩櫻小姐貴為下任九降當家，綜理集團事務，並已接掌清玄道長一職，無論從哪個面向看，虛長一歲的我都遠遠不及詩櫻小姐的地位。」

「可是……」

「況且，」令云翱瞇起左眼，露齒一笑。「過去我可是都喊『九降大小姐』呢，經您一番抗議改成『小姐』，已是很大的讓步。」

這傢伙到底在說什麼。

或許是發現我不自覺散發的不屑之意，令云翱轉過那張笑臉，對我說：「瞧我一個人說得起勁，都沒注意周圍狀況，讓沈同學覺得困擾了。」

「你知道我是誰？」

「當然知道。」令云翱推了推粗框眼鏡，「你在國中時代是受人矚目的足球健將，令妹的事情也……很令人遺憾。除此之外，更主要的原因是，身為學生會長的我，不容許自己管轄的學校內，存在任何不認識的人。」

「哦哦哦！」阿光雙眼閃出深深的敬佩之意。「同道中人啊！」

「觀察身邊的人，是我的興趣。」

「太偉大了！」

喂，不是我想打斷二位，但也好歹關心一下滿臉困惑的九降大小姐啊！

詩櫻的目光飄向我，欲言又止。

令云翱清清喉嚨，說：「玩笑話先暫且打住。」

彷彿換了個人，他收起一貫的笑靨，炯炯雙眼直盯詩櫻。

「詩櫻小姐，我想請您參選下一屆的學生會長選舉。」

一陣靜默。溫暖的春風輕拂鬆動的百葉窗，咖搭咖搭的聲音成為室內唯一的動靜。耳中依稀可以聽見籃球隊和排球隊訓練時的叫喊；看來，籃球隊的友誼賽輸了，排球隊的內部訓練尚未分出勝負，足球隊的喊聲則弱得有如敗軍歸途。

阿光的眼皮以一秒一回的頻率開闔，就我對他的瞭解，這是嘗試解析過於龐大的資訊量而展現的行為。我完全不打算思索那句莫名其妙的話語背後隱含何種意義，左耳進，右耳出。

不知過了多久，詩櫻悄聲發出「嗯，呃」之音，沒能組織語句。看來，就連法力無邊、久經沙場，見識大大小小各種場面，能夠輕易擺平新莊廟街溝鼠騷動的九降大小姐，也是一頭霧水。

「云翱哥，請問這是什麼意思……？」

「字面上的意思。」

令云翱並不打算詳加說明。

我揉揉眉間，說：「單論字面意思，你希望詩櫻參選下一屆學生會長。」

「是的。」

「這恐怕有點困難。」

視線始終沒從詩櫻身上移開的他，緩緩轉頭，直面向我。

皮笑肉不笑的面孔，讓人無法觀察心理波動，判斷話中真意。

「沈同學，請問這話是什麼意思？」

「字面上的意思。」我聳聳肩，保持與他四目交會。「首先，學生會長是個吃力不討好、需要拋頭露面的職位。單從事務性質判斷，詩櫻絕對能夠勝任；然而，疊加上來的龐雜工作，鐵定會讓早已繁忙的她難以負荷。」

「雁翔……」、「小翔你……」

「妳們兩個給我閉嘴。」

眼前的傢伙恐怕鐵了心要「邀」她參選，就我所知，九降詩櫻這人什麼優點都有，就是不擅長拒絕。

「其次，詩櫻本身是『這個』——」我的手指在半空中轉了一圈，「我也不知道什麼鬼社團的老大。乍看門可羅雀，乏人問津，殊不知每日都有學生造訪，有求於她的人可是比陽明山上的牛還多。把這種救苦救難便已分身乏術的傢伙拱上大位，任其過勞疲憊，可是會遭天譴的。」

「總覺得我的小窩被罵了。」詩櫻垂下眉毛，悄聲咕噥。

「陽明山上的牛有很多嗎？」阿光歪著頭，陷入沉思。

「……剛才不是叫你們閉嘴了嗎。」

在我賣命闡述之時，令云翺依然維持那張川劇臉譜般的靜止笑臉，雙瞳直視於我，彷彿盯上獵物的花豹，定睛凝神，神祕地令人難耐。

他闔上雙眼，說：「我明白你的意思。」

「那麼——」

「顯然沈同學判斷事物的方法太過表面了。」

他的笑臉並無變化，眼神卻異常冷酷，散發出令人反感的銳利光芒。

「首先，我比誰都明白詩櫻小姐的日常業務。若說國家不能一日無主，靈道之境便是不能一日無小姐。詩櫻小姐不只是御儀宮的夜明珠，也是九天百道的最終依靠，更是九降宗族的下任當家，無論在精神靈道、修業齊家、治世救難任何方面，『外事不決尋九降，內事不決問詩櫻』的共識，早已琅琅上口。」

等等，內事不決尋詩櫻是什麼鬼？

令云翺的目光停於我的眉宇之間。

「正因為眾人對詩櫻小姐的需求過高，我才想將小姐抬到校內學生的最高大位，擔任學生會長一職。機場捷運劫持事件造成的偶像效應，已使小姐的名望來到前所未有的高點，校內學生的需求和打擾顯著提升，遑論校外的廣大民眾。」

這話倒是不假。

機捷事件後，為了躲避媒體的瘋狂追逐與慕名而至的大量民眾，詩櫻放棄——或說被迫放棄騎乘單車上學的日常生活，改由九降家專車接送。直到進入校門為止，都有一名西裝筆挺、頭戴墨鏡的女性隨扈亦步亦趨的保護。

我猜那名隨扈此刻也正盯著社辦裡的一切。

令云翱比出拇指，示向身後。「知道為什麼這扇薄薄的門外，沒被亟欲一睹小姐身姿的人們霸佔嗎，沈同學？」

「誰知道。」

「因為我動用了東明高中學生會管轄的風紀委員會，將七成以上的委員安於四處，嚴禁任何並非尋求幫助的學生接近。」

「難怪最近社辦走廊完全沒人。」

「瞧我如此失禮。」令云翱朝我一笑，旋即向詩櫻低頭。「私下做出這等判斷，對詩櫻小姐太不敬重了。」

詩櫻連忙擺手，「沒這回事。謝謝你，想得這麼周到。」

我清清喉嚨，說：「你的意思是，當上學生會長，她就能動用學生會的組織力量，摒除閒雜人等？別忘了，學生會長的職位需要負責諸多業務，並不是吃閒飯的——等等，莫非其實是吃閒飯的？」

「沈同學真愛說笑。」

「那你明白我的意思了。」

崇尚自由校風的東明高中，小學、中學、大學各級共治一處，校內社團多如牛毛，更別提各年級還有對外競賽的常規校隊，光是高中部的學生團體就超過一百個，想要輕鬆管理根本是天方夜譚。除此之外，學生會長的職務包含校際的對外關係，以及協調高中部和其他學級的內部衝突，並負責維護校內自治團體的秩序。光用想的就覺得頭疼，這傢伙居然大言不慚地說詩櫻會變得更輕鬆。

「沈同學，你所認為的學生會長，恐怕與實際狀況存在偏誤。」

令云翱從外套胸前的口袋取出一枚薄薄的鍍金鐵片，外觀是神似海星的等邊五角形，四個邊線各繫一條水藍絲帶，造型極為精緻。

話說回來，這人居然還穿外套，不嫌熱嗎……

「擁有『海洋之星』別稱的美麗土丁桂，是東明高中的校花。這枚以校花為基底的金屬，是學生會長的公示象徵，水藍土丁桂徽章。」他將徽章旋轉展示一圈，才緩緩收回。「學生會長是位階最高的校園代表人，是由眾多學生中遴選而出的唯一代言人。對上，擔負與校方斡旋溝通的最高發言人之責；對下，竭力維持學生活動的自由與和諧；對外，代表高中部與其他單位協調交涉；對內，保護學生權益並捍衛學園自治。你想想，如此繁複的多重面向工作，能由一人處理嗎？」

見我沉默，他輕笑一聲。

「當然不能，對吧？因此，學生會設立各種直轄組織，包含掌理秩序的風紀委員會和負責規劃經費的總務委員會等。事實上，維持機關運作的多數工作，並非出於學生會長之手，而是由下轄組織辦理。」他以食指輕敲桌面，說：「這間辦公室裡，詩櫻小姐雖不是唯一的成員，卻是唯一『有權』掌理事務的人。換句話說，在沈同學和莊同學皆無法幫忙的現狀下，小姐事必躬親，來一事就得解一事。」

他的言論鏗鏘有力，聽來雖然刺耳，內容倒是事實，無從辯駁。

我和阿光除了待在此地閒得發慌之外，什麼忙都沒幫上。

「倘若詩櫻小姐成為學生會長，不再只是處理解憂除厄的工作，而是以高中部的代言人，指揮各委員會運作。比起親自出手，協調統合的場合更多。」令云翱挪挪眼鏡，說：「除此之外，因為是無關道法、無涉靈力的業務，沈同學和莊同學也能協助小姐理事。」

阿光宛如遭到催眠似的，半張開嘴，緩緩點頭。

這小子怕是被說動了。不，就連我都快被說動了……

望向詩櫻，身居話題中心的她倒垂眉眉宇，目光閃爍著略感不安的求救訊號，微啟的唇瓣幾乎要道出想法，卻始終沒有出聲。雖說認識她的時間不算太久，一同度過驚心動魄的那幾天，共同患難的寶貴經驗應能讓我加入「親近友人」的行列。

這樣的我，從她的細微反應只讀出一種答案，雖未顯露純粹的否定，表情眼神卻牽引出飽滿的拒卻。

我想，詩櫻比誰都想待在這個小小的社辦，享受屬於自己的短暫寧靜。此時此刻，能幫她保住這小小幸福的人，只有我了。

腦中赫然閃過一道身影。

躺於病床，終日穿著病人服，分明處於青春年華卻因靈魂散逸而受困於肉身軀殼的女孩，形體日漸虛弱，幾近喪失甦醒的可能。

我的妹妹心柔，終將隨著時間流逝，失去寶貴性命。

誰都沒能找回她的魂魄。我辦不到，她辦不到，偉大神聖的御儀靈巫九降詩櫻也辦不到。能力不足、資訊匱乏、毫無頭緒的我，只能絞盡腦汁，保持不被世俗雜務干擾的狀態，獨自面對殘酷的事實。

——『哥，請別擔心。』

埋藏內心深處，錐心刺骨的輕聲安慰，讓我不自覺想遠離九降詩櫻。

我隱瞞了留住白虎的事實，隱藏私下追逐銀狐的行動。潛意識不斷告訴自己，詩櫻將是拯救心柔的最強助力，卻也同時提醒著，上回興起這念頭時讓她身陷何等危及性命的險境。

到頭來，還是獨自面對的好。

見我遲遲沒有回應，令云翱輕嘆口氣，說：「如果這些答覆還不夠，關於沈同學提出的第二個問題——」

「不用了。」

出言截斷的同時，詩櫻圓睜雙眼直望向我。

那雙美麗的眸子蘊含難以言喻的高度信任，以及讓人心領神會的低調喜悅。著實無法明白，為何她總把我看得如此重要，明明是個一再傷害她，一再讓她失望的傢伙，卻何德何能博得這等信任。

迴避詩櫻溫柔得讓人無法直視的目光，轉而回應令云翱堅定的視線。彷彿算準一切，迎接我天人交戰的矛盾情緒，他淺淺一笑，露出了然於心的可憎笑靨。

我瞪直雙眼，在悄然無聲的靜謐空間沉默不語。不知過了多久，才撇撇嘴，朝令云翱點頭致意，轉過身子，頭也不回地推開鐵門。

「雁翔！」

隱約有些顫抖的聲音傳入耳中。

「明天，會來抬轎子的，對吧？」

對此，同樣只能沉默以對。我掩起鐵門，咬緊牙關低頭離去。

沒什麼好猶豫的，這才是守護她的正途；既然正確，就沒必要為此苦惱。

但為何我只感覺到沉痛的揪心？

第二節　熒雨潼和棘蛛精

逐漸適應黑暗之後，總算看清楚駐足前方的龐然大物，血紅蜘蛛隔著數層薄網，微偏頭部好似也在觀察敵情，沒有攻擊跡象。

這並不代表我的生命得以保全。

「阿光，聽得到嗎？」

沒有回應。

面具的偵察與辨識功能均未受損，螢幕卻顯示無法通訊的警告。恐怕是先前遭到鳥妖衝撞，碰壞了連線系統。

「小倉，」我持續警戒，瞪視血紅蜘蛛，悄聲說：「口令一出，妳就立刻化作鼠形往門外衝。」

「翔哥哥呢？」

「視情況，可能得和這傢伙大戰一場。」

「可是——」

「我的手腳已被蛛絲纏住，但小倉妳沒有。」在我懷裡的她微微輕顫，全身瑟縮球狀，並未沾上蛛絲。

「妳不用留下來拚命，待在這裡甚至可能讓我分心。」

小倉沒有應答。我不敢從蜘蛛身上轉移視線，雖看不見她的表情，可以想像必是五味雜陳的僵硬面容。

「我知道了。」

「乖孩子。」

我深吸口氣，微覷雙眼。

巨蛛緩緩踏上左前方的大網，一步步靠近，雖不確定牠有沒有注意到小倉，但只要抓準時機轉移其注意力，必能製造足夠的空隙。

蜘蛛的前腳——左側第一隻腳比人的臂膀還粗，這不是我第一次面對強悍的妖怪，卻是第一次見到比自己、比黑蛇、比白虎大好幾倍的敵人。

速度是關鍵。但，蜘蛛的速度不也很快嗎……

此刻也管不了那麼多。

「小倉！」

我咬緊牙關，使盡腰部力量扭轉下半身，剎那間，冰涼之息自胸口流向右腳，不消半秒，整條右腿便溢滿靈力。

小倉跳出我的臂膀，化為鼠形。

上半身少了些許重量，我扯動右大腿肌，乘著勢頭向上猛扯。

「啊啊啊啊——！」

蜘蛛注意到小倉的行動，飛快衝上前來。

說時遲，那時快，我的右腳脫離蛛網束縛，猛力踢出，轟的一聲，比以往巨大數倍的月牙風刃劃破五六層蛛絲，狠狠劈向蜘蛛的頭部。蜘蛛閃避不及，硬生生吃下整記突襲，獲得短暫空檔的我，以掙脫蛛網的右腳勾住位於下方的廢棄機臺，足板施力使勁挑勾，將背部和雙臂完全扯離蛛網的糾纏。

能夠封鎖行動的敵人著實麻煩，此地不宜久留。
亟欲脫逃的我，左手突然被不明物體拉住。
「什麼——」
轉頭望去，眼前巨大的影子掩蓋住窗外微微透入的一絲光明，血紅蜘蛛高掛在上，毫髮無傷。
「開什麼玩笑……」
就算是雙頭黑蛇，吃下飽含白虎之力的攻擊也不可能全然無事。
莫非這個蜘蛛妖怪比我想得更為強悍？
『並非如此。』
傳自體內的聲音，屬於強行寄宿的神獸白虎。
並非如此是什麼意思？
『蜘蛛精縱然強悍，卻非吾所不及。』白虎的聲音迴盪腦海：『並非彼等過強，而是——』
而是我太弱了。
『雖不中，亦不遠矣』
蜘蛛精揮動前腳，擊中我的側腹。左手受縛的我，儼然成為人肉沙包。
這蜘蛛的力道強得讓人難以招架，即便平日努力鍛鍊身體，增加體能，為一切狀況預做準備，竟也無法與大了數倍的妖怪對峙。剛剛那麼一揮，恐怕已有超過五十公斤的力道，肋骨怕是要斷了。
『吾略加施力於受擊部位，理當防免方才之致命重傷。』
那還真是謝謝你了。
反應敏銳的白虎，常在我力有未逮時積極展開行動，然而，雖是短暫迅速的靈力流轉，仍不斷消耗只減不增的存量。要不是先前不知為何留下不少靈力，剛剛那一擊恐怕已能直取性命。
如果決定背水一戰，能撐多久？
『總存量不是障礙，障礙是汝的持續力。』白虎頓了半晌，『完全以靈力覆蓋，不消三十秒，便會成為無縛雞之力的平凡人。』
三十秒……
『將先前的景況考量其中，汝之勝算，為零。』
由衷感謝您這番激勵人心的言論。
看來，眼前的大敵無法用時間換取破綻，只能速戰速決。
蜘蛛精偏著頭，居高臨下俯視而來，似乎正在等待我下一次的反擊。從容的強者姿態，散發出掠食者獨有的傲慢。
我哼了一聲，重新運轉體內靈力，使其覆於四肢，延伸至十指末稍，再重新迴流至胸口，直到全身漫布著不可見的清流。
距離上回運用此力，相隔已有三十日之久。
「喂，我原本是打算三十六計走為上策的。」我瞪向蜘蛛精，揚起聲音喊：「現在，沒有讓你活下去的餘裕了！」
體內的白虎陷入沉默。
這是靈力與身軀融為一體的徵兆，是暴風雨前的寧靜，是風牆邊緣的至上威嚇。雙手握拳，通暢周身的靈力彷彿活了起來，竄於體內。
一秒、兩秒、三秒……

數至四秒，我從黑色長褲破損的孔洞，瞄見小腿泛出的黑色紋路，旋即咧嘴一笑，立定左足，踢出兩道交叉的雪白風刃。

藉由白虎靈裝劃出的雙弦風刃直朝蜘蛛精揮去，牠軀體一震，八足靈活地向後攀爬，沿著牆垣爬向工廠的老舊機臺，遠離攻擊範圍，按兵不動。看來我驀然增幅的靈力似乎讓牠感到困惑了，蜘蛛精的智能恐怕比外頭的鳥妖高出許多，對於敵方行動的預判與估算，絕對是目前所見最敏銳的一個；除此之外，面對白虎靈裝還能從容對峙的妖怪，這也是頭一回。

我邁步向前，左閃右躲地避開懸於中間的蛛網，節省破壞絲線的力量，踏出穩健的步伐朝血紅蜘蛛衝刺。覆蓋白虎之力的雙腳跑得非常快，甚至踏毀周邊幾張鐵椅。

蜘蛛精絲毫未動，以不變應萬變。

我倆距離不足五公尺時，牠突然轉過身子，用巨大的後腳掃來一座吊具。

目測超過數噸的大型機具騰空飛來，四周毫無閃避空間，我咬牙迴旋，乘著旋轉帶來的離心力踢出左腳。伴隨砰地一聲轟然巨響，月牙風刃在機臺邊緣劃出大洞，整座吊具向旁摔飛而去。

蜘蛛精已在十五公尺外的彼端，持續觀察。

實在搞不清楚這傢伙有何打算，那沉著的態度讓人很不耐煩。

「喂！」我高聲一吼：「你這傢伙就只會躲，沒帶種是吧？」

「唔哼。」側立牆上的蜘蛛精說：「我是雌性，確實沒有帶種。」

不認為能得到回應的我，驟然聽到對方開口，頓時啞口無言，蹙眉不語。

蜘蛛精放開八足，脫離蛛網，落於地面。

「你……」她的聲音略顯尖銳，卻不刺耳。「現在是靈裝狀態？」

「妳知道靈裝？」

「知道。」蜘蛛精朝我走了幾步。「你是靈術師嗎？」

「不是。」我皺起眉頭甩甩頭，「既然妳會說話，幹嘛不分青紅皂白、莫名其妙地打過來？」

「為什麼不？」

「就不能先好好溝通？」

「為什麼要溝通？」

「……妳這莫名其妙的妖怪。」

蜘蛛精向前走了幾步，直到我伸手制止。

「雖然妳我正在交談，但不代表化敵為友，請別再靠近了。」

蜘蛛精沉默數秒，駐足原地，說：「我覺得你很眼熟。」

「我沒上過報，也沒拍過戲，更沒住過盤絲洞。」

「你很強。」

「我知道。」停頓幾秒，忽然察覺氣氛不對的我，連忙補充：「在妳說更多話之前，我得聲明一件事：我已經有喜歡的人了。」

「唔哼。」蜘蛛精沉默踏地，八隻腳輪番輕踏一回。「你叫什麼名字？」

「這很重要嗎？」

「一點點。」

「如果我回答了，能否在不被妳殺掉或吃掉的狀況下解除靈裝？」

「可以。」蜘蛛精發出喀喀聲，「我不吃人。」

居然沒否定殺人的部分……

放任靈力消散，清涼的舒適感緩緩退去，我擰擰眉宇，輕嘆口氣。

「我的名字叫沈雁翔，體內寄宿白虎神靈，剛剛那是白虎的靈裝。」

鏗——

蜘蛛精身後傳來物品掉落的清晰聲響。牆邊鐵櫃好似被某種東西勾倒，陸續傳來乒乒乓乓混亂的金屬噪音，迴盪於整座工廠。

望向血紅色的蜘蛛精，只見她搖頭嘆氣，並未回應。

東倒西歪的鐵櫃揚起薄薄白煙，白煙之中，現出一道嬌小的身影。

隱約看見對方動嘴，似乎說了什麼，我卻完全沒聽見。

蜘蛛精動動前腳，「她說，『你是沈雁翔同學嗎？』」

翩飛的塵埃中緩緩步出一位身穿淺色連身短裙的女孩，定睛一瞧，竟是我們班上的同學。我不記得她的名字，或許是她存在感太過薄弱，又或許是我真的太不關心班內事務了。

若能聯繫阿光，定能立刻喊出她的名。

「呃……」

我搔搔後腦，思考應當如何開口，才能在不傷害她的前提下問出姓名。

女孩靦靦地笑了，再次無聲地動嘴。

「她說，『我是熒雨潼。』」蜘蛛精再次代為開口：「熒惑的熒，雨天的雨，潼關的潼。」

「啊，就是那個姓氏沒人會唸的——」

突然發現這話不太禮貌，連忙住嘴。只見熒雨潼淺淺一笑，似乎並不介意。

忘記這女孩的姓名絕非我的過錯，她的存在感足以挑戰「薛丁格的貓」——在與不在，同時成立且無法確定。特此聲明，這可不是我說的，是阿光和藍髮傢伙達成共識的失禮評價。

話雖如此，我對她的外型卻頗有印象。她留著一頭亞麻色中長髮，編起兩條長長的麻花辮，宛如小學低年級生的打扮；不只造型，連身材也像小孩，身型矮小的她可能不到一百五十公分，胸前起伏不明顯，也沒有腰身，如此迷你的高中生，簡直是稀有動物般的存在。

焚雨潼又動了動嘴。

蜘蛛精說：「她問，『為什麼沈同學會在這裡？』」

「這絕對是我該問的。」

突然注意到她兩側頸部和裸露在外的雙腿上，布滿血紅的蛛網紋路。

「為什麼妳身上會有那些紋路？」我的視線移往擁有相同彩紋的巨大蜘蛛精，說：「妳該不會寄宿在她體內吧？」

思及被寄宿者可能遭遇的苦難，頓時怒火中燒。

「等等……棘蛛精大人她……」

焚雨潼的聲音很小，除了幾個字外，後續詞語完全躲回她些微開闔的口中。無法對話的同學，確實是不易受歡迎的類型。

棘蛛是什麼樣的蜘蛛啊？

看來其中有些隱情，並非能夠一走了之的狀況，我攤平雙手，拉來一張椅子坐。焚雨潼也找了張椅子，輕輕拍拂，試圖清出乾淨的區塊，卻揚起陣陣塵埃，惹得她連打數個噴嚏。

這傢伙的呆笨程度，簡直堪比那個掛著鈴鐺的頭號生活蠢蛋。

她抿起嘴，瞄來一眼，才緩緩坐上椅子。這段期間，蜘蛛精始終緊盯門的方向，彷彿警戒著外頭的某種威脅。

「放心吧，剛剛偷跑的是我朋友，只要打一通電話……」突然想起通訊受阻的事，我問：「為什麼這裡沒有訊號啊？」

「閣下覺得死人需要訊號嗎？」蜘蛛精咯咯笑了。「姑且不論那隻小老鼠去哪，只要有我在，雨潼就是安全的。」

這我可不確定。如果小倉頭也不回地往御儀宮去，喊來的救兵可能誰都打不贏。

不經意地望向熒雨潼，才對上眼，她便雙肩一顫，移開視線。

未免也太怕生了點……

「妳有辦法讓外頭的鳥妖傳話嗎？」

熒雨潼眨眨眼，歪著頭，似乎不明白我的意思。

「外面那些青藍色的鳥妖，不是妳們的夥伴？」

「你指的是墓坑鳥吧？」蜘蛛精交叉前足，姿態像極了翹起二郎腿的女性。「那些妖怪不是我們的同伴，只是被我吸引過來的傢伙罷了。」

「那團火焰也是？」

「火焰？」

蜘蛛精的聲音聽起來充滿疑惑。

密林深處的火焰身影的確不像任何人的夥伴，外頭那群墓坑鳥怕的並不是我和小倉，而是那團無以名狀的熊熊烈焰。

至於鳥妖為何沒有竄進工廠，則是因為裡頭有棘蛛精存在。

掏出口袋裡的迷你塑膠瓶，取出兩顆羅漢果扔進口中，等待唾液充分泌出，才用舌頭將之置於口腔兩側，緊貼臉頰內壁。因為動用靈力而狂跳不已的心臟，隨著那獨特的風味逐漸得到舒緩。

「終於有點頭緒了。現在，沒弄懂的就只剩一件事。」我望向那位嬌小的女孩，說：「熒雨潼同學，為什麼妳會在這裡？」

「因為……」

她抬頭望向蜘蛛精，持續開闔的雙唇依舊沒有發出足以讓人聽聞的聲音。

我撇撇嘴，向前踏出幾步。棘蛛精機警地挪動身軀，隨後像是看出我沒惡意似的，僅在一旁待命。來到熒雨潼身邊，我半蹲身子，將耳朵湊到她嘴邊。

「喏，說吧。」

「……」熒雨潼停頓半晌，才說：「因為……不知道能帶朱綉姊去哪，最後只好躲在這裡。」

終於好好聽完她的一句話了。坦白說，就算耳廓靠近她的唇瓣，聽見的聲音依舊小得彷若蚊蚋之鳴，光要聽辨其意便得費一番功夫。

讓人訝異的是，這隻血紅蜘蛛精居然有名字，更讓人在意的則是她的遣詞用字。

「躲？」我直視她膽怯的雙眼。「躲什麼？」

熒雨潼抿著下唇，側過身，主動湊近我耳畔。

「烏黑的狂獸，和火紅的大鳥。」

簡潔的話語使我眉頭一皺，問：「是黑色的蛇嗎？」

熒雨潼眨了幾回眼睛，搖搖頭。

「不是蛇，是黑色的野獸。」朱綉大姊代為補充：「牠的身軀瀰漫黑霧，實在看不清楚，只知道牠以四足步行，速度飛快。」

「就像一隻狐狸。」我低喃道。

「比起狐狸，更像一匹狼。」棘蛛精遲疑半晌，說：「無法確定是何種妖怪，說不定根本不是動物外型，就算再次碰見，我也不見得能認出那副模樣。」

我望向熒雨潼，說：「妳覺得呢？」

她縮起肩頭，猶豫幾秒，貼近我的耳朵說：「我覺得不是狐狸，但也無法肯定……」

「好吧，至少確定是能驅動靈力、使用法術的妖怪。」

「況且……」熒雨潼還在低喃，「我只是去趟花店，想買幾朵玫瑰……」

「白虎仍是黑虎將軍的姿態時，能驅使靈道法術嗎？」我不禁陷入沉思。

「結果那頭黑色妖怪就追來了，追個沒完沒了，好可怕……」

「小倉使用的化形之力算是法術嗎？」

「他說只要找到足夠強大的靈術師，就能解決遭到寄宿的狀況……」

「等等！」

我打斷陷於自言自語的熒雨潼。

「妳剛才說什麼？」

「哪、哪一句？」

「前一句。」

「我被黑色野獸追趕，心想牠會怕水，所以脫了衣服躲進中港大排的事？」

「再更後面。」等等，這傢伙跳進開放式的水裡還先脫衣服？

「我離開之後染上重感冒，十多天都沒好轉的事？」

「再後面點。」

「一名身穿靛青長袍的道士要我注意身上的紅紋的事？」

「再更後面。」這傢伙在幾十秒內講了這麼多話？

「我為了隱藏朱綉姊，悄悄離家卻遇上一大群墓坑鳥的事？」

「所以才躲到這裡？」

「不，是那名道士要我躲在這裡的。」她稍稍退開我耳邊，一股溫熱的氣息拂上後頸，有點癢。「他要我和朱綉姊躲在工廠附近，積極捕食野生妖怪，製造出有強悍妖物居住的表象。」

「為什麼？」

「為了把你這樣的人引來。」朱綉大姊代為回答：「我對於自己如何、為何寄宿在雨潼身上，一無所知。這種狀況下，雖是寄宿者，卻只能看著無辜的雨潼一步步這難以負擔的靈能吞噬，實在讓人心痛。」

越來越高亢的聲調略帶急促的顫音，讓人感受到她話語中飽含的誠摯真心。

真羨慕，當初那頭老虎可沒替我多想。

「連怎麼寄宿的都不知道？」

「原因和目的不知道，」熒雨潼湊過來的上唇不經意地輕碰我的耳垂。「時間倒是記得很清楚。」

她的目光移向棘蛛精，朱綉大姊輕輕頷首，默許了後續的說明。

「朱綉姊是我無意間向上天許願，才降臨於世，寄宿在我體內的。」熒雨潼低著頭，額前的瀏海掃上我的肌膚。「兩週前的午夜，我瞞著家人偷偷前往新北大道七段的機捷事件殉難者追悼碑，朝石碑灑水，放下幾束玫瑰，就碰到那頭漆黑的可怕妖怪……」

我悄聲嚥下唾沫，思索她與那起事件的關聯。

機場捷運劫持事件中，我和雙頭蛇的戰鬥擊毀了第五二〇號列車的後段車廂，以及數十公尺長的高架軌道。重達數噸的物體墜地之時，砸向周邊無數民房，這起意外災難造成前所未有的嚴重死傷。儘管中央政府與那個藍髮傢伙完美隱藏虎騎士之名和我的存在，將責任歸咎於頭號罪犯「雙頭蛇」和過於遲鈍的疏散行動，卻仍有不少媒體試圖將這起人為災害怪罪到「御儀姬」九降詩櫻身上。

只有我明白，詩櫻是代我背負數百條性命的沉重罪名。

罪過由他人承擔的結果，是永無止盡的自責，和無以復加的自我厭惡。那之後的數十天裡，我終日徘徊於事故現場，試圖分擔罹難者家屬們的莫大苦痛。

隨著時間流逝，原以為能若無其事地掩飾一切，過去種下的因，卻總會回頭糾纏——此刻正是如此，我竟在闃寂黑暗的工廠，碰上在機捷事件失去親友的同班同學，即便她對虎騎士絲毫不知，可怕的巧合仍讓人想吶喊一聲「這到底是什麼鬼遭遇！」

「我碰到的妖怪就是那頭黑色野獸。」熒雨潼並未注意我冒出的冷汗。「牠從暗處現身，猛撲上來，無論怎麼掙扎，野獸的獠牙只有越陷越深。」

「妳有受傷？」

「有的。沈同學想看看傷口嗎？」

「在哪？」

「這裡。」她的指頭擺在鎖骨與肋骨之間，約是右胸緊鄰腋窩之處。

「整個右肩？」

「主要傷在胸部邊緣，咬痕還沒完全消失。」

「傷在胸部，然後妳問我要不要看？」

她眨眨眼，驀然雙頰通紅，低著頭，語無倫次地說：「還、還是請你別看了。」

「我想也是。」

「總之，」她再次湊近我耳邊，「原以為自己即將死亡，腦海浮現人生跑馬燈時，無意間做出不太恰當的祈求……」

「什麼祈求？」

「我想活下去。」她的唇瓣貼上我的外耳。「我願意付出任何代價，只求保住性命。」

「妳認為是這樣的祈求招來蜘蛛精的寄宿？」

「小子，注意你的語氣。」

朱綉大姊交換疊起的前腳，最大的兩枚蛛眼瞪視著我。

無視她的抱怨，我搖搖頭，大嘆一口氣。神明會響應人們的祈求，進而評估是否降福；可能行動，可能不行動，卻怎麼也不該變成有弊無利的狀況。我被黑虎將軍寄宿之時，神明也是為了保全心柔的靈魂，間接威脅我的性命，若以事後諸葛的角度判斷，黑虎當下的行為絕對利大於弊，我只需要找到適當的解決方法即可。

能夠解決的困境，總比無法解決的好。

然而，我卻看不出熒雨潼和棘蛛精間的寄宿關係有什麼好處。

「除了強悍的力量外，朱綉大姊有什麼額外的益處嗎？」

「唔哼，我可不是什麼救命良藥。」朱綉大姊哼了一聲。「醜話先說，我們蜘蛛精並不是為了拯救人類而活，平常只顧捕食妖怪，積極繁殖後代，絲毫不管人類、神靈和其餘妖物。」

「朱綉大姊不算是神明，對吧？」

「當然，我這八隻腳的詭異模樣哪裡像神明了，誰會祭拜這種怪物。」

「我、我會呀。」熒雨潼氣若游絲地說。

朱綉大姊笑了笑，抬起前腳使勁搓揉熒雨潼的頭，把她的頭髮和辮子弄得一團亂。這對組合的感情好得像姊妹，與我的搭檔截然不同。

「如果不是神明，又該怎麼回應祈福？」我實在不懂箇中原理。

「有沒有可能……」熒雨潼話到嘴邊，卻被朱綉大姊和我的注目嚇了一跳。她遲疑幾秒，才湊向我說：「有、有沒有可能是祈求的方式錯了？因為，我沒有向任何神明祈求，純粹對著無人的方向閉眼冥想。」

就因為祈福時沒有指定神明，就招來這等災禍？

我不認為神靈的降福機制這麼可怕，祈求就像提出申購單，經過神明的評估，才在決定降福之時化為正式契約；不同的是，神明一旦決定降福，可不會等我們在契約書上簽名，說來就來，霸道得很。

熒雨潼和朱綉大姊的狀況顯然不同，雖說無法肯定，但先前遭遇的蛇怪靈裝或許也是這種模式。不過雙頭蛇是蛇神，而詩櫻說過神明只會賜福，依此脈絡……

罷了，越想越混亂。

熒雨潼注視著我鼻子和眼睛「附近」的位置，狀似四目相接，實則沒有。

「朱綉大姊說，在這裡積極捕食的原因，是為了把我這樣的人引來，對吧？」

熒雨潼望向朱綉大姊，後者不置可否，似乎拿不定主意。

我伸出右手，用力摀上熒雨潼的太陽穴，她「啊嗚」一聲，緊縮雙肩。

「熒雨潼，什麼話該講、什麼話不該講，什麼話能講、什麼話不能講，如此簡單明瞭的事都無法決定，又怎能受人關注！」

「可、可是……沈同學自己也沒什麼朋友……」

「囉、囉唆，至少我不會數十天不到校還沒人在意。」

「真的嗎？」

大概吧。但總覺得我也是容易被人遺忘的邊緣人。

熒雨潼眼眶含淚，嘴裡悄聲咕噥：「嗚嗚，我又被忘記了……」

「不是『又』，而是妳從來沒被記住啊。」

「太過份了……」

「總之，快告訴我為何要引來『我這樣的人』。」

熒雨潼抹抹眼角，卻沒將我置於太陽穴邊的手撥開。

「因為，」她垂下頭，聲音小得幾乎聽不見，逼得我只能趕緊湊近右耳。「那名道士說，只有擅長靈裝、熟悉靈術的道者足以應付已然反噬的寄宿關係，他要我們在此高調行事，盡可能引起御儀宮和玄女宮的注意，最理想的狀況是把機捷事件的御儀姬請出來。然後……」

「然後在她解決我們的問題後，立刻把她給吞了。」朱綉大姊咯咯笑著。

「朱綉姊不要亂講話啦！」熒雨潼反常地提高音量，似乎察覺有些失態，趕緊擺擺手，說：「請放心，我們沒有那樣的打算……別、別露出這麼可怕的表情嘛。我需要朱綉姊的力量，才能免於被烏黑狂獸的攻擊；當然也得擺脫這種寄宿關係，否則將會危及性命。」她停頓半晌，說：「若是真能找到幫手，就算並非御儀姬本人，也已萬分感謝。」

「雖然我差點就被妳們殺了。」我挑起左眉。

「傻小子，你當我看不出那是什麼把戲？」朱綉大姊用左前腳頂了頂我的額頭，說：「雖然看起來很像，但你身上的黑色紋路並不是寄宿關係產生的，而是源於羈絆關係，是良善、互助、共伴而生的強大靈裝。更別提與你產生羈絆的是四方神獸之一，四靈之西的白虎，那可是連戌級靈術師都難以駕馭的強大護神。」

熒雨潼低頭凝望布滿鮮紅紋路的雙腿，動了動嘴。

朱綉大姊說：「她說，『沈同學至少不是我們這種無法自由控制的狀況』。」

「相信我，我懂這種狀況。非常懂。」嘆了口氣，無視她倆投來的好奇目光，我說：「可惜的是，雖然我能施展半調子的靈裝，卻無真材實學，對靈力的理解恐怕比兩位還少，好比剛才朱綉大姊說的那些，四方之靈和戌級道士等事，我全不懂。坦白說，我甚至懷疑自己到底是如何驅動這股力量的。」

熒雨潼眨了眨眼，似乎沒能弄懂我的意思。

「一言以蔽之，就是我真的幫不上忙。」

「怎麼會……」熒雨潼牽起我的左手，欲言又止。「那……那我到底……」

凝視她滿懷憂心的雙眸，彷彿看見過去的自己。

行將吞噬之際，壓迫身心的強烈絕望讓我不惜闖進玄女宮，潛入御儀宮，甚至拖累整個靈道領域的希望之星，危及她寶貴的性命。人在面對絕望之時，採取任何舉動都不意外；熒雨潼和朱綉大姊聯手將我束縛，必也出於絕境，絕處逢生的求生意念本就是人之常情，難以苛責，無法棄之不顧。

熒雨潼湊近我耳邊，「沈同學，我能不能問個有點……不恰當的問題？」

「這得看是什麼問題。」

她猶豫幾秒，說：「請問你是怎麼和白虎共存的呢？」

我挑起左眉，陷入沉思。她似乎把我的沉默誤解為不悅，連忙以氣音補充：「因為沈同學看起來不像是擁有高強靈力的人，也不像研究過靈道法術的世家子弟，所以我才猜想你是用了某種特別的手段……」

說到特別的手段，驀然想起第一次在御儀宮接受靈力移轉術式的光景，同時想起詩櫻悅耳的語調、輕巧的舉動以及柔暖的唇瓣；之後幾經波折，最終亦是透過她的靈術和第二次令人難忘的吻，才得以保全性命，同時留下些許的力量，悄悄容納神獸白虎。

這段過程，我可說不出口。

「我猜錯了嗎……」

「不，妳的想法完全沒錯，我確實跟『那個世界』——」我注視著朱綉大姊，「一點瓜葛也沒有。之所以落到今日這步田地，為的不是自己，而是更重要的人。」

她似乎正想發問，我搶先說：「總之，我的解決方法不可能重現。究其原理，是透過雙方自發的溝通交流，無視雙方靈力差距，動之以情的不平等和解。」

「我們沒有吵架呀。」熒雨潼的聲音彷彿一道輕柔的微風。

「這正是棘手的原因。」我瞥向朱綉大姊，說：「妳們的關係比我和白虎的關係融洽多了，朱綉大姊幾乎是在『疼』妳，要說衝突，恐怕連個影都沒有。」

「不過……」熒雨潼咬著下唇，輕拉我的衣角。「就算是死馬當活馬醫，能不能請沈同學拜託那位高人，出面替我們想想辦法？」

熒雨潼楚楚可憐的姿態和嬌小的柔弱身軀，讓我不禁想起心柔。到底該解救被蜘蛛寄宿的少女，還是優先拯救遭到狐狸吞噬的妹妹？——任憑殘酷冷血的地獄選擇題在腦海盤旋，我也真是病了。

對話陷入無邊的沉默，她還等著答案，我卻輕輕將她的手撥離衣角。

「對不起，熒雨潼，我——」

鏗的一聲，尖銳刺耳的噪響截斷我的話語。

一枚淺藍幾近透明的矛狀物體突然襲向朱綉大姊，蜘蛛精的反應已經夠快了，迅速飛至的藍白物體卻已削斷她的第二隻左腳，濃稠的青綠色液體自平滑切面溢出，滴落地面發出搭搭搭的怪聲。

相對於驚恐得雙腿癱軟的熒雨潼，朱綉大姊倒是老神在在，沉著應戰。

工廠的另一端傳來咔咔咔的腳步聲。

下一秒，伴隨著響亮的掌聲，傳來陌生的女性聲音。

「令人欽佩，著實欽佩。」

日光照射不到的陰暗角落，步出一名身穿雪白漢服的少女。

她留有一頭烏黑直順的中長髮，右耳旁紮起一綹側馬尾，挾帶笑意的晶亮大眼銳利得令人膽寒。白皙如瓷的肌膚，為她增添幾分姿色，渾身散發一股難以言喻的神祕氣質。

她腰間的水藍束帶精繡一條栩栩如生的金龍，神聖不可侵犯，充滿威嚴。

端坐在她頭頂的石虎，突兀得讓人困惑。

「貿然打擾各位談天，真的非常抱歉。」

這位不速之客揚起嘴角嘻笑，緩緩抬起左手。她的左掌周邊環繞一圈懸浮半空的冰晶碎片，琳瑯滿目，大小不一。最大的那枚比足球還大，最小的那枚卻比拇指還小。

「現在，不知是否方便——」

女孩露齒一笑，神態看似天真爛漫，眼神卻冷峻如霜。
「由小女子我，為各位送行？」

第三節　冰七戌書樗

裝束淨白的冰晶女孩，在距離我們十公尺外的位置停下腳步。

她左腕邊懸浮的晶亮碎冰蠢蠢欲動，彷彿隨時會飛過來，將工廠內的二人一蛛削成紙片。透過阿光裝置於面具的偵測器，研判出眼前的她，靈力總量比外頭所有墓坑鳥加起來還高。無庸質疑，這名少女擁有超乎想像的強大靈力，運用術式的技巧想必更是精妙純熟。

眼前的局面不只處於劣勢，而是絕對的險峻。

熒雨潼後退幾步，目光充滿恐懼。

單從容貌判斷，眼前的女孩年紀比我們小，散發在外的威嚇氣息卻遠非凡人能及；就算沒有手邊懸浮的冰錐，光憑那對天不怕地不怕的眸子，也夠讓人膽寒了。

朱綉大姊斷了一足，卻並無懼色，目不轉睛地盯向來者。

側馬尾女孩聳聳肩，挑著眉說：「我是不曉得這位不怕痛的大紅棘蛛精是怎麼回事，但……那邊的姑娘要不要先注意下自己的傷勢？」

這才發現，熒雨潼的左臂，靠近手肘的位置多出一道俐落的切痕。

「該不會，」我瞥向朱綉大姊斷掉的第二隻前腳。「是這個的緣故？」

「真是的，」不速之客咧嘴一笑。「你竟沒發現這一人一蛛真正的病症，看來，你比我想像中更加愚蠢呢，虎騎士沈雁翔。」

「妳知道我是誰？」

「我知道你有什麼本事。」她聳聳肩，「而且我還有預知能力。」

「我最討厭有預知能力的傢伙。」

女孩無視嘲諷，逕自竊笑。「說是預知，其實只是預判罷了。這也沒什麼困難，我眨個眼，扭扭脖子，就會看見兩具高中生屍體，和一具蜘蛛殘骸。」

「這裡只會有妳的屍體。」

「抱歉，我有潔癖，無法與二位同眠。」

即便她手邊的大小冰錐不住旋轉，卻好似永不融化，未曾消減半分。我懷疑那些冰塊根本不是實體之物，而是與神獸白虎相同的特殊靈質。

「妳看起來只是個國中生。」

「是又如何？」女孩嘻嘻笑了，那模樣純真得足以騙過任何膽敢掉以輕心的人。她說：「如你所說，我的確只是個國中生——儘管我擁有在場女性中最高的身長和最苗條的體型，卻還只是個小孩呢。」

這傢伙拐彎抹角地嘲諷著熒雨潼嬌小稚嫩的外貌。

熒雨潼噘起嘴，睜大眸子瞪向對方，動了動嘴。

「我……比較……」

「妳說什麼？」側馬尾女孩臉上依然掛著傲視一切的燦笑。「看妳一副膽小鬼模樣，想不到竟敢悄悄回嘴，真令人敬佩。」

「其實，」朱綉大姊冷冷地說：「她說的是『我的胸部比較大』。」

時間好似靜止。

須臾，周遭空氣驀然驟降，無風的凜寒彷彿身處結霜之境，冷冽地讓人直打哆嗦。

無論熒雨潼所言是否屬實，唯一可確定的是，對方已被完全激怒了。

「妳這笨蛋。」我輕輕敲了熒雨潼的天靈蓋，用氣音在她耳邊說：「就算妳說的完全正確，沒事惹惱對方做什麼啦。何況，眼前這個趾高氣昂的小妮子，可不是咱們仨能對付的。」

氣得滿臉通紅的冰晶女孩，渾身散發向外漫布的薄薄霧氣，籠罩而來的冷空氣讓人以為瞬間遁入寒冬。附近的廢棄機臺一一受凍崩裂，發出冰塊破裂的嗶剝聲響，隨著冷空氣聚攏，女孩兩側逐漸凝起比人還高的懸浮冰錐。

不知何時，她頭頂的石虎已悄然消失。

我輕嘆口氣，對熒雨潼說：「我以為妳是個膽小、害羞、怕生、沒主見的人。」

「我是啊，但她把我說得一無是處……」熒雨潼在我耳邊說。

「那何必這種時候特別積極地去送頭！」

「唔唔……」

「妳這傢伙表達意見的時機真的很妙。話說回來——」我瞥了熒雨潼一眼，「妳的胸部真的有比她大嗎？」

「有啦，沒禮貌，」她拉緊衣服，挺起胸部。「我可是高中生呢。」

又不是沒看過完全不長胸部的高中生。

我的腦裡突然浮現前不凸、後不翹的藍髮傢伙，輕笑一聲，聳聳肩，開始運轉體內的靈力。流竄軀幹的沁涼之感搭配外在的急凍凜寒，冷得令人難受，原本應有的通體舒適蕩然無存。

朱綉大姊立於熒雨潼身前，用偌大軀體徹底護住嬌小的女孩，似乎打算讓她脫離戰鬥。蜘蛛精身上的傷會帶給宿主相應的戕害，這種狀況還是首見；過去，由虎將軍代為承受的傷不會移轉，我倆是完全並立的靈肉，個別承擔，獨立計算。

諸多差異，在在顯示我和熒雨潼的寄宿狀態截然不同。

對付這個傢伙，完全不用保留力量——彷彿理解我的心思，靈力急遽四散，眨眼便已完成靈裝。與此同時，側馬尾女孩扔出六枚三公尺高的冰錐，直朝我們襲來。

我踏上冰凍的機臺後猛力蹬足，一躍而起向上騰飛，在半空中迴旋一周，踢出右腳使出俐落的月牙風刃，切斷急速而至的三枚冰錐。朱綉大姊轉身吐絲，用堅韌的蛛絲拉住兩枚冰錐，再用右側三隻腳撥飛剩餘的一枚。

看來這個傲慢的女孩空有一身靈力，卻沒有——

說時遲，那時快，破碎的冰錐化作無數冰晶，毫無章法地飛襲而來。

「呀啊！」

熒雨潼抱頭瑟縮，裸露在外的臂膀和大腿被冰片削出一道道傷口。朱綉大姊連忙跳起，不顧扎於軀幹的冰片刺得多深，一股腦地挺身保護熒雨潼。我則略以雙手遮臉，掌心霎時割出好幾道傷；面具材質雖好，卻也出現數道裂痕，若有幸撿回殘命，可得重新研究面具的防護素材了。

一陣掌聲傳入耳畔，「了不起，了不起。」

冰晶少女滿臉不屑，充滿嘲諷地以一秒一回的固定頻率拍響雙掌。

「原本打算一發收拾各位，卻被硬撐下來了呢。真了不起，由衷佩服。」

「妳這傢伙……」

「說來慚愧，我之所以沒有表明身分，是因為想一瞬間解決各位的，既然現在被撐住了，只得遵照古時禮儀和交戰規矩，完成這道不太重要的繁文縟節。」

「妳這傢伙廢話真多。」

才說完，三枚指頭長度的冰錐轉眼飛至，劃過肩頭，險些扎進體內。

少女露出傲視萬物的睥睨眼神，說：「看來虎騎士沈雁翔是個不聽人說話的教科書式沙文豬呢。」

她瞅了我半晌，突然揚起嘴角，攤開雙手，四周懸浮的冰錐應聲破碎，化為水氣，消失得無影無蹤。

冰晶少女拎起漢服裙襬，緩緩鞠躬，全身上下中式風格打扮的她，居然選擇了西方禮儀。

「各位好，貴客臨門，有失遠迎，著實失禮。」

她垂首抬眼，展露笑靨環顧眾人。

「我的名字是書檮，尚書的書，檮櫟的檮，是隸屬於首鎮清玄宗的靈巫，六十四戌位列第七，掌冰靈戌符，特來此地滅妖除惡。」

她還特地解釋同音不同形的假疊字，看來是個討厭名字招來誤會的人。

「檮櫟……」熒雨潼遲疑半晌，悄聲說：「檮櫟庸材？」

一枚冰錐朝她飛去，毫釐之差便要貫穿頸部。書檮斜瞪著她，說：「紅刺青小姐似乎相當不懂禮儀呢，檮櫟庸材是自謙語，可不是妳以為的那種意思！」

熒雨潼露出欲哭無淚的表情，在我耳邊說：「我沒有想罵人呀……」

沒辦法，聽起來就像嘲諷之語，這叫禍從口出啊，熒雨潼小姐。

「靈巫書檮，是吧？」我叉著腰，倚靠機臺趁機休息。「妳剛才說要滅妖除惡，但我是人耶，我體內的白虎則是神明，說起來只有那兩位符合妳的任務吧？」

「咦咦——」熒雨潼瞪大雙眼，被我的話嚇了一跳。

我伸手制止，並不是怕她壞我好事，而是無暇說明用意。

「妳有那麼多頭銜，鐵定是實力高強的靈術師，既然如此，一定看得出來在場之人並非有意招引這等寄宿關係，更不會以此為惡，根本不是妳該討伐的目標，反而是必須拯救的對象。」

「拯救？」書檮挑起左眉，哼笑一聲。「首先，我不是普通的靈術師，而是靈巫！其次，無論什麼理由，我都不打算拯救你們；最後，我的任務是調查新莊第一公墓的『時變』反應，目前看來，罪魁禍首就是這隻棘蛛精。」

「等等，什麼是時變反應？」

「天啊，難道我出個任務還得當解惑導師？虎騎士沈雁翔，你體內分明住了一頭神獸卻什麼也不懂，真不知道你是怎麼駕馭神靈的。」書檮緊皺眉頭斜瞪過來，說：「時變反應指的是四時之變，也就是周遭環境出現涉及靈能的異變總稱。以附近的狀況看來，老爺子指的是大量妖怪不自然的群聚狀態使區域靈能失衡，間接導致邪惡之物接近的危險，有事先化解的必要。」

「……的。」熒雨潼動了動嘴。

「妳說什麼？」我問。

「她說『那些怪物不是朱綉姊引來的』。」明明距離很遠，書檮卻能聽見熒雨潼彷如蚊蚋的聲音。她望向朱綉大姊，說：「這是唯一可能的解釋，棘蛛精本身就是蜘蛛精裡特別稀有的強大支脈，更別提七蛛之首的紅蜘蛛朱綉。」

朱綉大姊凝望書檮，靜靜聆聽，蜘蛛腳動也不動一下。

沒想到她是如此強大的妖怪，難怪白虎靈裝的雙重月牙無法成功撂倒，還真是大開眼界。

「過來的路上，我發現數量龐大的墓坑鳥。」書櫄從漢服的領口內掏出一枚青色羽毛。「鳥群前行的方向就是時變的方位，換句話說，此處的人事物，即為招引異樣反應的原因。」

熒雨潼低著頭，不知如何反駁。畢竟她們打算吸引靈術師前來的行動，確實造成大量妖怪群聚，客觀上與書櫄所言之事相符。

「雖然妳說的很有道理，眼下狀況看來也足以得此結論，但我還是得跟妳說，事實真的不是這樣。」

「那難不成是你引發的？」

「這就更不可能了。」

「確實，在此之前，你從未回到這個令人揪心的場所，對吧？」

書櫄的笑靨藏著捉摸不透的神祕。

熒雨潼眨了眨眼，來回盼著我們，不解其意。書櫄揚起嘴角，衝著她笑，張大雙臂說：「這裡正是虎騎士沈雁翔惡夢所在地啊！」

「妳到底是誰？」我的聲音比想像中還要低沉。

書櫄嘻嘻一笑，雙手交叉身後，俏皮地向前傾身。

「我呀，是個比你想像中更瞭解你的人。」

「妳不是我妹。」

「的確不是。」

「也不是我朋友。」

「確實不是。」

「妳到底是誰？」

「我說了，我叫書樗，是一名靈巫。」書樗舉起左手，重新喚起五枚鉛筆大小的冰錐。「靈巫的工作是排除不該存在的妖物，讓這個世界依循人們的無知，以平凡庸俗的方式持續運作，好好保持令人悲哀的生生不息。」

「包括在罪證不足的情況下殺害兩名人類、一隻妖怪和一頭神獸？」

「我可殺不死白虎。」書樗瞇起雙眼，「不過，我知道怎麼避開白虎神力，除掉另外三個穢物。」

「妳有沒有想過，只要幫熒雨潼解決失控的寄宿關係，讓朱綉大姊回到原來的住所，就能解決時變反應了？」

「嗯……」書樗歪頭沉吟，微蹙眉宇。「是有這種方法啦，但很麻煩。」

喂喂喂！

「更何況我無法判斷這種手段能不能解決問題，一時間也等不到指示……唉，殺了就殺了唄。」

喂喂喂喂！

「至於虎騎士沈雁翔你……坦白說，我們的相遇純屬意外。」

書樗哼笑一聲，輕輕撥動束在耳畔的馬尾，好似眼前的局面只是一場可笑的兒戲，視珍貴的生命為無物，毫不在意，無須慎重以待。

「嚴格來說，你也是應當除去的麻煩。」書樗輕佻地轉動食指，搞不清楚究竟是在比劃著我，還是我身邊的某物。她說：「按理來說，只有受封九宮、立為御帝、持掌璽印之人，才有降伏神獸的權利。」

「妳說的是中文嗎……？」

「看吧，你根本就狀況外。我是不知道你當初怎麼弄來這匹神獸，但按照靈道領域的規矩，非親非故、無宗無派、無權無責的你，擅自御伏白虎作為護神的行為，便已值得狂誅九輪。」

九降、九宮、九輪，這些傢伙的信仰是沒別的數字可用嗎？

面對腦袋僵硬的傢伙，多說無益。

「總之，妳是不會放過我們了？」

「可以這麼說。」

「妳有十足的把握能幹掉我們？」

「是。」

書櫻瞇起雙眸，露齒燦笑，要是沒有手邊的懸浮冰錐和那倨傲無禮的個性，倒也是個俏皮可愛的女孩。

瞥向熒雨潼，我聳聳肩，面露苦笑；她眨了眨眼，半晌之後，回以一抹苦澀的淺笑。

看來，只能乖乖戰鬥了。

體內靈力重新聚集，白虎靈裝再次開展。我凝神定氣，扎穩馬步，朝旁側猛踢，右邊的機臺震起一股風陣，連動牆邊的氣流。這股氣流，啟動了暗藏許久的陷阱，剎那間，十道月牙風刃分別從十個方位朝書櫻劃去。

「哦？」冰晶女孩輕叫一聲，面露驚訝之色。

數分鐘前，我利用談話的間隙，將月牙風刃所需的靈力散至方圓十公尺外的牆邊，屏息隱藏，隨後再以風陣啟動，瞬間發動數道牙刃攻勢。

若說追捕妖怪的期間學到什麼，大概就是這些投機的技巧。

朱綉大姊在熒雨潼面前結織五張大網，攀爬上去，以迅雷不及掩耳之勢朝書櫻猛攻。書櫻雙足佇立，腳板彷彿長了釘子，動也不動地漠然看著業已出手的我們。眼看牙刃即將砍中她的身軀，上方驀然降下無數冰錐。除卻書櫻所立之處，工廠內瞬間被暴雨般的冰錐籠罩，剎那間四周全是致命的鋒利武器，彷彿無數矛尖同時墜落，無處可躲，也無處可逃。

熒雨潼張開嘴發出無聲的吶喊，抱著頭，急往蛛網裡鑽。距離蛛網太遠的我只得將靈力匯集於雙腿，向前衝刺，以滑壘之姿躲進機臺間的狹縫。

下一秒，砰砰砰砰——宛如千軍萬馬奔騰而至的鈍擊聲此起彼落，頭上的機臺被冰錐砸中數十回，厚重的鋼板竟也穿出好幾個孔。與先前的情況相同，冰錐破裂之後旋即產生四處飛散的銳利碎片；躲過一次，還得再躲一回，無止盡的凌厲攻勢覆蓋廣大的範圍，制霸全場，近乎無敵。

我想，就算啟動白虎靈裝，也無法全身而退。

名為書樗的靈術師，自稱擁有與詩櫻相同的靈巫身分，且在六十四什麼之中位列第七，意味著在她之上還有六名更強悍的術師。剛才那番對話可以推知，她並沒有神獸寄宿，想必需要受到某種冊封才能擁有神獸，而且僅有九人享有這等資格，簡言之，總計共有十五名比她更強的靈巫。

「這也未免太扯了！」

我忍不住發出怒吼，雙手一扳，將兩座機臺推飛出去，邁開步伐朝書樗狂奔。行動之間，預先將靈力分配在右腳和左側腹，打算先迴避可能襲來的冰錐，再立刻送出牙刃反擊。

如意算盤打得好，卻無法防免懸殊的實力差距帶來的莫大風險。

與書樗的距離縮短至七公尺內，地面倏地竄起細長的冰槍，我連忙側身閃躲，卻仍被貫穿左臂，頓時鮮血如注。縱使腎上腺素快速作用，也沒能壓下痛楚，只能咬緊牙關奮力擊碎扎上手臂的冰槍，撕心裂肺的刺痛讓人眼冒金星，雙腿一軟，跪倒在地。眼角餘光看見渾身是傷的朱綉大姊，以及因寄宿關係而受連帶傷害的熒雨潼，後者的臉蛋皺成一團，頰上滿是淚水，說什麼也不放開朱綉大姊。

反之，靈巫書樗則毫髮無傷，甚至未移半步。她朝雙膝跪地的我緩步走來，氣定神閒，俯視端詳。靈時，心中不由得浮現身穿桃紅道服，面帶柔和笑顏的九降詩櫻。

倘若乖乖尋求她的幫助，是否就能避免這場衝突？又是否能擁有幫助熒雨潼的力量？人生沒有如果，我也沒有預視能力。

曾幾何時，我竟成為必須接受幫助的對象，思及至此，胸中便燃起無邊的惱火。

伸手緊抓書檮的腳踝，下一秒，白虎神靈脫離寄宿，猛地將她撲倒。冰晶少女低聲驚呼，旋即速唸咒語，喚來一堵冰霜高牆，將白虎推了回去。書檮接連使出六道靈術，面對近乎無敵的白虎卻絲毫不起作用，猶如困獸之鬥，各種術式瞬間被強勁的虎爪摧毀。

獨行的白虎雖然強悍，靈力低微的我卻難以駕馭。

我抽出口袋的白符，飛快默唸咒語，高聲喊道：「破魔咒！」

響應這聲呼喊，白符化作灰燼，浮現一個懸於半空的圓形平面。我推出左掌，破魔咒便朝著書檮的冰牆前進。她咂咂嘴，抬起左臂，將無數冰錐扔了過來。

我趁隙再抽出另外三張白符，默唸咒語，將字符較密的兩張擲向熒雨潼和朱綉大姊。那是詩櫻親手撰寫的癒寧咒，效果雖然不及她指尖的清癒訣，卻比任何應急藥物來得好用。在符咒道術的施展下，熒雨潼和朱綉大姊的傷口漸漸癒合，臉上卻依舊是痛苦的表情，畢竟癒寧咒只能加速肉體復原，沒有止痛效果。

手中剩下的白符，則是全新的破魔咒。

在書檮擊碎第一道破魔咒後，我發出意念，讓白虎將軍返回體內，迅速完成靈裝。與此同時，禱唸完成的第二道破魔咒符亦已啟動，擊碎凌空而至的密集冰錐。冰錐爆破後的細小碎片襲來，我立刻躍起身子，掃下右腿，月牙風刃再度朝著書檮襲去。

「雕蟲小技！」

她合起雙掌，喚起整排冰槍阻擋於前，剎那間，半透明的絲線穿過冰槍間的縫隙，黏上那身純白道袍。朱綉大姊以前腳拉扯蛛絲，將書樗甩離地面，越過冰槍之陣摔向右側空地，暴露在碎片和牙刃前方。

書樗緊皺眉頭，張開右掌，將已然爆散的碎片集中收束，化作一堵冰晶薄牆，移至身前，成功抵擋我的月牙風刃。

「嘿呀——！」

熒雨潼抬起鐵椅，使勁砸向書樗。

「哇……」「欸——」

朱綉大姊和我被突如其來的偷襲震懾住，閃避不及的書樗就這麼活生生地被堅硬的鐵椅擊中腦袋，一時重心不穩，摔倒在地，痛得雙手抱頭，嘴裡發出野獸般的低鳴。

「妳這……妳這該死的刺青女……」

我幾乎能聽見她恨得磨牙的駭人響聲。熒雨潼這傢伙，似乎特別擅長激怒這位脾氣很差的靈術師。

熒雨潼雙手叉腰，挺起胸來動起嘴。

「她說，『雖然妳很可怕，但我不會道歉』。」朱綉大姊倚在熒雨潼身邊，低聲說道：「她還說，『今天錯的是妳，先好好反省，我才會跟妳道歉』。」

「開什麼玩笑……」

書樗渾身散發生人勿近的冰霜氣息，廢棄工廠再度進入西伯利亞零下結冰的爆寒狀態，驟降的速度讓人瞬間打起數回冷顫。

「女孩子最重要的就是外表啊！」

伴隨著憤怒的尖聲吶喊，以書樗為中心，六道巨大的冰柱從地面貫出。我衝上前，一把抱住熒雨潼，閃過致命的攻擊。

「妳以為妳是誰啊——！」

書檮抬起頭，前額有道明顯傷口，似乎是被鐵椅打傷的。她用手抹掉滲出的鮮血，緊咬下唇，殺氣騰騰地挺起身子，雙手叉腰，目露兇光瞪視我們。在她身後，工廠牆面有個被月牙風刃砍出的破口，透進一道日光；看來是沒被擋下的牙刃，把工廠打穿了。

正打算向朱綉大姊喊話，書檮突然大展雙臂，將數量龐大的冰槍凝聚起來，構成高聳駭人的尖刺冰牆。這傢伙是真的想殺了我們。

「朱綉大姊！」

我伸手指向那個被我打穿的大洞，棘蛛精遲疑半秒，便心領神會地吐出五、六層蛛網，充作防護。

「這種等級的防禦哪能擋住本小姐的寒霜冰槍！」

書檮冷笑一聲，冰槍之牆忽地襲上前來，擊破三層阻隔在前的蛛網，速度卻毫無減損，如入無人之境。我抓準時機，猛力踢出一記迴旋，帶起月牙風刃，在冰槍高牆穿透最後一層蛛網時，狠狠擊打上去。牙刃在書檮的攻勢間貫穿出一條清晰的通道。

「熒雨潼——朱綉大姊——！」

棘蛛精甩出大把蛛絲，緊緊纏住熒雨潼，蹬足一躍，穿過牙刃擊出的通道，攀上天花板的蛛網，頃刻間便翻越外牆孔洞，逃了出去。

與朱綉大姊同時起跳的我，突然渾身無力地癱軟跪倒。

冰槍高牆已近在眼前。

一聲嘆息伴隨啪地清脆掌聲，視野所及的冰晶術式全數解消。

抬起頭，只見書樗滿臉不悅地緊合雙掌，顯然是在千鈞一髮之際決定解除這次的攻擊。她的胸口不住起伏，似乎感到憤憤不平，額前的傷口看似已經癒合，或許是施了道法或敷了靈咒。

「我搞不懂你耶！」書樗走向身旁的鐵桌，端坐其上，俯視著我。「你自己沒逃掉，卻把那個隨時會被吞噬的定時炸彈放出去？天啊，真想知道你腦袋裡都裝些什麼。」

「我才搞不懂妳呢，妳大概有一萬個能殺掉我們的機會，卻一次又一次地製造無意義的空隙，讓我們化解。」

我索性放鬆身體，豁出去般地癱坐下來，然而，地面仍有書樗逸出的冰霜之息，凍得我險些跳起身來，這才發現，白虎靈裝不知何時已然解除。

「不得不說，我甚至懷疑妳根本就不想殺我們。」

「你不能把每個穿道袍的都當成聖人。」

書樗悠哉地從領子裡取出一枚戒指，戴上左手食指。戒指的外型是顆淡藍鈴鐺，纖細的戒圍邊緣好似刻有一串小字，狀似梵文。

「我是認真的耶。」她哼了一聲，斜睇著我。「被人以為偷偷放水還真難過。」

「剛才都是真功夫？」

「不敢說百分之百，不過——」

書樗驀然住嘴發楞，我正想開口詢問，她立刻抬手制止，皺著眉頭專注傾聽。不久，耳裡開始迴盪趴搭趴搭的聲響，由遠而近；說時遲，那時快，數以萬計的墓坑鳥穿越外牆上的月牙破洞闖了進來，四周瞬間烏雲罩頂。

「那個該死的蜘蛛王八蛋居然把墓坑鳥引進來！」

書樗揚聲怒吼，抬起雙臂朝妖鳥群連續發射冰錐。由於事態過於緊急，來不及驅動靈力的我，只得扔出兩張破魔咒符，擊退幾隻鳥妖。

「就跟妳說墓坑鳥不是熒雨潼叫來的了！」

好不容易找到空檔，我吁了口氣，穩定心神，準備凝聚靈力。

什麼也沒發生。

「喂！虎騎士沈雁翔，你該不會想讓我獨自應付這群雜魚吧？」

「等等，我……」

「等不了，快點展開靈裝！」

再次運行體內靈力，依然徒勞無功。

「不見了……」

「啥？」察覺我神情有異，書樗連忙甩出一道密實的冰牆，將群起攻之的墓坑鳥群阻擋在外。

「喂！」她揪起我的領子，「你到底在恍什麼神，快點展開靈裝！」

「就跟妳說不見了啊！」

「什麼東西不見了嘛？」

「靈力、白虎……我擁有的一切力量都不見了啊！」

察覺事態嚴重的我，頓時嚇出一身冷汗。流淌體內的沁涼之感消失殆盡，無論怎麼呼喚，白虎神靈都沒出聲回應。

書樗鬆開雙手，我再次癱軟雙腿，跪地不起。她咂咂嘴，從我口袋抓出一把白符，將三張破魔符分別丟向東南東、南東和南南東，輕而易舉地擊殺三批闖越冰牆的鳥妖。

為什麼會這樣？難道我剛才用盡靈力了？不對，接下書櫄的攻擊並發動月牙風刃時，還能清楚感覺白虎的存在，難道在那之後……

凝視不住打顫的雙掌，竟有置身虛無的荒誕錯覺。

「沈雁翔！」書櫄的聲音穿入耳膜。「你想求死的話我沒意見，但至少先幫忙擊退這群該死的蠢鳥吧！」

「但是，我沒有靈力……」

「你剛才不是才用咒符抵抗我嗎，難不成我比這群雜魚還弱？」

書櫄將握在手中的咒符扔來，符紙四散翩飛，在我眼前緩緩飄落，比起輕舞飛揚的柳絮，更像令人發愁的秋末殘葉。

捻住一枚落下的咒符，呆望紙面上端正美麗的毛筆字。

看來，無論如何都得將詩櫻拉入這潭泥淖。早知如此，就該在一個月前好好坦白，比起說謊，我更寧願承受她知情之際可能伴隨的怒火和脾氣。事實上，我根本沒真的惹她生氣過，又或許，她根本不會對我生氣。

到頭來，我終究誰也救不了。過去，憑我一人無法拯救心柔，甚至危害更多朋友；此刻，更將毫不相干的外人引入險境，只因自身過於弱小，以致無能為力。

無能，是我的最佳側寫。

「沈雁翔！」

書櫄的聲音再次打響耳膜，她的面容略顯疲憊，不久前的對戰造成了不必要的體力耗損，使其無法從容面對這群相對弱小但數量龐大的妖鳥。

「你給我振作一點！」她的聲音滿是無奈。

知道了。我知道了啦。

過往歲月，遭到黑虎將軍寄宿之時，右腳有著超常的怪力；現在，殘留的靈力消失殆盡，連白虎神靈都不見蹤影，說不定連個普通人都不如。

腦袋很沉，混亂的思緒亟需一次重擊。

「沈雁翔！」

書樗轉過頭來，側馬尾順勢甩了一回，白皙結實的小腿微微露於道袍的開衩外，彷彿隨時要飛踢過來。我下定決心，深吸口氣，使勁握住她的馬尾，將眼前纖細嬌小的身軀拉了個踉蹌。

「你這白癡——！」

書樗搧來一記巴掌，我絲毫不打算閃避，結結實實地吃下響亮的耳刮子。半罩式面具險些被打出去。

「叫你幫忙，不聽也就算了，居然還扯我後腿！」

「我扯的是妳的馬尾。」

隨即又是一巴掌。這傢伙的手勁也未免太大了，拜她所賜，腦袋瞬時清晰不少。

眼前的墓坑鳥比外頭所見多出數倍，難怪書樗一人疲於應付，冰牆、冰錐、冰槍全用上了，鳥妖卻似迅速再生，不斷自孔洞入侵，密集龐大的數量宛如永無止盡。

比起戰勝，脫身才是上策。

「書樗，那邊！」我指向不遠處位於角落的鐵門。那是闖入時走過的員工專用出口，在朱綉大姊層層蛛網的包圍下，變得很不顯眼。

「你要我解消冰牆？」書樗皺下眉頭揚聲說：「別以為這些怪鳥會飛得比我們慢！雖然力量不強，墓坑鳥的速度卻很快，更何況她們之中必定有隻領袖……」

巨大的轟隆重擊震撼整座工廠。

比一般墓坑鳥大三倍的靛藍鳥妖撞進工廠，雙翼尖端那對橙黃的羽毛，色彩斑斕而美麗。巨型鳥妖的體型比兩輛休旅車大，相較之下，周圍眾多鳥妖簡直就像餅乾附贈的玩具小汽車。

「妳一定要這麼烏鴉嘴嗎？」

「這還能怪我？」

無視書樗滿臉的不悅，飛快拉起她的手，朝逃生出口衝刺。

「幫忙擋住牠們！」

「你在命令我？」

「……」我翻了翻白眼，「書樗大人，請您高抬貴手幫忙阻擋追兵。」

「這還差不多。」書樗抬起右手，凝聚堅實的冰牆，堵住後方。「不管你想做什麼，都得稍——微快一點點。我的靈力減少很多，不太可能同時應付這麼大量的雜魚和那隻麻煩的老大。」

我點點頭，掏出三張白色咒符。符紙上頭，全是詩櫻撰寫的破魔咒語，娟秀的字體蘊含堅忍的溫柔，又似無聲的責備，更像貼心的關切，一橫一豎間，我的心中浮現出她美麗的形影。

舉起咒符時，彷彿詩櫻也同時伸手，伴我一同道出破魔之咒。

這是我唯一善於驅動的簡單術式。低聲唸完咒語，繼而丟出一枚咒符。

破魔咒開展，弱小的靈能並未傷及第一層蛛網。掌握蛛網的強度後，再度默唸咒語，將三張白符分別擲向偌大蛛網的上、左、右三方，隨即驅動術式。逐漸鬆動的蛛網證實了心中想法：破魔咒會依據使用者不同而獲得程度不一的增幅。失去靈力又缺乏神明寄宿的我，能夠施展的術式格外薄弱，即便是詩櫻撰寫的咒符，也得耗費三枚才能在棘蛛精的網上打出孔洞。

掐指一算，身上還有十四張破魔咒符，應該綽綽有餘。

「書檮，再給我五秒。」我又擲出三張白符。

「等等，你……」

「三秒。」再次擲出三枚白符。

「啥？」

「就是現在，走！」

破魔咒搗毀了三層蛛網之後，我一腳踢向鐵門，厚實的門板鏗鏘一聲飛了出去，耀眼的豔陽瞬間灑入室內，綠野的清新氣息則瀰漫鼻間。

拉起書檮的手，稍加施力，將她摔出門外。

書檮一邊咂嘴，一邊起身，滿臉不悅地搓揉側腹與臀部，同時以厚重的冰牆封住倒塌的逃生門。

「你這傢伙……鐵定不懂得體貼女性。」

「這倒是真的。」我收起剩餘的咒符，撫平襯衫。「不只如此，我還在與女性相約的時間徹底神隱了呢。」

「……在說什麼啊？」

現在還不是閒嗑牙的時間，衣衫不整的我和白袍染塵的書檮肩並著肩，沿著山坡快步離開。這種容易讓人誤解的場景實在太難解釋，可千萬不能被撞見，更不能被某個大嘴巴眼鏡仔拍到。

烈日高掛蒼穹，時刻已過正午。

走上綠意盎然的青山路，身後已無追兵，密林間的烈焰火團亦消失無蹤，四周也不見熒雨潼和朱綉大姊留下的蹤跡，數小時裡的惡鬥彷彿未曾發生。

伴行身邊的書檮驀然拍我肩頭，「我也很常有這種感覺。」

「什麼感覺？」

「自己跟這世界脫節的荒誕之感。」

這一刻，她臉上傲視萬物的神情已然消逝，蒙上一層薄紗般的陰影。

「不過，」她重啟笑靨。「還是我們的世界比較有趣，對吧？」

「我們……？」

我現在到底算哪個世界的人？是神明與妖物共存的玄靈領域，還是凡人與瑣事交織的塵俗世界？肉身置於塵俗，魂魄溶於玄靈，數年來的日常與認知皆已翻轉，要我回去當個什麼也不懂、什麼都看不見的凡人，未免太殘酷了。

可悲的是，選擇權根本不在我手上。唯一能夠幫我，唯一可能出手相助的人，此時不知是否依舊如此。她還願意嗎？願意幫我這個充滿矛盾的傢伙？

輕嘆口氣，隨便找處空地盤腿坐下，閉眼調息，肚腹旋即發出低沉的抗議。

管他的，就這麼歇著，就這麼餓著吧。

反正，無論哪一件事，我都已經遲到了。

第四節　碰巧的不巧

端坐於空無一人的後殿，專心思忖熟悉得不能再熟悉的既定流程，同時惦記著行程中有他相伴的時間。今天忙了一個上午，寅時便起，連早飯都來不及用，就已著手裝扮。

頰上厚厚的妝，好似一張面具，彷彿輕輕牽動唇瓣都能將其破壞。

等會兒「他」會站在哪個位子呢？想到他百般不願意，卻老老實實赴約的模樣，嘴角便忍不住上揚。儘管我們變得親近不少，卻總有一道無形高牆阻擋其間，彷彿一經觸碰就會毀壞，讓人無所適從。

我明白，他是很在乎我的。要非如此，今天這種吃力不討好的白工，誰肯欣然接手。

保持嘴角與臉頰全然靜止，「不能破壞今日的美好。」我悄悄吁了口氣。

外頭似乎有陣騷動，來來去去的腳步及高聲呼喚的雜音穿透薄薄的木門，擾亂我理當靜下的心。在這個節骨眼，不容許多餘的好奇心，況且所有事情都在掌控之中，就算出了差錯也能順利修正——至少我是如此堅信的。

五分鐘，十分鐘，十五分鐘……騷動始終沒有止息。

我抿起嘴，偷偷說服自己「這也是不得已的」，才轉頭望向置於右側矮桌的諾基亞手機。伸出了手，指尖正要碰到機子時，木門猛然被人拉開。

「呀啊！」

「小詩櫻，嗚哦——」

進門之人被我的驚叫嚇了一跳。

他是莊崇光同學，是今天的雜務助手，也是攝影組的人員。

莊同學突然噗嗤一笑，「小詩櫻，妳實在太沒禮貌了，在下的長相應該不至於醜到進門就嚇到人吧。」

「對、對不起……」

莊同學露齒竊笑，非但沒有不悅，看起來反而更開心。我想，剛才尖叫的糗樣，要被笑一輩子了。

「哇……」莊同學發出一聲驚呼。

「怎麼了？」

「小翔那傢伙有沒有看見小詩櫻這身裝束？」

「有的。」我挪動腰部，調整坐姿，讓自己顯得更端正些。

「他沒有說妳完全符合美若天仙這個成語？」

我忍不住想揚起嘴角，但為了保住妝容，只得費勁收斂。莊同學平時就習慣捉弄我，話雖如此，卻都是點到為止，並不踰矩。他和其他人一樣，用不同的態度對待我，好似保護某種稀有動物，嚴加照料之餘更保有高度尊重，尤其兩人獨處時，常出現無法妥善應對、令人難耐的尷尬時刻。

我從莊同學身後的開門處，看見一名身穿紫丁香道袍的宮廟人員面無表情地快步走過。莊同學吐出舌尖，默默把門闔緊，似乎並不打算說明外面的情況。總覺得身邊的人們把我寵得很過分，無論是年長的宮廟伯伯，抑或莊同學等同齡好友，一律不讓麻煩的事浮上檯面，彷彿在我不知情時擺平才是唯一正解。

雖能體會他們的用心，卻也感到相當寂寞。

「獨自面對小詩櫻還真讓人緊張。」莊同學露齒苦笑，搔搔後腦。「其實我是來……唉，該怎麼說……」

藉由體內靈力的微弱躁動和異常流轉，隱約猜到發生了什麼事。

「莊同學。」

「呃，妳請說。」

「請問雁翔還在宮裡嗎？」

「這──」莊同學嚥下口水，迴避我的視線。「我相信他會趕回來的啦。」

我摀著嘴，偷偷地笑。

「我是說真的。」

「不，你誤解我的意思了。」我微瞇雙眼，說：「我相信你，只是現在的妝容，不能有大幅度的表情。」

「呃……小詩櫻哪時候成功做出大幅度的表情了嗎？」

「唔咦，什麼意思？」

「小翔耗費心神隱瞞，殊不知您對一切根本了然於胸。」莊同學壞心地笑了笑。「要說隱藏真實想法，連我也比不上御儀姬九降詩櫻小姐。」

「請別那樣叫。」正欲鼓起雙腮，驀然想起不能過度挪動臉頰。「我不喜歡御儀姬這稱呼，聽起來太過自滿，也太不實際了。」

「小詩櫻沒有否定隱藏想法的部分呢。」

不小心掉入他的陷阱了。

叮鈴一聲，我輕輕搖頭，「他知道嗎？」

「妳覺得呢？」

「莊同學不打算和他說？」

「有什麼好說的。」莊同學聳聳肩，「我不認為一個立於御儀宮，甚或靈道信仰中樞核心的人，連自己的靈力落於何處都感知不了。」

我揚起嘴角說：「靈力感知算是很基礎的功夫唷。」

「什麼？居然是這樣——！」莊同學大動作地搖頭晃腦，「我還以為只有天上天下宇宙無敵的詩櫻大小姐才辦得到！」

「沒這種事。」我差點笑出聲來。

「小琴織也辦得到？」

「單論靈力感知，連外頭穿淺灰道袍的初級修道生都辦得到呢，遑論琴織。」

「不過小翔這個笨蛋卻渾然不知。」

「這也怪不了他。」我稍微調整額前的珠鍊，說：「儘管體內有白虎將軍寄宿，卻沒紮實鍛鍊靈力，亦未修習道法基礎，自然不會知道這些事情。」

「但他很努力。」莊同學眨起左眼，「天天按時吃羅漢果維持靈力。」

我又險些笑了出來。莊同學每三句話就能把我逗笑。雖說個性開朗，言談逗趣，他卻極力避免在雁翔缺席的情況下與我共處一室，想當然爾，此刻也絕不會平白無故前來找我。

莊同學的突然造訪和靈力的異常流轉……

「莊同學有什麼事想問我嗎？」

「咦？沒什麼……呃！」像是被我拆穿心思，他搔搔後腦，露齒哂笑。「我是想問，小詩櫻知不知道小翔目前人在哪裡……」

「莊同學也不知道？」

「大約一分鐘前——呃，算到現在大約三分鐘前，小翔與我斷了通訊，而且斷在挺令人著急的局面……」

大概明白現狀了。我闔上雙眼，嘗試感知體內靈力流轉的源頭。

雁翔在不久前發生於機場捷運的黑蛇神事件中，過度使用靈裝，導致己身靈魂化作寄宿籌碼，無力維繫而瀕臨毀滅。那時，順利取回靈力的我，設法安撫強大的白虎將軍，同時穩定雁翔相較破碎的脆弱心靈，偷偷移轉部分靈力供其維持現有的寄宿關係。

他不知道剩餘的靈力是我刻意留下的，因此極力隱瞞白虎尚存的事實。

只隱瞞我一個人……

心底那股無比沉重、難以宣洩的苦楚，折磨了我三十多日，儘管能夠感知雁翔行動時漾起的靈力波動，卻未曾聽見他坦承事實；內心深處，甚至希望他能坦率向我求助。

如此簡單的願望，卻始終無法達成。

「靈力的連結正在輕微顫動。」我摁住胸口說：「雁翔使用比平常多的靈能，應該是施展出覆蓋全身的完全靈裝。」

「靈裝？這陣子一次也沒用過呢……」

不管斷訊的理由為何，都應該碰上了特別棘手的危險。

我輕咬下唇，毫不猶豫地立起身子。正想取下頭頂的飾品，莊同學箭步上前，攫住我的手。

「請問妳在做什麼呢，小詩櫻？」

「雁翔需要我的幫忙。」

「御儀宮的人們和等在新莊區的數千名信眾同樣需要妳。」莊同學的手勁比想像中大，不易掙脫。「每個人都有自己的人生，也有各自必須承擔的義務。正如小翔必須拯救自己的妹妹，小詩櫻也必須對倚靠信仰才能安心生活的信眾負責；其中的衡量，並非量的評估，而是質的類比。無論小翔碰上什麼危險，依循往例，一定挺得過來，更何況，就算妳現在丟下繞街活動不管，直接衝去救人也不一定趕得上。」

莊同學的眼神格外堅定，語調比平常慢，也更沉穩，透過指尖傳來的不安與堅持，狀似矛盾，卻有讓人難以反駁的力量。身為雁翔的摯友，他比誰都擔心，比誰都緊張，才會違背內心原則跑來向我詢問，即便如此，卻也不願見我拋下己身責任。

四目相接時，頭一次感覺到不下於雁翔的強韌意志。

費了些心力穩住混亂的氣息，按平裙襬，緩緩坐回椅上。

「抱歉。」莊同學鬆開了手，望向我那已被攫出指痕的手腕。「我是一時心急，並非真的想弄痛妳……」

「沒事的，我明白。」

「拜託別跟小翔說，我會被他殺死。」

我瞇起眼，輕聲笑了，正打算詢問雁翔私下行動的成果時，後殿木門突然被人敲響。

莊同學雙肩一震，睜大雙眼望了過來，我搖搖頭，並不知道來者何人。依照靈道的遵禮，靈姬在繞街之前必須沉氣靜心，歇息時不容宮外之人造訪，避免沾染塵俗晦氣；而這套禮俗規範中，靈姬最不該接觸的就是「男性外人」。

兼任攝影組的莊同學雖是工作人員，卻不屬於繞街成員或宮內之人，當然，這些繁複古老的規矩他也早已知曉……

他無聲地動起雙唇，（怎麼辦！）

我抿起下唇，緊盯門的方向，腦袋高速運轉。

（我完蛋了！）莊同學雙肩打顫，（尤其被小翔知道時……）

假設進門的是負責籌備繞街作業的工作人員，單純躲藏不被發現即可，但倘若來者是爺爺或九降家的其他成員，則萬事休矣。

無論如何，先藏起來再說。環顧四周，空蕩蕩的後殿幾乎無處可躲，牆邊、櫃間和柱後的狹小空間根本無法遮掩人身。

看來只剩一個選擇了。

我站起身，擰住鑲黃邊的桃紅裙襬，輕輕撩起。

莊同學瞪大雙眼，臉色彷彿撞見妖魔一般慘白。他瘋狂揮舞雙臂，速度之快堪比風扇，簡直就要搧起一陣狂風。

他動嘴道：（我躲進去會死得更快！）

此刻已無暇多想，我手一伸，將他拉進道袍裙下，旋即端坐身子，掩好裙襬。

繞街用的裝束非常厚重，最外側是儀典用的雞毛絨袍，裙子特別長，能夠完全遮掩足底，加上頭頂和雙肩穿戴的鳳冠霞帔，周身外貌想必像尊等身大的神像。外層裙襬之下有件貼身的純棉道服，用以避免長時間繞街流下的汗水污染儀典絨袍；換言之，純棉道服裡頭的才是貼身衣物，莊同學沒有顧慮的必要。

確定自己回復原來的莊嚴神貌，才出聲回應：「門外是什麼人？」

「詩櫻小姐，是我。」相當熟悉的聲音入耳：「我是令云翱。」

云翱哥在繞街活動中擔任下新莊地區的路線協調代表。作為當地望族的發言人，負責與御儀宮進行活動交涉，協助規劃路口管制等行政事宜。數十年來，上下新莊皆是靈姬繞街的範圍，近期隨著地方自治的調整與都市規劃的改動，考量交通、商業和觀光等因素，路線或多或少有所改變，各鄉里偶爾也會為了路線和範圍的變動挑起爭執，使得協調工作變得比過去更為重要。

以往，下新莊地區的協調代表人是琴織，但她已然伏法受審，此一重責大任便落到云翱哥的肩上。對我來說，像個哥哥的他總能以高超的手腕，圓融處理各種突發狀況。有他在場，讓人安心不少。

「云翱哥，外頭發生什麼事了嗎？」

「瞧我多沒禮貌，居然讓您多心了。我只能說：是，卻也不是。」

云翱哥上前幾步，止於拜殿中央寬廣的凹陷之處。那是神明與凡俗的界點，亦為凡人與靈姬必須保持的遵禮距離。

「其實我是想在繞街之前，先行拜見靈姬姑娘美麗曼妙的身姿。」

他淺淺一笑，彎腰鞠躬。

「……又在嘲笑我了。」

「詩櫻小姐，世上沒人比妳更適合這套聖潔的裝束。」

腳踝突然傳來時長時短的擰捏。花了幾秒才發現，莊同學正用指頭掐出一道摩斯密碼。

（我、也、這、麼、覺、得）

什麼嘛，連莊同學都在嘲笑我！

沒法對他抗議的我，只得移開目光，表達不滿。

云翱哥輕聲一笑，立直身子，斂起笑顏。

「由於外頭各部繁忙不已，只能由閒暇無事的我前來向您報告。」

云翱哥身為協調代表，此刻理當最為繁忙，怎可能閒暇無事。

「正如詩櫻小姐所知，沈同學目前不在宮內，一時半刻找不到人。」不知為何，掛著微笑的云翱哥直接斷定我已知曉此事。他說：「但這並非工作人員躁動的原因。」

「不是？」

那還能有什麼事呢？

他搖搖頭，說：「不久前，慈悲寺的住持遣人向宗主大人通報，壽山路舊公墓發生了時變反應。」

我微皺眉頭，「會影響繞街嗎？」

「不會。雖說時變規模不小，強度卻很弱。」云翱哥似笑非笑地說：「宗主大人目前不打算取消繞街活動，也沒有變更詩櫻小姐的行程安排。」

若是連靈姬繞街都取消，代表這起時變反應的規模恐怕堪比黑蛇神事件，不過倘若真有如此規模的異常事態，理當率先通知我才是，不可能光在外頭四處奔走，弄得人仰馬翻。

「爺爺他——不，宗主大人派出哪位負責人？」

「冰七戍小姐。」

「書櫄？」我點點頭，放心不少。「那就完全沒問題了。」

「確實如此，只不過……」云翱哥搔抓下巴，說：「聽說引發時變反應的惡害主體，就是外道者虎騎士。」

「唔咦，這不可能。」

云翺哥微瞇雙眼，「為什麼？」

「因為……」

因為那是雁翔呀。世人並不知道虎騎士的真身為雁翔，我也只能陪著裝傻下去。

光憑雁翔體內殘留的那點靈力，就算搭上神靈白虎，也不可能引起時變反應。要讓妖物群起鼓譟，不但需要龐大靈能的煽動，更需要壓倒性的力量誘因。靈屬妖怪善於追隨強悍的個體，存在盲目的群聚趨勢，善惡之別取決於被追隨者的意念，為善為惡，無人能夠肯定。

異常的靈動皆屬四時之變，而時變源頭往往是強大的靈屬，潛在威脅難以估量，是必須防免的存在。

我很確定雁翔沒有這等力量——至少現在沒有。

「既然是由冰七戍書樗負責，就沒有我置喙的餘地了。」

「這倒也是。」云翺哥輕描淡寫地說完，便佇立原地，不發一語。

凝結的靜默讓人尷尬不已。

「那個……請問還有其他事情嗎？」

「瞧我東拉西扯講那麼多，卻忘了正題。」他乾笑幾聲，斂起面孔說：「詩櫻小姐，我有一事相求。」

「請、請說。」

「請讓我代替沈雁翔，成為抬轎的一員。」

「唔咦，可是……」

「擔任抬轎生是我自小以來的夢想。」他的語氣堅毅，充滿昂揚的熱切情緒。「這是靈道信仰最崇高的儀典人員之一，也是最不容許失誤的位置。今日，沈雁翔的缺席，即為他不適任此等尊崇職務的最佳佐證。」

我的腳踝被人輕捏一回。莊同學似乎對云翱哥的發言頗感不滿，卻沒有進一步以摩斯密碼傳達訊息。畢竟這番責備聽來刺耳，卻也無法反駁，雁翔不在現場是事實，繞街活動的抬轎生不能任性妄為，這點道理任誰都很明白。

但雁翔依然選擇丟下這項職務。為了心柔，果斷拋下給我的承諾。

或許雁翔並不了解抬轎生有多麼特殊，又有多麼重要，如同他不明白自己於我心中有多麼特別那般，直到今日，或許還把我當成高一下學期意外結識的新朋友呢。

說不難過，是騙人的。

「詩櫻小姐，我的身高與沈雁翔同學相仿，又熟稔宮內事務……」

「令云翱師弟，請接道旨。」

我的聲音不大，卻立刻止住他的發言。云翱哥愣了幾秒，旋即斂起五官，低頭作揖。

「師姐請說。」

「我以清玄宗鎮守、中宮主兩儀聖御帝、御儀宮監院、玄穹法印錦守之位，命你擔任諸聖繞街的抬轎一職，自巳時起至靈姬下轎止。」

「師弟云翱，敬領道旨。」

說完，他抬起頭，回復原來的微笑，雙眼炯炯有神，藏不住歡喜的光芒。

「謝謝妳，詩櫻小姐。」

「不，我才要感謝云翱哥挺身相助。」

雖然打從心底對更換轎生感到抗拒，但此刻云翱哥確實是代替雁翔的絕佳人選。倉促之間必須立刻做出決定，我只能拋下本心，擁抱眼前的現實；理智認為這是正確的決定，情感卻不斷拉扯，譴責未能繼續等候的自己。

短短一秒的決定，讓我在云翱哥離去後，無法回復應有的沉靜。

心跳太快，完全違背繞街靈姬理當堅守的儀典狀態。

確認殿內無人，我悄聲說：「莊同學，你可以出來了。」

「哦！」

為了不碰到我的身體，莊同學笨拙地鑽出寬大厚重的絨袍。他的雙頰略顯通紅，想必是悶壞了，我連忙拿起一旁的羽扇為其搧風，不料他卻後退幾步，見鬼似地睜大雙眼。

「別鬧了，小詩櫻，妳可知道這樣會害我被小翔殺死多少次？」

「放心，他不會知道。」

「……妳怎能講出如此綠帽的發言。」莊同學像要化解尷尬似地拍拍雙頰，鞠了個躬。「小弟莊崇光，在此為摯友沈雁翔對您造成的偌大不便，鄭重道歉！」

「唔咦咦咦——莊同學，快把頭抬起來！」

「不行，現在的我，深刻明白我們對您造成的莫大困擾了。」我分不出莊同學是認真還是玩笑，無論怎麼勸，他就是不肯抬頭。「如果早點明白抬轎是如此尊貴的重要職位，我絕對會抱住小翔的腳，讓他一步也走不出御儀宮。對不起，小詩櫻，請原諒我的無知和小翔的愚蠢行為。」

「我——」

事實上，根本沒什麼好原諒的。抬轎生的職位，打一開始便是我私心的安排，今日碰上與心柔相關的要事，換作是我也會採取同樣的做法。

終是咎由自取，談何原諒。

輕輕搖頭，鈴鐺叮鈴作響。我緩緩起身，來到莊同學身旁，搭上他的左肩，指頭輕點三回。

「這是靜心的小法術，對心靈澄澈的人特別有效。」我凝望面露詫異的莊同學，說：「莊同學太緊繃了，請放鬆些。我——九降詩櫻，是雁翔和你的朋友，沒有上下隸屬關係，請別索求我的原諒。第一，此事無人有錯；第二，無德無能的我，沒有原諒任何人的資格。我們是朋友，朋友間不需要原諒，反倒該諒解、扶持、相信彼此，不是嗎？」

莊同學來回看著搭在他肩上的手和我的臉，眨眨眼，雙唇微顫。

「小詩櫻，我可以抱著妳哭嗎？」

「彩袍裝束會弄亂的。」

「那先賒著。」

「好吧，就這麼辦。」我輕輕笑了。

「還得請妳對小翔保密。」

「我明白了。」我點點頭，「這是我們之間的祕密。」

「就說不能講出這種綠帽發言了！」

逗了半晌，莊同學與我道別，有如海水退潮一般不留痕跡地退出後殿。

殿內恢復先前的寧靜，我的心卻依然躁動不安，始終沒能穩住氣息。巳時一到，我在隨行人員的攙扶下踏出後殿，進入鍍上薄金、鑲有龍羽之邊的檜木大轎。正轎門前的長簾垂下時，意外與云翱哥四目相對。

勉強擠出笑靨的我，其實已經快要哭出來了。

帶著這種心情繞街是大不敬，但我終究無法收斂情緒，在一搖一晃的轎子裡，放任淚水滑過白妝，不敢抬手去揩。

繞街持續一個時辰，巳時至午時，潰堤的涕泣也維持同等的時長。

列隊回到御儀宮時，我一反常態地沒在正殿下轎，佯稱身體微恙，請抬轎生將轎子帶往後殿。

轎子停止的剎那，我一把撥開布簾，跑進後殿，飛快褪去頭飾和厚重的絨袍，就這麼掛著兩行淚水，打開後殿小門，繞過廂廊外的小道，奔至宮廟正門裡的第一廣場——三川殿。三川殿人山人海，我藏起身子，倚靠廂廊白牆，凝望遠處暗紅色的高聳大門，滿心期望能夠看見他的身影。

就算雁翔不來，我也會一直在三川殿等著。

這是我說過的話，此刻也不打算反悔。漫長的等待讓人感到無助和徬徨，明明什麼也沒發生，也什麼變化都沒有，一顆心卻像故障的閘門，任憑複雜痛苦的情緒無止盡地傾洩而出。

這才發現，原來自己一點也不重要，總以為自己受人關心，總以為有人在乎。

其實並、沒、有。

我被自己公事公辦的冷漠態度嚇著了。他在我心裡是不可取代的，我卻如此輕易地將他撤離重要的抬轎職位，背叛己心、表裡不一的行止必定是番造業，更重要的是，這項決定讓人心如刀割。

誰能教教我，該怎麼做才能不難過……

「詩櫻小姐？」

「唔咦！」

突來的叫喚嚇了我一大跳。

「云、云翱哥？」

「妳在這裡做什——」云翱哥上前幾步，赫然瞪大雙眼，使勁搭住我的肩頭。「詩櫻小姐，妳怎麼了，身體不舒服嗎？」

「沒事的，我只是有點……怪怪的而已。」

「怪怪的……？」他微皺眉頭，「臉上的妝都哭花了還說沒事，妳這調皮的靈姬真不擅長說謊。」

「對不起，我不知道該怎麼辦……」

視野漸趨模糊，淚水溢滿眼眶，接連滾落。云翱哥的聲音很輕，很柔，讓人想起年幼與他一同玩耍、受他照料的時光，但他擔憂的神色卻讓我想起雁翔。神似的炯炯目光，使人憶起雁翔踢球的颯爽英姿，以及朝我揮手時展露的燦爛笑容，當然，腦海裡也浮現出不久前我主動獻出的吻。

我低下頭，突然感覺耳根發熱。

我真的不知道自己怎麼了……

云翱哥默不作聲地將我攬入懷中，寬大的胸膛予人無窮的安全感，不同於雁翔的炙熱體溫傳遞過來，讓我冷靜不少。我不能隨便投入別人的懷抱，利用他人的撫慰來安頓心情，既不正確，也不可取。雙掌輕推，打算掙脫他的擁抱，卻被強壯的臂膀緊緊環住，動彈不得。

我仰起頭，正欲出聲，他的臉卻冷不防貼近過來。

突然的舉動讓人不及反應，云翱哥的臉龐頓時佔據我的視線。

他微啟的雙唇，挪向我輕顫的唇瓣。

※ ※ ※

曾幾何時，新北大道七段竟有宛如郊區的寧靜。

腦中思忖靈力為何消失，試圖抽絲剝繭，找出解決方法。越是著急，就越理不出頭緒，畢竟我連僥倖保住白虎、留住些許靈力的原因都弄不清楚。

原想前往醫院探望心柔，走沒幾步就後悔了。

平整乾淨的全新柏油路面不斷提醒我那場慘劇。新北大道七段之所以安靜，路面之所以平整，正是為了修補不久前的大規模破壞。自那時起持續追逐狐妖的我，難道不是藉由「拯救心柔」這張大義之旗，掩蓋自己就是殺人兇手的事實？

究竟還要奪走多少性命，才肯罷休，才能結束一切。

如今，白虎和靈力雙雙滅失，我已被迫回到烏煙瘴氣的凡塵世界，而九降詩櫻、熒雨潼、書樗與那個藍髮傢伙，仍然置身於充滿危險卻有無限可能的神靈之境。對這個世界而言，我的平凡或許是最好的安排，但這也代表必須由別人出面拯救心柔，拯救因為我的任性而喪失靈魂的妹妹。

每思及此，摻雜憤恨的惱怒與懊悔總是急遽湧上心頭。如果沒堅持闖進墓坑鳥的包圍就好了；如果沒碰上熒雨潼和朱綉大姊就好了；如果沒展開靈裝對付書樗就好了；如果能聽阿光的話，乖乖找詩櫻商量就好了。

用力搥打路旁的變電箱，把畫滿鮮花彩繪的鐵板打凹一角，淺綠色的花莖彷彿硬生生被折斷。來自指間的疼痛，暫時中斷無止盡的悔恨，卻未能消除內心的愧疚與譴責。

仔細一想，幾年來我似乎不斷犯著錯誤。到底什麼時候才能做對一次？

抬起左腕，名為腕環機的手環型電腦好端端地，像個稀鬆平常的裝飾品；在半罩式多功能面具完成之後，相對落後的腕環機整整被架空三十多天，畢竟面具連單純的通訊機制都快了數倍，根本沒有退而使用腕環機的理由。

因為戰鬥而受損的面具，通訊系統毀壞得相當徹底，迫使我別無選擇只能重新啟用腕環機。花了些時間摸索啟動方式，再花些功夫找出阿光的號碼，點下去，只聞嘟嘟響音，無人接聽。

常用聯絡人名單最上方，姓氏筆畫最少的「九降詩櫻」映入眼簾。凝視聯絡人名片左側的相片，我撇撇嘴，直接摘下腕環機收入口袋。

指尖意外碰到口袋深處那枚小巧的鈴鐺，不自覺地將之擰於掌間。

就算我沒出現，也會一直等在三川殿是吧？

這番宣示很符合她的作風，倘若我始終沒有現身，她恐怕真的會等到三更半夜，無論如何都得避免這個光想就可怕的狀況。

回御儀宮吧，向她坦白，請她原諒，尋求她的幫助。

一旦下定決心，便感覺放鬆不少。九降詩櫻不愧為靈道信仰的崇拜核心，光想到能獲得她的幫助，就讓人安心不已。

決定方向，找條小巷轉往中正路去。路上車流龐大，不到五十公尺的距離，繁華與寂寥隔街並立。先前坐在書櫥頭上的石虎，不知為何老跟著我；也許靈術師擁有控制生物的能力，又或者這隻石虎根本是召喚出來的靈屬妖物，專門用以掌握我的行蹤。

既然無害，便無須在意。

御儀宮位於新莊廟街夜市的另一側，座落於新莊路和豐年街之間，宮廟歷史悠久，周邊自然而然地形成的夜市卻很新，雖未得到政府定名，因與老街遙相呼應，漸趨繁榮，逐年蓬勃。才過正午，許多店家因應靈姬繞街的盛典而提早營業，甚至加派人手展開各式各樣的促銷活動。

詩櫻是新莊地區的超級偶像，拜此所賜，身為市井小民的我同樣受到關注，為了不被發現，只得稍加變裝。儘管如此，仍有不少民眾認出我來。在此起彼落的吆喝叫賣聲中，我小心翼翼地取下面具，翻起襯衫領子，盡可能遮掩臉頰和嘴巴。

春末的薰風暖得讓人出神，地上偶有翩飛的落葉，好似急著脫離炙熱的人行步道，不住旋轉，朝向他處飛去。跟隨葉片抬頭一望，目光移往山的方向，天空略顯灰暗，稍後或許會下大雨吧。

御儀宮的山門映入眼簾時，驀然驚覺自己走了好幾公里的路，長褲和襯衫全被汗水浸濕，緊緊黏貼肌膚的感覺真令人厭煩。

山門之內，廣大的殿前庭擠滿人群，男女老少無不笑容滿面，開懷交談。

要想不動聲色地進入御儀宮，實在太過困難，只得拉緊衣領，趁隙彎入空無一人的接待室，伸手抓起櫃臺邊的鴨舌帽和老花眼鏡，解開綁在後腦的馬尾，快速完成變裝。

剎那間，不知出於什麼理由，無意識朝右側廂廊瞥了一眼，旋即停下腳步，佇立不動，腦中一片空白，四周影像瞬間定格。

感官逐漸恢復正常，才發現自己渾身打顫，前所未有的複雜情緒正在醞釀，遍布整副軀體。若說失去白虎和靈力帶來的是空虛，眼前景象傳遞的必是絕望，登時恍然大悟，世上沒有永遠等待自己的人，也沒有無可取代的人；而我，不過是個自私自大、剛愎自用、目中無人的混蛋，並非值得許下承諾的人。

褪去大紅緞袍和沉重彩衣的詩櫻，身上僅剩桃紅道袍和披在外層的白淨襯衣。

她被身穿靛青棉袍的令云翎攬在懷裡，微仰起頭，臉上掛著兩行淚水，哭紅的雙眼微微瞇著，神情有些恍惚。令云翎的指尖稍加施力，懷中少女並無掙脫之意，似乎坦然地接受對方的一切。

瞠目結舌的我，甚至沒發現掌中緊握的鈴鐺已然落地。

雙足彷彿有千斤重，只能木然立定，無法動彈。不知過了多久，我悄然轉身，漫無目的地跑。無論怎麼甩頭，刻於腦海的畫面始終歷歷在目——在我眼前，距離為零的兩人四目相接，彷彿世上只剩彼此。

她們相視。

她們相擁。

她們的距離幾近為零——

※　※　※

我嚇了一跳，雙手使勁向前推。

云翺哥踉蹌幾步，正欲開口，我又推了一次。他的背部撞上廂廊，發出沉重的聲響。

我的表情必是驚恐至極，望見云翺哥的眼神裡散發出的難堪和錯愕，才發現自己的反應太大了。在學期間，深刻明白自己的行為舉止特別容易讓人誤會，我已盡力端莊自持，盡量不給人遐想的機會，剛才著實不小心展現出軟弱無助的一面。

但，這也不構成被人趁勢親吻的理由。

即便唇瓣並未貼合，我仍下意識地抬起右手，來回抹拭雙唇；毫無意義的舉動，象徵意義大於實質作用。見到云翺哥嘴唇微啟，欲言又止且疑惑不解的表情，腦中浮現幾秒前的不堪畫面，我牙一咬，舉起右手就要甩出巴掌。

不行……

我緊抿雙唇，頹然放下手臂。雙肩不住打顫，彷彿淋雨受寒，痛苦難耐的複雜情緒瀰漫胸臆。這不是我該做的事，我沒資格搧人耳光，卻也想不出逃離困境的方法。我嚇著了，宛如靈魂更換主體，大腦充滿負面思緒，倘若走錯一步，定會失去神明寵愛，成為悖道之人。

恨恨地望向云翱哥，我闔上雙眼，使勁甩頭，鬢髮鈴鐺發出叮鈴清響。

轉身離開廂廊角落，進入三川殿，為數可觀的信眾見到反應違常的我，紛紛讓出一條路。

立於山門之前，一道清冷之風拂過我的耳畔。

看來要下雨了。

遠處厚重的層層烏雲步步逼近，說明不只會有一場午後雷陣雨，更可能是延續至深夜的豪大雨。這是亟需洗滌靈魂和通徹淨身的我，此刻最為企盼的自然天象。

先前給予的承諾是，無論他有無到場，我都將在三川殿等待。

抬頭望向另一側未被層積雲覆蓋的澄澈藍天，凝視空無一物的廣袤蒼穹，想起他的面孔，以及偶爾出現、只獻給我的特別笑靨。

我想，他是不會來了。

儘管如此，我仍不移分毫，鐵了心要等到子時。不是信守承諾，而是基於更直接、更赤裸的理由。

鼻頭一酸，眼眶濕熱，不斷以手背反覆抹擦嘴唇，早已將繁複的靈道遵儀拋諸腦後。

「我想見你……」

雁翔，我有好多話想說。只想對你一個人說。

可以來找我嗎？

你在哪裡……

第五節　新分支

直到阿光將一副新面具扔到我桌上，才驚覺課程已經結束，周圍充斥放學的喧鬧與歡騰。新的面具是純白霧面的半罩形式，材質為粗粗糙的粒子表層，可能選用了更加堅硬的特殊金屬。鏡片較先前透明，雖說有助於肉眼觀測，相對的也存在容易被人辨識的危險。

彷彿讀出我的心思，阿光輕敲面具，說：「這次採用新的碳序排列，添了些鈦，鏡片周圍則是石墨烯。」

「之前討論的鈦合金呢？」

「資金不足，設備有限，無能為力。」阿光聳聳肩，「小輕雲也不見蹤影，無法進出她們的高級實驗室，實在搞不定這玩意兒。」

這麼說來，李輕雲那個藍髮傢伙已有兩週未到校了，彷彿人間蒸發，消失得無影無蹤，但卻沒有任何老師過問她的下落。阿光猛然蹲下身子，雙手交疊趴到桌上，饒富興味地挑起眉頭盯著我。

「小——翔——」

「怎樣啦？」

「週日一整天都沒有你和小詩櫻的消息呢。」

「所以？」

「所以，」他露齒一笑，「在你順利脫離危險，撿回一命返回御儀宮後，跟小詩櫻進展到哪兒了呀？」

我靜默半晌，拾起桌上的純白面具，確認透光程度能否遮掩烈日。這副面具是第十五個修正版，我和阿光從單純的碳合成物一路嘗試到稀有合金，仍找不出最佳的素材。有趣的是，在做出完美面具前，我倒是先失去了白虎之力。

放下面具，輕嘆口氣。

「我沒有去御儀宮。」

阿光眨了幾回眼睛，似乎不解話中意涵。他的下巴遠離雙臂，脖子往後拉，皺起眉頭狐疑地打量著我。

「你沒回去？」

點頭。

阿光放棄維持趴在桌面的姿勢，雙手抱胸。

「我應該特別交代過，小詩櫻會在三川殿等你的事情吧？」

見我點頭，阿光不禁皺起眉宇，「你不會是故意的吧，小翔？」

「雖不知道這是什麼意思，但我並不是故意的。」

「小詩櫻是怎樣的人，有著怎樣的個性，你應該比我清楚。」阿光緊皺眉頭，拉高音調，連珠砲似地說：「她會站在那裡好幾個小時——不對，她會一路等到半夜！等到過了午夜，換過一日，才當作自己履行了那項諾言！」

我也這麼覺得。面對阿光不滿又不耐的語氣，一時間也無話可說。無法直視他不解的目光，我移開視線，朝右側走廊的窗戶看去。

「你們打算如何相處，坦白說不關我的事，但這次絕對是小翔不好！答應擔任轎生的是你，突然跑去追逐狐狸的也是你，應該先去道歉——」注意到我定於窗外的目光，阿光拍拍我的肩，深感不滿地說：「小翔，你有在聽嗎？」

「——噗嗚！」

差點把噴到一半的口水全吐出來……

我的雙眼牢牢地聚焦於窗外那名正朝前門走來的少女。

跟隨我的目光，阿光微蹙眉宇，低聲問道：「那是小翔的熟人？」

我微張開嘴，搖了搖頭，視線依舊定在來者身上。

少女跨越門檻，與嬉鬧追逐的兩位男同學錯身而過，隨即拍拍胸前那條手帕般的領帶，彷彿剛和什麼髒東西接觸似的，微露不悅表情。身穿白襯衫和黑短裙的她，依循規定套上低於膝蓋的中筒襪，左胸的東明校徽繡有圓形外框，不同於高中部的盾形外框，是屬於國中部的制服。

束在耳邊的側馬尾，標誌性地宣示她的身分。

冰之七戌，強悍高傲的靈巫書櫋，居然是東明國中部的學生。

書櫋踮起腳尖，右手置於眉前，擺出孫悟空的尋人姿勢四下張望，銳利雙眸飛快掃視整間教室。留在教室裡的同學無不對這國中學妹失禮的舉措感到排斥，紛紛投以狐疑和不滿的視線。目中無人的書櫋彷若置身事外，毫不在乎地持續搜索。

清澈透亮的眸子最終停在我身上。

「啊！」

她的輕呼讓同學們的目光聚焦於我。

真是麻煩的傢伙，早該在被注意到前溜之大吉的。若是問我世上最討厭的三件事情為何，位列第二的絕對是「麻煩」。

阿光噘嘴蹙眉的幅度加劇，來回看向我和踏步前來的書檮，半瞇雙眼發出無聲的譴責。

書檮來到我的桌前，隨意舉起左手，綻開天不怕地不怕的燦笑。

「呦，沒有老虎的虎騎——」

我跳起身子，緊緊摀住她肆無忌憚的嘴。

「妳這傢伙，打算把我的身分報給全宇宙知道嗎？」

「嗚嗚嗚嗯嗯嗯——！」

「下次開口時，拜託先想想自己身在何處！」

「嗯嗯……嗯嗯嗯嗯！」

從周圍淒厲的刺眼視線和低聲細語判斷，剛才的舉動絕對會被理解成「愛蹺課、成績差又常惹事的沈雁翔粗暴地勒住嬌小的國中部女生，摀起嘴巴不讓她呼救」。我鬆開手，癱坐椅上，超想找支鑽頭掘入地下二十層，一路躲到世界末日。

「慢著，小翔……」阿光瞥向書檮，湊近我說：「沒有老虎是什麼意思？」

「字面上的意思。」

「被小詩櫻沒收了？」

「單純消失了。」

「消失……」阿光倒抽一口氣，似乎無法理解突然接收的龐大資訊。

畢竟週六發生的事，我一件也沒提過。阿光再度對投來譴責的目光，裝模作樣地大嘆口氣，朝書檮點頭致意。書櫄眨了眨眼，稍加收斂目空一切的燦爛笑靨，捏起裙角回以屈膝之禮。

現在是很流行屈膝禮嗎，總感覺不久前才看過一次。

「看來這位虎騎——」書櫄微蹙眉宇，「現在到底該怎麼叫你啊？」

「我有名字。」

「沈雁翔？」

「我是妳的學長。」

「哦。」她想了想，「沈雁翔？」

「直呼前輩的全名並不……罷了。」我實在無法跟這傢伙溝通。「妳不辭千里跑到高中部來，總不會只是想嘲諷我吧？」

「當然不是。那只是支線任務。」

原來還算是個任務……

書櫄環顧四周，說：「我是來找那個刺青女的。」

「刺青女？」阿光皺下眉頭，「我們班有人刺青？」

「局外人閉嘴啦！」書櫄瞪了他一眼，旋即眨眨眼，說：「等等，你是『那個』莊崇光？」

「雖然很想知道『那個』到底是哪個……」阿光搔搔後腦，揚起嘴角。「如妳所說，我就是莊崇光本人。」

「久仰大名了，東明高中智多星。」

「不敢，不敢。——咦，小翔，你那什麼臉？」

「我很訝異這稱呼居然真的有人在用，而且還抱持景仰的心態。」

「你以為是用來嘲諷的？」

「不是以為，是發自內心如此認為。」

阿光搖頭咋舌，坐回椅上。他抬著眼來回看向我和書櫁，聳聳肩說：「總之，煩請稍微解釋一下兩位知道、但我不知道的事吧。」

阿光畢竟不是局外人，他的協力將是一大助益——尤其在失去詩櫻的幫助之後。

我和書櫁交換眼神，只見她攤平雙手，隨意拉張椅子坐下，毫不考慮自己身在高中部教室的特殊處境。

礙於周圍還有其他同學，實在不便談論神靈之事。見我無意開口，書櫁噘著嘴，扔下書包，起身走向尚未離校的同學。目光冷冽的冰晶少女立於她們桌前，皺起眉頭，清清喉嚨，舉起左手伸出拇指，向後比劃，以極不友善的肢體語言叫人滾蛋。

「喂喂喂，真的假的……」實在受不了這個小鬼。

阿光在同學們發難之前，一跑一跳地奔上前去，搭住書櫁的肩，輕輕將她推開。他說：「各位同學，因為我和小翔有些私事要談，能否看在我的面子上，早點回去……」

幾名女同學神情困惑，面面相覷。

「叫妳們走就走，還猶豫什麼咧。」書櫁雙手抱胸，「憑妳們這些——」

阿光身手矯捷地抽出一張白紙，擰在書櫁臉上。無厘頭的舉動只為打斷發言越發過分的書櫁，令人欽佩的是，他的臉上竟維持著人畜無害的和善笑靨。

「……就看在我的面子上，好嗎？」

幾位同學來回看著使勁掙扎的書櫁和瞇眼微笑的阿光，不知所措地交換眼神，隨即開始整理書包，紛紛離開教室。

一年八班的教室就這麼空了出來。

沒把狠話說個痛快的書檮恨恨地瞪向阿光，他則漫不在乎地穿過數張桌椅，按順時鐘方向關閉每扇窗戶，並確實上鎖。東明高中每間教室都裝有氣密窗，用意當然是避免上課聲音影響其他班級，而非提供學生安靜討論私事的空間。

書檮故意重重踱著腳步，咕噥道：「我又沒有做錯什麼……」

「妳啊，精進實力之前得先學好做人。以靈巫為例，九──」

發現自己打算舉一位善良溫柔的靈術師為例，立刻嚥回險些出口的話語。

「以誰為例？」

「當我沒說。」

一旁的阿光挑起左眉，似乎對我支支吾吾的態度有些不滿。

在他追問之前，我將週六的事情始末娓娓道來，包含大批的墓坑鳥、廢棄工廠的熒雨潼和朱綉大姊、半途殺出的書檮，和失去靈力與白虎等事。

敘述過程中，他沒提出任何問題，表情也沒什麼變化，貌似專注咀嚼混沌難解的龐大資訊，試圖理出頭緒。書檮也沒插嘴，愜意地翹起二郎腿，翻閱手中那本貼有圖書館條碼紙的精裝書，燙金色的書脊上寫著斗大的《蜘蛛大圖鑑》五個字。

敘述完畢後，阿光點了點頭，直視我的雙眼。

「然後？」

「什麼然後？」

「然後呢？」阿光挑起右眉，「你沒說到不回御儀宮的理由。」

「沒什麼理由。」
「這個答案我不滿意哦，小翔。」
決定以沉默對抗他惱人的詰問。
書檮闔起厚重的精裝書，挺起身子湊上前來。
「為什麼我好像聽見御儀宮三個字？」
「因為小翔放了那裡的某人大鴿子。」阿光白了我一眼，隨即切換為友善的笑容，望向書檮。「這麼說來，小書檮也是靈術師囉？」
「也？」書檮的視線在我和阿光臉上逡巡。「不只是靈術師好嗎，別把人看扁了。我是隸屬於首鎮清玄宗的靈巫，六十四戍中位列第七，掌冰靈戍符。——這才是最正式的神職位階，懂嗎？當然，我『也』是靈術師，只不過比其他人強好幾千倍罷了。」
「首鎮、六十四戍、戍符……啥？」
她講的是中文嗎？
「那是靈道信仰的職司劃分。」書檮瞥向忙著查閱腕環機的阿光，說：「這些資訊在網路上查不到，如同宗教流派的內部細節，不會隨隨便便地公開。」
阿光闔閉腕環機，揚起嘴角。「那只好請小書檮替我們上一課了。」
書檮朝我投來傲慢的眼神，像是要人好好學習求教的態度一般，刻意哼了聲鼻息。
「靈道信仰是衍生自道教，混合佛教、密宗和傳統文化的特殊教派，儀式禮典及靈能系統已臻完善，可算是個獨立的宗教信仰。靈道宗脈分有八鎮、九宮和六十四戍，所謂的鎮，代表著各教派的分支，以我所屬的清玄鎮為例，全稱是『清羅天宮玄靈道』，雖說同樣遵奉靈道信仰，卻有較為特殊的獨門靈術。原則上，使用道術的人稱為道士，使用靈術的則稱為靈術師，擁有位階封號的女性靈術師為靈巫，男性則為靈覡。宮和戍則是冊封特定靈巫的位階稱號，相當於凡俗通用的職稱，並依排序而有位等之別；依循道統，各宮封一御帝，掌璽印，有降伏神獸作為護神之權，是靈道各類術師中的最高位階；其次是六十四戍，配封戍符，專門制裁背道妖物與叛教術師，且無須先行通報宗主，享有先斬後奏的特權。」

「先斬後奏的特權……」總覺得這個權限有點可怕。

「沒錯，所以我的確有權直接宰了你和那個刺青女。」

阿光噘嘴皺眉，陷入思考時的嚴肅模樣像個專注聽課的學生。

聽完她一系列的說明，雖已解開些許疑惑，卻衍生出更多問題。

我捏著眉間說：「妳剛才提到八鎮、九宮和六十四戍，對吧？」

「是啊。」

「為什麼不是七十二戍？」

書樗立刻皺起眉頭，我在她開口發難前補充道：「八乘九得七十二，如此推想，不無道理吧？」

「你是智障嗎？」書樗斜眼瞪我，「八鎮象徵的是陰陽八卦，九宮是八方天宮與中央天宮，六十四戍則是兩副八卦經緯相互交錯，復卦得數八八六十四卦。──這樣聽懂了沒？」

不解釋還好，一解釋就全亂了。如此複雜的東西豈是凡人能懂……

「我想問個很蠢的問題。」阿光闔上雙眼，無意識地捻撥短短的瀏海。「兩位提到的熒雨潼，是我們班上那位嬌小可愛、安靜乖巧、沒存在感的小雨潼嗎？」

「是啊。等等，嬌小可愛是怎樣……？」

「如此說來，小雨潼的確好幾天沒出席了。」阿光無視我的吐嘈，「不過，被棘蛛精寄宿什麼的，實在令人難以想像。小書幬所說的刺青，應該和小翔先前浮現的虎紋一樣，是寄宿關係惡化後的反應吧？」

阿光撐住下巴，腦袋隨著發言左右晃動。「如果我的理解無誤，名為朱綉的棘蛛精非但不打算吞噬小雨潼，甚至極力保護她的安全，想盡辦法幫她恢復原狀。」

「確實如此。——你理解的速度也太快了吧。」

「正常發揮罷了。」阿光咂嘴微笑，說：「這麼說來，小翔你是不是上輩子做了什麼缺德事，搞得人家黑虎將軍不只懶得鳥你，甚至想直接吞噬靈魂。」

「我哪知道。」

書幬望著我倆，不發一語。她目中無人的笑容搭配傲視萬物的眼神，在在提醒著我，這名女孩特意尋來，絕非只想要閒聊。

「言歸正傳，」我將雙掌交疊於桌面。「靈巫書幬今日來此，所為何意？」

「當然是來殺那個刺青女。」

「……我以為妳至少會說『找』。」

「我的任務是『解除』時變反應。那傢伙一天不死，寄宿狀態一天不解除，時變反應必會再次發生。對我而言，與其費盡心思解除寄宿狀態，不如快刀斬亂麻，速速把人砍了才是上上之策。」

「那是下下策！」

無論如何，絕不能讓書幬單獨與熒雨潼見面。

我和阿光交換眼神，他心領神會地點頭，似乎明白潛藏其中的莫大風險。

隨手拿起書幬捎來的精裝書，翻閱目錄，找到「棘蛛屬」的條目，再透過圖片索引，找到最像朱綉大姊的一類。那是名為「乳頭棘蛛」的種別，學名為Gasteracantha cancriformis，倘若藍髮傢伙身於此地，定能說出一拖拉庫的無聊知識，附贈不留情面的嘲諷，讓人記憶更為深刻。
我闔起書本，說：「熒雨潼今天沒來上課。」
「我想也是。」
「那妳到底打算找什麼？」
「她的座位。」
「目的為何？」
「我要探查她的喜好、氣味和弱點。」書樗在教室裡悠哉踱步，繞了一圈，坐回我身旁的椅上。「你別以為斬妖除魔的工作只是灑些咒符、唸些咒語或放些靈術，最關鍵的是搜索、偵查和研究，畢竟妖物有如冰山，藏於水下的部分特別危險，毫無準備直接上陣是最愚蠢也最致命的行為。」
「像妳上次直接闖入工廠那樣？」
「閉嘴啦！」書樗伸手一抓，將精裝書塞回書包。「你們兩位到底站哪一邊？是站在隨時會被棘蛛精吞噬的刺青女那邊，還是站在我這邊，幫忙找出刺青女的所在位置，研究消滅棘蛛精的方法？」
「真是極端的兩難選擇。」
「人生正是如此，快快習慣吧。」
「……妳真的是國中生嗎？」
我和書樗僵持不下時，保持沉默的阿光突然揪住我的手臂，投來一道帶著幾分責備的怪異眼神。
「小翔，你在失去靈力和白虎之後，既不打算去御儀宮，也不打算和『她』聯絡……我能理解成兩位之間發生了什麼不好的事嗎？」
真是個第六感敏銳的傢伙。我撇撇嘴，「隨便你。」

「那就當作你自撞牆壁，把腦子碰壞了，才會選擇這條最智障的路。」

面對明顯至極的激將法，我保持沉默，不為所動。無可奈何的阿光大大嘆了口氣，從抽屜裡取出一疊測驗紙，拿起一支萬寶龍鋼筆，在紙上寫下「計畫藍圖」四個字。他在中央寫了「小心柔」和「捕捉銀狐」，接著將兩個字詞圈在一起，拉出一條線，寫下「不明獸形妖怪？」，再牽出另一條線，寫下「小翔」和「靈力／白虎／力量」，隨後在剛寫完的字串上畫一個大大的叉。

他向書櫥解釋心柔和狐狸被寫在中央的原因後，在紙上另外寫下「強大的靈巫小書櫥」和「棘蛛精寄宿者小雨潼」。他用筆頭敲了木桌三下，抬起頭來，嘆了口氣。

「小翔，我搞不懂現在的你到底能做什麼，假設大方向是抓住狐狸並拯救小心柔，小書櫥和小雨潼之間的糾葛不就偏離主軸了嗎？」阿光在我發言之前，舉手制止。「我知道小雨潼的性命很重要，但眼下有個更簡單的方法，能為小書櫥解決時變反應，又順利解救小心柔。」

要是有這麼好康的事，我早就做了。望見書櫥微皺眉頭、嘴角下垂的模樣，便知道不是只有我沒弄懂阿光葫蘆裡賣什麼藥。

「小翔，你覺得小書櫥為什麼會去新莊舊第一公墓？」

「因為發生了嚴重的時變反應。」

「小書櫥為什麼覺得時變反應是棘蛛精朱綉引起的？」

「因為附近只有朱綉大姊這隻強悍的妖怪。」

「但我們都知道事實並非如此。」

阿光覷起雙眼，咧嘴一笑。

這一刻，我腦中閃過密林深處的熾熱火焰，旋即想起自己前往新北大道七段的真正原因。

「那個該死的獸形妖怪……」

「等等，我沒跟上！」

書檮出聲發難，逼得我只得馬上說明：「早於妳抵達工廠，也早於我碰上熒雨潼，有個更值得懷疑的妖怪曾經出沒該處。最初，我是根據某項可靠的資訊，得知外型與銀狐相仿的獸形妖怪遊走於新北大道，才出發前去追捕。」

「可惜沒有抓到。」阿光低聲補充。

「謝謝你令人洩氣的補充啊！」我搥了他一下。「總之，我追著獸怪跑，才意外遭遇那群墓坑鳥，躲進那棟廢棄工廠。」

書檮嘛起小嘴，撥了撥馬尾，說：「你的意思是，時變反應可能不是棘蛛精和刺青女所引起，而是那隻逃得無影無蹤的野怪？」

見我點頭，書檮垂下嘴角，陷入沉思。

我和阿光都不確定時變反應的肇因為何，或許所謂的「強悍妖怪在場」只是其中一項變數，書檮與在她之上的靈巫們用了更複雜也更精密的判斷方式。倘若如此，模糊時變反應之元兇，使書檮放棄消滅熒雨潼和朱綉大姊，進而成為捕捉銀狐的助力，就是個愚昧的計策了。

沉思半晌，書檮抬起頭，嘛嘴蹙眉的模樣滿是不悅。

「可惜的是，我們也無法確定時變反應就是由刺青女和棘蛛精導致的。當時，捎來訊息的術師位階太低，無法正確判斷附近靈屬的靈能強度。」書檮嘆了口氣，「如果你有辦法找到那匹野獸，或提出相應的證據，我會試著和上面討論，看看能不能改變這道成命。」

成功了。

我和阿光相視而笑。

「證據的話……」我拎起擺在桌上的純白面具，說：「這裡面有。」

誠摯感謝堅持在面具裡安裝即時錄影系統的自己。儘管尚未完成同步傳送影像至他處的功能，單純能夠錄影便已幫上大忙；除此之外，阿光額外設置的遠端連線，讓面具遺失時的資料維護變得更周全。值得一提的是，這項遠端操縱不只能夠備份資料，也能啟動、關閉或銷毀面具。

若說機場捷運劫持事件給我什麼啟示，絕對是蒐證層面的全新理解。上回吃了藍髮傢伙的悶虧，逼得詩櫻成為檯面上的矚目人物，其目的是深化邱琴織的罪犯本質，同時隱藏身為虎騎士的我在該起事件的參與程度。

操縱輿論導向很大原因是為了應付斷軌災害的責任歸屬。

我不確定那傢伙究竟有沒有「預視」這起災難。倘若已有預備，還放任無辜百姓死傷，便是萬劫不復、罪大惡極的冷血態度；倘若沒有，就浮現另一個問題：將詩櫻推上檯面、增加其生存風險的理由到底為何？

正因如此，有必要強化蒐證能力，以免最後成為她的「棄子」。

阿光將面具掛到書樗臉上，一邊教導她播放影像的操作方法，一邊協助尋找正確的錄影片段。起先不斷提出問題的書樗，不久便陷入沉默，藏於鏡片之後的眸子似乎正盯著我。她的表情少了先前的傲慢，輕皺的眉宇和微啟的唇瓣宛如生著悶氣，惱怒的對象卻不是視線前方的我。

不久，書樗摘下面具嘛起嘴角，說：「我確實看見你在追逐某種獸類妖物，單論外觀，那頭妖怪的確可能是招引墓坑鳥的真正源頭。」

「這麼說——」

「不過，」書檮伸出左手食指打斷我，「如同這副面具表彰的現代科技，我沒辦法在短時間內查證影片的真實性，只能說多了一項證據，增加一種解消時變反應的手段罷了。」

這傢伙比我想像中還要精明。

阿光關閉面具的主系統，遞還給我。他已恢復一貫的燦笑，拍拍書檮的肩，說：「對現在的小翔而言，能讓妳稍微解除敵意就已經很萬幸啦！」

「確實如此。」我一把提起書包，「既然現在有必須向上呈報的資訊，我可以理解成妳暫時不會『宰』了熒雨潼嗎？」

書檮以聳肩代作回覆。

這樣就夠了。我揚起嘴角，「那就去找那傢伙吧。」

「咦，找誰？」

「當然是找你朝思暮想的熒雨潼啊。」

「你在整我嗎……」

「這有很難理解嗎？」我挑起眉毛，說：「起初之所以不願協助，正是不想成為害死熒雨潼的共犯。此時既然無法保證殺死棘蛛精就能解除時變反應，妳的行動就變質了，失去非得殺害熒雨潼的必要性，甚至可能助我追捕那頭真身不明的獸形妖怪。」

阿光輕笑一聲，提起鋼筆，將測驗紙上的「小翔」、「強大的靈巫小書檮」和「棘蛛精寄宿者小雨潼」三個字詞圈起來，拉出一條線，連在「不明獸形妖怪？」的短句上。——這可說是目前最理想的配置藍圖。

收拾妥當準備離開，身旁傳來清脆的敲門聲。門開之後，立於該處的是梳起西裝頭，臉上掛著粗框眼鏡和虛偽笑容的令云翱。

「瞧我如此魯莽。抱歉，這時間來此拜訪是否有些失禮？」

「是這樣沒——痛！」

我用力推了書樗的後腦，打斷她超沒禮貌的回應。

代為回答的是阿光：「當然不會失禮。請問您有什麼事呢，學長？」

「其實，我是想詢問沈同學，知不知道詩櫻小姐沒來學校的原因。」

他那堆滿笑意的冰冷目光移到我身上，剎那之間，除了湧上強烈的厭惡感之外，腦中同時浮現週六目睹的定格畫面。

「我像是會知道那傢伙行蹤的人？」

「沈同學經常伴於詩櫻小姐身邊，在琴織無法到校的此刻，最可能掌握小姐行蹤的人，非你莫屬。」

「我連她有沒有來學校都不知道呢。你要不要先去問問她的家人？」

「這確實是好主意……咦？」令云翱的視線聚焦在書樗身上，眨了眨眼，旋即鞠躬行禮。「瞧我這般失禮，實在罪無可赦。能在這裡和書樗小姐相遇，真是莫大榮幸。」

「哦。」書樗用食指轉起側馬尾髮尖，並未回禮。

「能否請問，為何書樗小姐會與沈同學和莊同學在一起呢？」

「不能。」

「這樣啊。」令云翱仍是那張皮笑肉不笑的臉。「抱歉，剛才在門外不小心聽見了你們的對話……」

「什麼不小心，你是故意的吧？」書樗白了他一眼。

「瞧我如此不受信賴。怎麼會故意呢，當然是開門前剛好被書樗小姐悅耳動聽的聲音——」

「有什麼話就快說！」

見到書樗一臉不耐煩的模樣，我和阿光面面相覷，並不打算介入。

令云翺絲毫不受影響，依舊好聲好氣地堆滿笑容，說：「我聽見書樗小姐正在尋找一位曠課很久的學生，所以想提供一些資訊……」

「你知道那個刺青女在哪？」

「倘若書樗小姐指的是熒雨潼同學，根據風紀委員的回報，最後一次的目擊證言是今日上午，似乎有學生在新北大道七段看見她的身影。」

「……」書樗皺起眉頭望向我。「嘖，我還真是被小看了。」

「我覺得是她沒別的地方去，並不是想挑釁妳。」

書樗哼了一聲，雙手抱胸扭過頭去。

令云翺帶著笑臉觀察我和書樗，似乎對我們的互動頗感興趣，卻什麼也沒說，倒是很有身為局外人的自覺。

「學長，不好意思。」聽見阿光開口，著實嚇了我一跳。按照往例，令云翺在場之時，阿光會莫名其妙地化作無口、無心、無表情的三無屬性。他說：「您來找小詩櫻，是為了參選學生會長的事嗎？」

「是的。」

「沒記錯的話，」阿光瞄了我一眼。由於我當時立刻離場了，並不知道詩櫻有無表態。他說：「小詩櫻的答覆是『會考慮看看』。既然如此，學長是否不應如此著急，僅需靜候回覆即可？或者，我能理解成學長另有打算？」

「瞧我這模樣，難怪莊同學會這麼說。」令云翺帶笑的眼角泛出幾分冷光。「如你所言，我確實可以乾等，不過這就麻煩了呢。想必聰明的二位也明白，我希望詩櫻小姐成為高中部學生會長的原因吧？為的當然是媒體大幅渲染的機捷事件英雄──『御儀姬』。有了這張王牌，本校便擁有與北鏡高中競逐北臺灣第一學院的資格，更可能讓位於新北的東明高中，打破往例地成為非臺北市的全國第一學府。」

「就為了這個？」我不禁皺眉。

「這可不能等閒視之，這是激烈的勝負之爭。而我，天生不喜歡輸。」令云翱的眼睛瞬間迸出冷峻的銳利神色，旋即堆起笑容，恢復那張皮笑肉不笑的陰沉笑臉。「雖然對沈同學來說是一樁小事，對我而言卻極為重要。成為學生會長的詩櫻小姐不可能獨自工作，她需要一個善於規劃與協調的幕僚，需要一個輔佐管理的『丞相』。」

「而你認為，她會選擇你？」

我瞇起眼，斜瞪那副令人厭惡的詭譎笑臉，費了九成心力才壓抑揮拳的衝動。阿光微蹙眉宇，似乎亦有不滿，旁側的書樗則是一副愛理不理的模樣。

「你說了半天，其實只是想要一個傀儡會長。」

「話也不能這麼說，這是個看中名位的年代。」令云翱露齒一笑，「虛的就是實的，實的，有時才是虛的。比方說……」

他轉過身，朝門的方向前進。

「有些人一直以為，自己在某些人眼中特別重要。這種一廂情願的想法，看似實，實則虛。」踏出教室門檻，令云翱朝我們點頭致意，瞇起眼來瞅向我。「你不這麼認為嗎，沈雁翔同學？」

直到教室鐵門掩上，我的腦袋仍不斷縈迴那句充滿挑釁的話語。

突然發現右手五指已在掌間刻出印痕。

令我最在意的是詩櫻沒來學校這件事。印象中，她是從不缺席的優等生，小學和國中都拿全勤獎，就連調查黑蛇咒和蛇泥偶的那幾天也沒請假。

這次未免太反常了些。

「小詩櫻居然請假了。」

「就算你一直瞪我，我也不會知道原因。」

「絕對跟小翔脫不了關係！」

決定不理會他，我逕自拉開鐵門，步出教室。

書樗隨即小跑上前，突然一記飛踢將我踹倒在地。

「痛、痛死了……」

「你這傢伙，難不成想赤手空拳地去？」

「熒雨潼和朱綉大姊又不會攻擊我……」天啊這傢伙踢得也太大力了。「我現在沒靈力也沒白虎，除非多偷幾張咒符，否則根本沒有戰力。」

「喏。」書樗丟了一包布囊過來。

看她一副完全不想解釋的臉，只得乖乖打開。

布囊裡頭裝著一疊咒符，取出一張端詳，咒文的勾勒筆觸與詩櫻不同，精氣飽滿，剛勁有力，勾、點等處格外精緻。裡頭全是白色符紙，我只認出破魔咒和癒寧咒，其餘兩種則無法辨識。

書樗從書包內掏出兩張咒符，輕輕揮舞其中一張，我發現布囊裡也有同樣的咒符。她說：「這是起風咒的符紙。我注意到，你的攻擊手段相當倚賴風的走向，若妥善利用起風咒，或許能夠重現那把奇怪的風刀。」

「小翔都把那招稱為月牙風刃！」阿光勾住我的肩頭。
「喂，你這——」突然覺得莫名羞赧。
「為自己的招式取名不是什麼壞事。」我被書樗意外正經的發言嚇了一跳。「名詞和事物的結合算是一種言靈……唉，你有空去請教別的靈巫吧。」
這傢伙真的非常不適合當老師。
她搖晃手中的另一張咒符，紙上咒文比其他咒符都長，使用的符紙不是常見的白色，而是稍淺的青綠色。
「這是召役天醫咒，和癒寧咒的功效一樣，都是用於治療，但效果較廣、範圍也較大，是特別強的治癒靈術，主要用來應付蜘蛛劇毒或刀爪撕裂傷。」
「妳是真的把朱綉大姊當成敵人呢。」
「靈巫這工作，就算做足準備，也常因為小小的疏失而丟掉性命。」
她的話語讓我想起詩櫻遭到黑蛇詛咒時，毫不畏懼死亡的堅毅神情。看來，靈巫作為上級位階的靈術師，並非只有實力強大而已。
「雖然不知道我的咒符跟你之前拿的那份相比夠不夠強……」書樗搔搔臉頰，側著臉，嘛起嘴說：
「畢竟我的字實在太醜了，姑且將就一下吧。」
原來咒符的強度取決於文字的美醜，真是長知識了。對自己筆跡毫無自信的書樗，迴避視線、斂起傲氣的模樣，看上去竟有些可愛。我噗嗤一笑，伸手搓揉她的頭頂。書樗嘖了一聲，使勁撥開我的手，朝我腰間刺出手刀。
「沒事摸我的頭幹什麼啦你！」

「痛、痛死了啦……」

「死小翔，為什麼所有女生都只對你露出害羞的表情！」

「我才沒有！」書樗又打了我一拳。

望向阿光滿是揶揄的表情和書樗通紅雙頰的怒容，我噗地一聲，不合時宜地哈哈大笑。這回，書樗的拳頭直接往我臉上飛。

這位新夥伴真的需要學習控制力道。

第六節　潛藏的惡意

伴隨窸窸窣窣的聲音，半個人高的草叢裡鑽出兩名女孩。

首先探身的是化為人形的小倉，緊跟在後的是馬尾上夾帶青綠草葉的書樗，兩人的衣服都沾染不少泥灰雜草，說有多狼狽就有多狼狽。

才見到我，書樗便噘起嘴抱怨：「探查敵情不都是男生的工作嗎？」

「我奉行真正意義的男女平等。」我輕輕捻起她髮間的草葉。「妳總不會想讓毫無縛雞之力的我和阿光出去搜敵吧，指揮官。」

「話是如此沒錯……欸，誰是指揮官啦！」

瞥見小倉嘴角下垂、抬起圓滾滾的眼睛相望，我輕笑一聲，伸手輕輕搓揉她毛茸茸的頭，說：「小倉好乖，小倉最棒了！」

書樗的手刀瞬間劈了上來，「這是什麼該死的差別待遇！」

「難不成妳想被我摸頭？」

「哪有可能！」書樗脹紅了臉，「與其被你摸頭，還不如去撞符水豆腐！」

「符水豆腐是什麼鬼……」

「打斷妳們開心的情感交流實在太過遺憾……」

趴在草堆裡拚命敲打鍵盤，雙眼緊盯筆記型電腦螢幕和腕環機投影畫面的阿光，牙間咬著一支青草。

「兩位可別忘了，我們的所在位置距離小翔碰見墓坑鳥的空地，以及小雨潼藏身的工廠不過僅僅六十公尺。若把聲音的傳導介質考慮進去……」

我用力拍了他的後腦，「超過十五分貝的響度很可能被那群妖怪聽到，這種事情誰都知道，別賣弄了。」

阿光聳聳肩，以眼神示意旁處，我才發現書樗和小倉的晶亮雙眸飽含無限困惑。好吧，看來這種事並不是誰都知道。

新北大道七段靠近壽山路一帶，姑且不提那棟殯儀館存在的客觀因素，更因歷經機場捷運事件的重大傷亡，以致人煙稀少，宛如荒涼的偏遠郊區，日落之後更是鮮見人車。

不適人居之處，便是妖物叢生之地。

上次遭遇超乎預期的妖怪數量，基於前車之鑑，這回絕對不能大意，必須以充足的資訊和萬全的準備，防範於未然。阿光打算偕同某位駭客朋友入侵周邊的基地臺，建立連接半罩面具的全像感應系統和不會斷連的通訊系統。

前前後後花費二十分鐘，以阿光的水準怕是如隔千年之久，看來附近的通聯系統經過機捷事件的衝擊後，已被中央政府換成最新的設備了。

「完成了！」阿光用力按下確認鍵，露齒一笑。「各位妖魔鬼怪可以出動啦——！」

「你才妖魔鬼怪啦！」、「誰跟你妖魔鬼怪！」、「我是妖怪但不是鬼怪！」

我、書樗和小倉同聲抗議，惹得他悄聲竊笑。

單論機械設計與系統建置，阿光可說擁有超越國家等級的危險實力。有他作後援，行動便能提升不少安全性，更別提那位靈力高強的戍級靈巫——誰管這個封號到底是什麼意思。如此陣容，足以彌補失去白虎的強度漏洞。

儘管已無靈力，依循近期養成的習慣，我仍張嘴吞下三顆羅漢果。

穿越蔓蔓青草，準備直搗黃龍進入工廠時，阿光突然拉住我。他瞥了書樗一眼，她毫不遲疑，心領神會似地鑽出草叢。

再次返回的書樗臉上顯得有些焦慮。

「有人來了。約莫十分鐘後就會抵達。」

「外觀特徵？」

「黑衣服，黑面罩，全部配槍。」

「警察？」

「不。」書樗皺起眉頭，「是『雷霆』。」

常被簡稱為雷霆特勤隊的官方特殊部隊，正式名稱為「超常事例與特殊應變勤務部隊」，是中央政府以反恐怖行動之名設置的獨立機關。由於該單位依法負責的全是隱藏於檯面下的祕密行動，因此確切的職權範圍、實戰能力與經手案件全部不曾揭曉。

所謂的神祕組織，通常不是什麼好惹的對象。

機場捷運事件時曾與這組織打過交道，其間雖然偶有對上妖物的狀況，卻不曾見到他們介入，由此可知，雷霆的出動條件相當嚴苛，甚至可說是極為罕見的幽靈部隊。

阿光一反常態地擰起五官，咂了咂舌，說：「雷霆在場的話，就得趕緊帶走小雨潼了。」

「為什麼？」書樗來回看向我們。

「因為，這些傢伙不是來抓人的。」我戴上純白的半罩面具，啟動主系統，說：「他們浮上水面，當然是專程來殲滅妖物的。」

才說完，我立刻踏出右腳，飛快鑽出草叢。

面具鏡片顯示三條不同色彩的光標指示線，分別向不同方位延伸；淺黃是小倉的路線，淡藍是書檮的路線，純白則是我的路線。小倉的路線稍微繞了點路，比我和書檮長了一倍，阿光的想法是將她當成誘餌，率先引開尚未注意我們的潛在敵人。

書檮和我分別自左右兩側前進，這種鉗子戰術是我擅長的正攻法，也是處於弱勢、身於暗處的最佳策略。阿光緊跟在後，在我們的掩護下通過寬闊的空地。無論如何，必須在雷霆抵達之前進入工廠，帶走熒雨潼，平安離開此地。

『小書檮，你的左側有批靈力光點。』

「強度如何？」

『很弱，但數量非常龐大。』

「看來是墓坑鳥。」

為了讓各人得以自主判斷是否尚有餘力相互協助，阿光特別設置了公共頻道。當然，更直觀的理由是書檮想要掌握每個人的動向，這個側馬尾小鬼很怕我們就這麼偷偷放走熒雨潼。

面具螢幕中央，象徵書檮位置的淺藍光球直直朝向那群靈力光點。看來她是不打算迴避了。對強大的靈巫來說，直接攻擊或許才是上策。

反觀我這一側，毫無動靜，毫不費力便已來到破舊不堪的廢棄工廠。

赫然發現遠方密林有道四足長尾野獸的形影。

腦袋沒轉過來，雙腳卻已改變方向。

『小翔，不要衝動！』發現我改變路線的阿光，理當也有看見那道身影。『你無法確定那是銀狐，現況也不允許上前確認！若不趕快帶走小雨潼——』

「我不會再讓牠跑了！」

『小翔，你現在沒有白虎！』

獸形妖物靜立原地，毫無閃避之意。我衝上前去，穿越一棵棵高聳巨木，踏過一叢叢雜草新葉，以飛快的速度縮短距離。獸怪忽地側身閃動，朝我跑了兩步後縱身躍起，旋起一道狂風阻礙我前進。

抽出腰間布囊的兩張咒符，默唸兩回咒語，向前扔去。兩道破魔咒朝獸怪開展，牠不閃不躲、不畏不懼，也不為所動。說時遲，那時快，綠林深處竄出密如雨點的墓坑鳥，有如大軍壓境般直衝而來，撞破兩道破魔咒，眼看就要衝到眼前。

「寒霜冰槍！」

數十支尖銳的冰尖刺穿墓坑鳥的身軀。群鳥紛紛改變振翅姿態，驀然轉向，迴避突如其來的強勁攻擊。待我回神定睛一瞧，獸形妖物早已不見蹤影。

書樗用力揍我的肩，「你是笨蛋嗎，拿張咒符就想挑戰可能得由戍衛靈巫負責的妖物，想送死嗎？喂，你該不會真的想死吧？」

『小書樗，妳別這樣兇他嘛，小翔本來就是個笨蛋。』

「我想也是。」

「兩位一搭一唱的是要組樂團嗎？」

書樗瞇起雙眸，望向密林深處，嘛起小嘴，又搥了我一下。

「喂，那東西是你放的嗎？」

順著她的指頭望去，前方數公尺處的地上擺置一個缽形小碗，走近細看，銅缽外圍刻著小篆字樣，看起來像是迷你香爐。爐裡沒有插香，反倒插著三支小旗，旗面繪有老虎圖騰。

瞥了我一眼，書樗隨即皺起眉頭。

「看你這副呆樣，恐怕是第一次見到宮印。」

「宮印？」

「之前說過，我們靈術師的最高位階是『宮』，每宮都有相應的璽印，依據宮主所駕馭的護神，配有特定的旗幟。」

她蹲下身子，拔起三支旗子，端起小缽。

「這個旗面代表的是天之四靈、西方神獸的白虎。」

妥善收起奇異的道具，她緊蹙眉宇地望著我，彷彿大敵當前一般。

「光這幾面白虎旗子，是能造成什麼威脅？」

「旗子本身當然毫無威脅。」書樗回頭望向飛到森林之外的墓坑鳥，抬起左臂，喚起數枚冰錐。「時變反應通常是強大的妖物引致某種力量失衡，進而產生群聚；可能與之為敵，亦可能與之合作。插上白虎旗幟的這壇宮印，代表著靈巫的駐地。倘若真有一位靈巫駐於此地，問題就不大，可是……」

「白虎並不是任何靈巫的神獸……」我不禁咬起下唇。

「沒錯。白虎要不是還在你的體內，要不就是回歸靈體，返回神靈之境。就我所知，目前沒有任何一位宮主，或任何活人身上寄宿著這尊神靈。」

書樗朝數量可觀的墓坑鳥投擲十枚冰錐，擊殺幾隻想繞回來偷襲的妖物。

「這是孤神野旗。」她的聲音異常冰冷，「時變反應的始作俑者的確不是那隻棘蛛精，也不是你的白虎，更不是你們追逐的那頭獸怪。」
「那到底是……？」
書樗回過頭時，望向我的目光閃爍著無邊恐懼。
「是足以匹敵神獸白虎的強悍神靈。」
她開展雙臂召出更多冰錐，使之結合成為一堵高牆。
與此同時，小倉和阿光也鑽出草叢，朝我的方向奔來。阿光將黑色的制服外套包於上身，用以遮蓋墓坑鳥的攻勢。
距離雷霆抵達的時間還剩三分鐘，我挑上沒被襲擊的路線，接近工廠。
書樗成功地將墓坑鳥困在冰牆之外。我唸出三道咒語，朝工廠鐵捲門內的奇怪白牆扔出破魔咒。符咒開展，白牆瞬間消散——如我所料，那道詭異的新牆是朱綉大姊的蛛網。
衝入工廠的剎那，數枚蛛絲彈猛然襲來，身旁的小倉飛快將我和阿光撲倒，躲開這次意外的突擊。
抬起頭，倒掛於天花板的朱綉大姊怒眼瞪視我們。
「呃……」我遲疑了幾秒。「嗨？」
蛛網再次撒出。這回，我抱起小倉翻滾一圈，勉強躲過。
看來不是能開玩笑的時候。
「為什麼你帶那個靈巫過來？」朱綉大姊的聲音低沉，在空曠的工廠裡迴盪著，聽來格外凜然。「我設置的蛛絲傳來數百次觸動，你該不會叫來警察或軍隊吧？」
「焚雨潼呢？」

「先回答我的問題。」

我嘆了口氣，皺起眉頭，不願回答。

朱綉大姊垂降落地，轉動熒熒閃亮的蛛眼，隨時準備攻擊。

「朱綉姊，等等！」熒雨潼難得清晰的聲音從工廠深處傳來。

嬌小的她推開附近的鐵櫃，鑽出原先藏身的角落。那是前天我們一起躲避冰槍的位置，這女孩真的得好好學習找尋藏身之處的技巧。

被她制止的朱綉大姊咂了咂嘴，不太情願地後退幾步。直到這時，阿光才掀開制服外套，大大呼一口氣。見到小跑上前的女孩，阿光揮揮手，朝熒雨潼露出燦笑。

「呦，好久沒看到妳了，小雨潼。」

熒雨潼瞪直雙眼，摀住嘴巴，旋即想起什麼似地，抽起旁邊的毛毯遮掩自己爬滿紅紋的腿。她動了動嘴，老樣子地沒傳來任何聲音。

代為轉達的是朱綉大姊。「她說，『為什麼莊崇光同學會在這裡，難道你是靈術師嗎』。」

「沒有，沒有，沒有。」阿光擺擺手，露齒一笑。「我既沒有靈力，也沒有神靈寄宿，就是個普通的高中生。」

「……？」

「百分之百，絕無欺瞞，就跟喝水就能瘦身一樣千真萬確。」

阿光恭恭敬敬地鞠了個躬，朱綉大姊一時之間不知如何反應。棘蛛精起初滿懷敵意，蜷縮身子準備反擊，卻被毫無攻擊意圖的來者弄得手足無措。

「您好，想必您就是小雨潼的守護神了。」

「守護神……」朱綉大姊望向我，我也只能聳肩。

我不確定阿光與熒雨潼的熟識程度如何，更沒有兩人交流的實質印象，唯一肯定的是，阿光這小子不分性別、種族與場合的裝熟能力宛如特異功能，堪稱世界第一。

「喂，」我搥了他的肩，「如果你跟熒雨潼很熟，為何不一開始就說。」

「說了也沒用嘛。我哪知道這幾天小雨潼到底在哪，甚至不知道你在工廠遇到的人就是她，更別提強大蜘蛛精寄宿的事了。」

聽見「強大」二字，朱綉大姊似乎頗為滿意，收起前腳，不住頷首。

看著阿光的笑臉，實在不知如何解讀這番話語。

「小翔一臉不相信的樣子。」

「憑良心講，我真的不相信你這個東明智多星完全不知情。」

「被懷疑的感覺真好——啊，我要說的是真遺憾。」他咧嘴嘻笑，「小雨潼無故缺席的第五天，我就動了點關係，稍微搜尋……等等，你先把拳頭放下，我是真的不知道她人在哪裡。」

儘管如此，我仍朝他的肩頭賞出一拳。不知為何就是不太服氣。

眼角瞥見朱綉大姊縮起身子，幾乎同時，被我打破的蛛網孔洞閃入一道身影。棘蛛精的蛛絲彈接連迸射，猛暴而出的細絲子彈朝入侵者飛去，甫鑽進來的那人抬起手，回以數量可觀的冰錐，精準地擋下蛛絲彈雨。

「還真是熱烈的歡迎呢。」

進入工廠的書檮帶著不可一世的倨傲表情，斜瞪同樣飽富殺意的朱綉大姊。她猛然高舉右臂，重新召喚冰錐。原以為她會立刻回擊，正想掏出咒符，才發現書檮施放的冰靈術全部飛向後方。不消數秒，被我打破的蛛網孔洞旋即被厚實的冰塊填滿了。

對眼前狀況感到不解的朱綉大姊默默收起下腹，解除備戰之姿。

棘蛛精轉動黑亮瞳孔，說：「妳這小妮子到底在打什麼如意算盤？」

「唉唷，唉唷——」書樗雙手抱胸，「說出蠢話的就是這張蜘蛛嘴巴？這麼臭的嘴，要不要讓好心的書樗小姐用冰槍替妳刷刷牙？或者，我該直接找妳的宿主算帳？」

「妳要是敢動雨潼一根汗毛……」

「妳能怎樣？憑妳這要強不強、要弱不弱的三流魔物，能奈我何？」

「妳這個毛沒長齊的平胸靈巫！」

「妳這隻腳多無用的噁心妖怪！」

「停停停——！」

眼看兩人你來我往的唇槍舌戰將要引發殺意，我大開雙臂，打斷無意義的口水戰。阿光使勁忍笑，彷彿眼前的一切只是鬥嘴戲碼，兀自欣賞逗趣的鬧劇；熒雨潼則緊咬下唇，雙肩打顫，連出言相勸的勇氣都沒有。

真是前所未見的混亂陣容。

「聽好，」我走上前，「目前在場的都不是敵人……」

「誰說的，我非宰了這妖怪不可！」

「看我怎麼吞了妳這不長肉的小妮子！」

「啊——妳們真是煩死人了！」

我按下面具邊緣唯一的按鈕，旋即在空無一物的地面上投射影像，品質雖不穩定，卻能清楚顯示工廠周邊的環境。投影畫面中，為數眾多的墓坑鳥正不斷撞擊西邊的薄牆，嘗試進入此地。距此稍遠，南方廣闊的坡地上，身穿黑色護甲的雷霆特勤隊正以奇特的先進武器，迸射紫藍色的不明能量攻擊墓坑鳥群。

「看到沒有，這就是現在的處境！無論最後是墓坑鳥還是雷霆先闖進來，任誰也別想脫身！」

這番言論明顯壓下書槫和朱綉大姊的爭執，她們雖仍死盯彼此，卻減去幾分敵意。我指向投影畫面中的雷霆隊員，說：「他們使用的武器明顯是能夠殺死妖怪的特殊能量。換作是警察或軍人前來，根本沒什麼好怕的，但來的不是別人，而是雷霆！」

雷霆的神祕武器不斷射出能量彈，奇異的紫藍光一接觸到墓坑鳥，瞬間化作噴濺水珠般的爆破，像極了破魔咒打上妖怪身軀的效果。同樣緊盯投影畫面的書槫，噘起嘴尖，似乎對眼前的影像相當憤慨，用力呼出鼻息。

熒雨潼睜圓雙眼，滿是困惑，動了動嘴。

「妳問『人類的武器能傷到神靈妖怪嗎？』」不知為何竟能聽得清楚的書槫，皺下眉頭說：「答案當然是不行……不對，眼下的狀況明顯就是『可以』，這到底是怎麼回事啊！」

阿光咂咂嘴，指著畫面裡的槍械說：「這些東西顯然不是常見的制式兵器，看樣子也不需要外部彈匣，大概是驅動了某種能量才有傷害非人之物的效果。話說回來，這些傢伙還真冷血，幾乎每發子彈都瞄準鳥妖的致命位置。」

「因為對方是墓坑鳥？」書槫挑起眉尖。

「真是這樣就好了。」

阿光朝我投射一道不安的視線。他擔心的恐怕與我相同，倘若雷霆採用的是致命性武器，採行的佈局又是殲滅式行動，代表工廠附近的目標——也就是熒雨潼和朱綉大姊均為中央政府下令消滅的對象，沒有談判或協調的餘地。

熒雨潼雙眼閃動著恐懼，輕輕拉住我的袖口，似乎不明白為何自己招來這等威脅。她微啟唇瓣，原想說些什麼，顫抖的小嘴卻怎麼也發不出聲音。

我望向書樗，點了點頭。心領神會的書樗翻開書包，取出在密林裡找到的銅製小缽和白虎旗幟。見到此物，朱綉大姊迅速退後幾步，舉起前腳，重新擺出備戰姿勢。

「放心，這東西是假的。」書樗將白虎的旗幟折斷，卸下旗面，倒轉缽碗，將裡頭的香灰全灑出來。待黃灰散去，她瞇起一眼往銅缽裡瞧，揚起嘴角嗤之以鼻。

「不管始作俑者是誰，還真是有夠混帳的。」

她將小缽拋了過來。接下查看，裡頭居然寫著「新莊玄穹御儀宮」。

「御儀宮沒有會幹這種蠢事的人。」我把銅缽丟了回去，說：「唯一可能這麼做的傢伙，現在正在吃牢飯。」

「這是我的臺詞。」書樗白了我一眼，「無論如何，某個不知名的混蛋打算用這副宮印招引強大的靈屬妖物。不只想將時變反應的爛帳丟給御儀宮，甚至冒用白虎之名，試圖把風險全部轉移到你的身上。」

好一個借刀殺人的奪命連環計。不只讓熒雨潼和朱綉大姊變成靈巫們的鎮壓目標，更把時變反應的源頭推給我——或說我體內的白虎神靈。

看起來各自獨立的環節，全都扣起來了。

熒雨潼來回看著我和書樗，眨了眨眼，滿臉疑惑。

書樗稍加解說靈道宮印與護神旗幟的事，理解情況的熒雨潼，抬起頭來望向朱綉大姊，臉上神情更添幾分不安。

「這樣看來，招引這些妖怪的原因，並不是我的捕食，而是更強大的東西……」朱綉大姊併起前腳，說：「烏黑的狂獸與火紅的大鳥。」

聽聞此言，書樗整張臉都垮下來了。她來到朱綉大姊面前，緊皺眉頭，炯炯有神的雙眸簡直要迸出火花。

「妳剛才說……火紅的大鳥？」

「沒錯。」朱綉大姊的後足緩緩交磨。「約莫在一週前，墓坑鳥的總數開始增加之時，最初我只捕食身形較小的鼠類妖怪……」

朱綉大姊望向打起寒顫的小倉，喀喀地笑。

「放心，妖怪只吃妖怪。妳是鼠仙，不合我的胃口。」

小倉安心地呼了口氣。

朱綉大姊繼續說：「首先現身的是烏黑皮毛的狂暴兇獸。那是個不好對付的詭異妖物，雖不至於無法抗衡，卻無法徹底擊倒。牠的行為模式很特別，交手幾回便會果斷撤退，隔幾天後又會再次前來，簡直就像——」

「像在探查妳們的實力一樣。」書樗半瞇雙眼。

「沒錯，就是那種感覺。」朱綉大姊交疊前腳，說：「數日後，烏黑狂獸不再現身，取而代之的是相對弱小，數量卻大得驚人的墓坑鳥。這個變化對我們來說是再好不過了。畢竟，最初正是想藉由劇烈的環境變化，引來能幫上忙的靈術師……當然，引來妳這麼不講理的小妮子，則是意料之外。」

「少廢話。妳說的火紅大鳥到底是怎麼回事？」

「那是墓坑鳥畏懼的對象。火紅大鳥不會靠近工廠，只在北方深山的林木上空懸繞飛翔，最多落地歇息幾個時辰，再繼續盤旋施壓。火鳥雖非每日前來，一旦現身，墓坑鳥便會傾巢而出，那副景象相信二位也見過了。」

遮天蔽日的海量墓坑鳥同時衝出密林的駭人畫面，至今依然歷歷在目，更別提數分鐘前闖入工廠時的極端風險，險些要奪走我和書樗的性命。

書樗努努下巴，說：「形容一下那隻火紅大鳥的外觀。」

「我只透過工廠窗戶遠眺一次，確切外型不太明瞭。」

「真沒用。講了一大堆，連個有用的線索也沒有。」書樗哼了一聲，「不過倒是能確定一件事：插有白虎旗幟的宮印，引來的並不是二流妖物，而是必須由我出馬的最高規格危險神靈。」

「妳知道那隻火鳥是什麼了？」我有種不好的預感。

「知道。」

書樗環顧眾人，沉沉地嘆了口氣。

「天之四靈，南方神獸朱雀。」

一時之間，無聲的恐懼四下瀰漫，難耐的靜默讓人呼吸困難。

明瞭白虎宮印可能招來妖物，我便猜想恐怕是其他同位階的神獸，即便如此，得到確認的答案仍然感到十分震驚。白虎作為神獸的實力近乎無敵，從先前獨自放虎對付書樗的情況判斷，神靈在沒人扯後腿時簡直無人能敵。

書樗皺在一起的五官證實了我的想法。

「如果招引的是神獸朱雀，祂怎麼不直接把這裡燒了？」阿光說完，發現自己被全員的目光譴責了一遍，連忙擺手苦笑。「我並不是希望朱雀燒死小雨潼和朱綉姊，只是這種迂迴的行為模式不太合乎神獸的常理嘛。擁有壓倒性的力量，又何必試探性地繞遠路呢？」他望向我說：「之前，寄宿於小翔體內的白虎儘管仍是黑虎將軍的姿態，也已兇暴得足以毀天滅地，根本不會有遠處觀望、數日徘徊甚至等待時機這種行為。」

「朱雀是特別謹慎的神明。」書幬一面確認投影畫面裡的雷霆行動，一面觀察工廠各處正被墓坑鳥衝撞的毀損程度。她說：「文獻記載，朱雀著重謀略，不會貿然攻擊，也不會在尚未掌握狀況時濫殺生靈。」

「這不是件好事嗎，為什麼小書幬看起來面色凝重。」

「好事嗎……這還得看怎麼理解『好』呢。長年駐守中立領域的神獸，傲視群雄的靈能將破壞四周的靈力平衡，產生正面或負面的時變反應；到那時，無論因此聚集的妖物決定攻襲神獸，抑或向外襲擊人類，都是一場災難。」

我盯著畫面中源源不絕的墓坑鳥，絞盡腦汁構思對付朱雀的手段。撇開幾乎沒有戰鬥力的阿光和熒雨潼，現在的我根本沒有與之一戰的實力，朱綉大姊的蛛絲和書幬的冰靈術，看起來連屬性本身都與朱雀不合，倘若正面交鋒，後果將不堪設想。

望向右腿，憶起那頭已然消失的白虎，我說：「朱雀是四靈之一，作為一介神獸，有可能光看宮印就相信附近潛伏著白虎嗎？」

「這也是我疑惑的點。」書幬鼓起腮幫子，死盯著那枚銅缽。「除了宮印以外，或許另有某種能讓朱雀深信不已的『現象』。若能除去那個現象，就有機會使朱雀放棄此地，解消時變反應。」

「如果那個現象能夠讓人連結到神獸白虎……」我喃喃低語。

「比方說，」書幬望向我，「該處住有某種強悍的孤野妖物，營造出形同白虎不受控制的兇暴狀態。」

「不只兇狠，還會肆無忌憚地獵食弱小的妖怪……」

我才說完，書櫄驀地睜大雙眸，與我四目相接。

「朱綉大姊！」「棘蛛精！」

被我倆這麼異口同聲地喊，朱綉大姊依序眨起八顆銅鈴般的眼珠，交疊前足，歪著頭部滿是狐疑。幾秒後，阿光「啊」了一聲，似乎也想通了。低垂眉宇的熒雨潼呆呆地望著我們，似乎仍在五里霧中，一臉茫然。

「……？」

「妳問『為什麼朱雀會跟朱綉姊產生連結』？笨啊，刺青女。」書櫄撇撇嘴，收起白虎旗幟，把玩那枚銅缽。「單純把白虎旗幟插進小缽，雖說符合宮印的形式，在沒看到老虎本身之前，誰會相信這玩意兒是真的。正因為妳們這對蜘蛛鴛鴦老待在宮印附近，又天天捕食小型妖怪，才造成這等怪象。我就問妳，當初兩位幹這種事的時候，心裡想著什麼？」

熒雨潼怯怯地動了動嘴。

「沒錯，就是『高調捕食野生妖怪，製造住有強悍妖物的狀態』。妳們營造的表象恰好匹配這壇宮印，讓神獸朱雀對此處出沒白虎一事深信不疑。」

熒雨潼瞥向我，湊近我的耳朵說：「可是，我們又沒那麼強……」

「重點不在強或不強，而是構不構成威脅。」不知為何竟能聽見熒雨潼咬耳朵之內容的書櫄，瞥向朱綉大姊說：「棘蛛精的實力，怎麼看都不及白虎強度的一成，但決定野居的神獸也不可能隨意展現實力，對吧？」

「換言之，朱綉大姊被當成低調行事的白虎了。」

「那我到底該怎麼辦……」

熒雨潼輕輕揪住我的臂膀，雙頰蒼白，眼神閃動。她掀開遮蓋雙腿的外套，注視上頭越來越密集的鮮紅紋路，眼角含淚，在我耳邊說：「難道得一直躲著朱雀嗎……我們根本不可能打贏神獸，那我不就……」

稍加拿捏力道，我用右掌輕拍她的頭頂。

熒雨潼眨了眨眼，歪著頭，微張小嘴。

「妳以為我們是來泡茶聊天的嗎？」我揚起嘴角，說：「只要我們還在，絕不會讓妳成為這盤爛棋的犧牲者。」

「……真的？」

「天啊，真是瞧不起我們耶。」阿光露出燦笑，食指頂著她的前額。『作為比小翔更嚴重的邊緣人，小雨潼有這種自虐性思維也不令人意外。」

「誰跟你邊緣人，我是故意排擠大家的。」我搥了阿光一拳，拇指向著站在一旁裝作漠不關心的書樗。「別看那傢伙一副兇巴巴的模樣，為了找出躲在工廠的妳，她出的力比誰都多，冒的風險比誰都大。」

「靈巫小姐……」熒雨潼不禁雙手合十，像是隨時要流出淚水。

「別在那裡瞎感動，我是為了解決時變反應才——沈雁翔！莊崇光！別以為摀住嘴巴就看不出來在偷笑！正經一點好嗎，別忘了外頭還有一群雷霆等著我們！」

這倒是真的。

我瞇起眼，確認墓坑鳥還沒衝破任何一角，努努下巴。

「按照原訂計畫，我們得在雷霆接觸熒雨潼和朱綉大姊之前，離開工廠，隱藏行蹤。但現在狀況不同了，外面鋪天蓋地的墓坑鳥已將此地團團包圍，雖然拖住了雷霆的行動，卻也嚴重阻礙我們逃脫。」

「任務難度從困難模式變成惡夢模式了。」阿光嘻嘻一笑。

「單純想逃脫的話，武力配置就變得特別重要。」我望向書櫄和朱綉大姊，說：「在場諸位，撇開行動靈活的小倉外，書櫄是最強大也最可靠的戰力，必須站在前線負責攻擊與壓制。請朱綉大姊從旁掩護，同時確保熒雨潼和阿光的安全。」

朱綉大姊與書櫄面面相覷，不發一語。

「阿光，投影畫面與逃脫路線就交給你了。」

「沒問題。」

我指向工廠深處一個顯然塌陷的位置，說：「墓坑鳥應該會從那裡闖入，所以……」我走向第一次進入工廠時使用的逃生門，「我們得從這扇逃生門出去。雷霆採取全方位包圍的陣勢，無法直接迴避──咦？」

我被投影畫面的景象駭得目瞪口呆。

在雷霆陣線後方，接近山腰之處停了一輛配備電磁槍的裝甲車。車門開啟，一位纖細嬌小的少女悠然現身戰區，那副英姿颯爽的姿態有點眼熟……

「小翔，怎麼了嗎？」

「這個嘛……」

面對這種狀況，我也只能回以苦笑。

「就在剛才，任務難度從惡夢模式變成地獄模式了。」

阿光眨眨眼，湊近投影螢幕，旋即張大嘴巴，瞪直雙眼。

畫面中，立於雷霆部隊之間的少女仰起頭來，凝視鏡頭的方向。彷彿早已預知阿光攔截的交叉訊號位於何處，她揚起嘴角，撥動那頭俏麗的海藍短髮。

那雙湛藍的眼眸飽含笑意，透過畫面與我四目相對。

對鏡頭嫣然一笑的李輕雲，令人直打寒顫。

第七節　老班底

比敵人還可怕的東西必定是天敵。

同樣注意到畫面裡的李輕雲，阿光維持張嘴蹙眉的表情向後倒退兩步。

「等等……先等等……」阿光擰住眉間，使勁甩頭。「雖然知道她是……不對，如果那傢伙站在那邊的話……」

「地獄模式，對吧。」

「什麼地獄模式，根本就開外掛了！」

「你們在鬧什麼啊？」書櫄雙手抱胸。

熒雨潼歪著頭，注視投影畫面中的李輕雲，湊到我耳邊說：「這位……是之前轉學進來的李同學嗎？」

「沒錯。」「沒錯就是她。」

我和不知為何同樣聽得清的阿光同聲肯定。

「你剛才說了『雖然知道她』什麼的，對吧？」我瞪向阿光，說：「該不會你知道些什麼吧？」

「並、並、並沒有，真的沒有。」

「你都口吃了！」

「真的啦，我用未來老婆的頭髮擔保！」

「誰知道你未來有沒有老婆！而且，誰知道你的老婆有沒有頭髮！」

這傢伙絕對知道些什麼。雖說平常口無遮攔，一旦涉及祕密事項，他就像堅不吐沙的蛤蜊，口風出奇地緊，根本問不出什麼來。李輕雲這傢伙單純作為敵人已很棘手，此刻身於雷霆之中，不確定她的身分究竟是隨行人員，抑或某種更奇怪的職位，光是想到未來行動都將暴露於她的「預視能力」之下，便深感絕望。

「李同學有那麼可怕嗎？」熒雨潼悄聲問。

「可怕，非常可怕。」我緊盯畫面裡的李輕雲，說：「那傢伙擁有名為『預視』的麻煩能力，可以看見特定的未來。換言之，完美的陣容、強大的力量或縝密的計畫，在她眼裡都像一齣早已演完，甚至上映好幾輪的老舊電影。」

熒雨潼和書檮似乎沒能感受我心中的恐懼，畢竟，預視能力的可怕，非得親眼見識才會相信。

面露微笑的李輕雲氣定神閒，不知從何變出一套圓形桌椅，悠哉地翹起二郎腿，端坐椅上。自成一格，特立獨行的模樣，與四周肅殺的氣氛極不協調。一分鐘內，超過五名裝束像是帶有官職的雷霆人員，恭敬地向她敬禮。她始終未開金口，只是待在該處看戲，絲毫沒有介入指揮的行動。

就我對她的理解，這番冷漠的態度也是戰術的一環。

「該怎麼說好呢……」阿光的眉頭皺得足以擰死蚊蚋。「小輕雲越鎮定，我們成功脫身的機率就越低。你們瞧，她居然叫人端紅茶來！這是前線耶，她敢這麼放鬆，代表難度根本不只是地獄模式！」

我和阿光以外的人似乎對這番反應感到不解。她們不約而同地散發出「有那麼嚴重嗎」的疑惑神情，可惜的是，一時之間沒有更好的解釋方法。

反正，踏出門外，就什麼都明白了。

「既然對手是李輕雲，我們就得把現有的計畫當成已被破解的廢案。」我環顧眾人，斂起五官說：「預視能力並非毫無破綻——至少我成功破解一次。由此可知，要避開那傢伙看見的結局，不無可能。」

「我覺得不能這樣理解……」阿光悄聲低喃。

我白了他一眼，繼續說：「無論如何，剛才說到一半的計畫已經毀了。」

「咦咦，儘管我們什麼都還沒做？」熒雨潼緊揪住我。

「我保證，那傢伙已經『讀』完了。」

感覺自己的嘴唇變得冰冷，彷彿體內血液瞬間流失一半。望向那扇逃生門，我咂了咂嘴，「那裡已經不行了。」

我們最初是從裝有鐵捲門的入口進來，那裡的層層蛛網後方，現已覆上冰霜高牆，無法輕易通行。工廠另一側，只有大型機具專用的輸送帶出口。

察覺我環顧的視線，熒雨潼踮起腳尖，在我耳邊說：「後面的貨物通道全毀了，堆滿廢棄的鐵器，沒辦法走。」

又少了一個選項。若不能給予超乎預期的行動，任何舉止都將是李輕雲已經預視的小說篇章，對付我們猶如探囊取物。

望向熒雨潼和朱綉大姊，實在不敢想像她們落入雷霆手中的下場。不僅如此，未能完全解決朱雀造成的時變反應之前，引起神獸誤會的當事人，又怎能擅自神隱。接下來的應變，不只要突破想像，更得違背常理，像個瘋子一樣置生死於度外才行。

長時間不發一語的書樗，伸出食指，向著越來越塌陷的工廠角落。

「那邊行不行？」

「妳是指墓坑鳥正在瘋狂衝撞的鐵板嗎？」我瞇起眼，遠眺不斷發出劇烈震響的深處。「等他們衝進來再採取行動，確實能出其不意，但伴隨的風險也未免太大。」

「照你剛剛的說法，所有正攻法都沒轍，對吧？」

見我點頭，書樗撇撇嘴，雙手抱胸，仰首遙望不斷凹陷的鐵皮外牆。她默默抬高左手，三枚冰錐飛向該處，在擊中鐵板之前爆碎四散，並未傷及牆壁。

「冰靈術的最大射程超過工廠內部的範圍，我能掌握的精準度，在目前肉眼可見的視野內，不會產生偏差。」她才說完，瞅見熒雨潼輕抿雙唇、呆愣眨眼的模樣，皺起眉頭說：「這代表我能壓制第一波衝進工廠的墓坑鳥啦！真是的，妳這刺青女到底是不是高中生，非得等我把話說完才能懂。」

「對不起，我以為會有更厲害的計策……」緊挨著我的熒雨潼悄聲低喃。

「啊？」書樗的聲音高了五度。「那妳提個更有建設性的謀略啊！」

「不是這個意思啦……」

熒雨潼似乎擁有秒速惹毛書樗的能力，為了保持團隊和諧與活力，暫時隨她們去吧。再怎麼說，鬥嘴打鬧也是一種交流，或許能讓溝通更順暢也說不定。

藏在我胸前口袋的小倉縮成一團，安安靜靜地，似乎隨時會沉沉睡去。

回過頭，朝阿光頷首。他心領神會地啟動腕環機，著手計算綜合外在環境的最佳路線。外面的雷霆部隊已完成駐紮，墓坑鳥的攻勢則稍微減弱，約莫尚有數百隻全擠在即將塌陷的鐵皮外牆，準備闖進工廠。

雷霆嚴陣以待，擺出密不通風的大圓陣形，若想完全隱匿蹤跡，必得施放誘餌並妥善運用障眼法。思考對策時，很難排除李輕雲這項不確定因素。朱綉大姊能夠束縛和射擊，書樗則是全方位無死角的王牌；

問題在於，她的靈力並非源源不絕，必須詳加規劃，避免非必要的精神耗費。凝望手中的白色咒符，上頭那串稍嫌陌生的文字筆觸，讓人不禁想起用得相當順手的詩櫻版咒符。

細心謀策，一條隱約成形的道路逐漸明朗，慢慢勾勒出計畫的藍圖。

「阿光，我這邊準備好了。」

「真巧，我也一樣。」

他將腕環機的投影畫面放大，以紅線標出評估之後的最佳路徑。他選擇的路線與我腦中的計畫並無衝突，我努了努下巴，要大家集中聚集。

從鐵皮外牆凹陷的程度判斷，再過不久，墓坑鳥就會闖進工廠；同一時間，雷霆也步步向前，以向心圓陣勢將廠房全面包圍。

環顧眾人，我手腳並用，快速解脫心中謀略。

交辦所有細項之後，吁一口氣，稍作緩和。

「想不到……」書樗揚著嘴角，「你這傢伙比我想像中更有意思。」

「我可不是白白被老虎綁架兩年啊。」

「這也怪不得小書樗。」阿光露齒一笑。「畢竟小翔怎麼看也不像是智能型的角色嘛。」

我揍上他的右肩，「你才是無腦的前鋒笨蛋！」

「我可沒說得那麼誇張……」

鏗的一聲，工廠西北側的鐵板彎折迸裂，看似堅硬的鋼鐵因為日積月累的風化鏽蝕，如預期般難以抵禦鳥妖的衝撞，轟然破開一口大洞。難以計數的墓坑鳥好似洪水潰堤，狂潮洶湧漫進室內。

於此瞬間，計畫啟動。

我將胸前口袋裡的鼠形小倉交給熒雨潼，經她之手，小倉嬌小的身軀來到巨大的棘蛛精嘴邊。朱綉大姊的觸肢接過小倉，身子一躍，八足俐落地鉗上天花板的蛛網，以上下顛倒之姿駐足，扭過身軀，向前迸射一道蛛網，纏住數十隻飛襲而來的鳥妖。與此同時，書樗左掌朝前，高聳的冰牆遽然形成；不同以往的是，她沒讓牆垣增高，反而像塗起果醬似地逐漸加強厚度。

眨眼間，密不透風的半透明冰牆，竣然完工。

「棘蛛精，趁現在！」書樗高聲大喊。

朱綉大姊抓準時機，倏忽撒出兩張蛛網擋下幾波侵襲，八隻腳飛快踏步，沿著既是武器又是通路的空中蛛網移動。當墓坑鳥群分散數量攻向書樗之時，朱綉大姊則適時將緊抓觸肢的小倉移向前足，縮起身子，把小巧的鼠仙朝向鐵皮外牆上的孔洞拋擲出去。

「阿光！」

「好咧——！」伴隨叫喊，阿光按下腕環機的確定鈕。

剎那間，工廠外頭傳來震耳欲聾的警報聲。我的腕環機則收到一封又一封的國家級警報，裡頭寫著「沒事只是想打聲招呼」的字句。

「書樗！」

「別那麼大聲喊人名字！」

即使嘴上抗議，滿臉不悅的書樗仍然遵照計畫行事。凝結成長寬約兩米半的ㄇ字型冰牆，在她平舉雙臂之後，彷彿失去重量似的緩緩浮起。

四名人類身於冰牆內側，亦步亦趨地跟隨牆垣前進。

朱綉大姊始終佔據高處，一面以蛛網牽制鳥妖，一面吐出蛛絲彈，擊退試圖以敢死隊之姿俯衝的落單敵人。

來到孔洞附近，眼前的開口大小如我所料，不足以供人通行。取出布囊裡的咒符，揀選一張起風咒和兩張破魔咒；率先擲出破魔咒符，飛快默唸咒語，開展圓形靈陣，驅趕聚集於破洞邊緣龐大數量的墓坑鳥。

接著是未曾使用的起風咒。

「巽風忙忙雷起興，馮夷鼓舞怒不停。闞伯撼動天地昏，飛砂走石穿山林。震響霎　哮吼聲，翻山入水怒濤驚。急急如律令。」

誦完初次禱唸的咒語，將手中咒符舉至眼前。霎時，直朝咒符猛襲的詭異強風嚇了我一大跳。起風咒的效果顯然是以符紙和字咒為中心，顫動周圍空氣生成風陣，向符紙的正面驟然旋起。

有了這層認知，便能掌握起風咒的使用時機。

趁著風咒未消，我將咒符向前扔去，隨即立定左腳，騰空踢出右腿。轟然一聲，強烈氣流匯聚成橫向風柱，掃向墓坑鳥群，直接打上堅硬的鐵皮外牆。

眼前瞬間揚起一陣煙塵，待白灰飄散，牆上的破口已大得可供通行。

「走吧！」

書樗似乎對我的號令有所不滿，噘起嘴尖，哼出鼻息。

朱綉大姊離開蛛網，落至熒雨潼身邊，與她相倚而行。在ㄇ字型三壁冰牆的庇護之下，我們終於毫髮無傷地跨出廢棄工廠，完成計畫的第一步。

計畫至此並無偏差，可惜的是，風險就在步出工廠之後。

無人能知李輕雲究竟設下什麼陷阱，甚至不確定她有沒有將預視結果轉告現場指揮官。按照目前的流程進展，加上交叉投影系統顯示的畫面，雷霆似乎被我們的行動弄得雞飛狗跳，無法應付躁動不安的墓坑鳥，以及防堵已然突破重圍的我們。

若能順利退回密林，便能利用朱綉大姊的蛛網，施展計策纏縛敵人，毫無後顧之憂地離去。前提是，我們必須在隱匿身分的情況下，闖過北方層層布陣的雷霆包圍網，並且仰賴李輕雲沒有正確預視這番行動的「不可能之破綻」才行。

那個藍髮傢伙依然維持一派悠閒的度假之姿，不受眼前突發的局勢影響，細細品嚐紅茶，翻閱手中那本外觀破舊的精裝書，貌似是戒嚴時代出版的卡夫卡《變形記》。

「太順利了。」跟隨冰牆移動的我不禁低喃：「實在太順利了。」

「這樣不好嗎？」熒雨潼怯生生地倚著我。

「好，卻也不好。李輕雲那傢伙過於異常的安靜，讓人懷疑其中有詐，但雷霆的應對方式卻又不像事先知道我們的行動……他們到底在想什麼？」

「有沒有可能是多心了呢？」

「對付李輕雲，疑心永遠不嫌多。」

她不可能毫無動作，然而，眼下沒有任何阻礙，過程如入無人之境，順利地像個陷阱，矛盾荒誕的狀況使我不安得冷汗直流。令人在意的是，即便小倉在外奔逃，雷霆人員並未朝她射擊，反而一股腦地使用非致命設備嘗試活捉。

難道李輕雲天真地認為，能在不用致命武力的情況下逼我就範？

既然她沒有進一步行動，我也沒有變更計畫的理由。

雷霆的強力橡膠彈乒乒乓乓地打上冰牆，數量繁密，卻沒留下任何痕跡。

我吹了聲口哨，這是呼喚小倉的信號，也是攻擊的信號。

書樗著手凝聚冰錐，我則開始誦唸咒語。

「巽風忙忙雷起興，馮夷鼓舞怒不停。屬伯撼動天地昏，飛砂走石穿山林。震響……震響……」

「震響鍐　哮吼聲，翻山入水怒濤驚！你這笨蛋！」

「好啦！」我白了她一眼，「妳也太兇了吧，乖乖去玩冰塊啦！」

備妥咒語，我半瞇右眼，朝樹幹間的雷霆隊員擲出一枚白符。符紙翻飛於冰牆之上，起風咒即將旋起，我助跑兩步躍起身子，施展加入足球隊時學會的倒掛金鉤，在空中奮力一踢，乍然轟天巨響，強力風柱斬斷綠林四周的樹幹，把雷霆部隊嚇得撤往兩旁。

起風咒雖有改變氣流的效果，仍與擁有白虎之時施展的月牙風刃大不相同。神靈寄宿體內時，只消利用大腿力量，即可將空氣一分為二，氣流自然斬出，迸射成一把隱形的銳利風刃。

原理不同，攻擊的效能也大不相同。透過乍然驟起的風勢，搭配恰到好處的踢擊，雖然引出姑且名為「攻擊」的氣流，然而不論強度或速度都遠遠不及月牙風刃的殺傷力。這才發現我一直以來多麼地倚賴白虎，殘酷的是，運用起風咒生成的風柱會帶給大腿肌肉嚴重的痛楚。或許，自身根本無法駕馭如此高強度的攻擊，始終是在白虎神力的輔助之下，才能順利發揮實力。

思及至此，不覺有些氣惱。

瞥了我一眼，書樗皺起眉頭，原欲開口卻隨即作罷，向前施放圓球狀的非致命型冰靈術。圓形冰彈比雷霆的橡膠彈威力更為驚人，速度快得肉眼難辨，瞬間打上土壤、樹幹或人體。諸多雷霆隊員被難以閃避的冰彈擊中，痛得躺在地上抱肚打滾，戰意全失。

背向工廠直面密林的我們，為了保持靈活應變的空間並節省書樗寶貴的靈力，緊挨著ㄇ字型的三壁冰牆前進。心裡持續膨脹的不安，越是接近山林便越發強烈。前進過程中，阿光埋首操縱腕環機，細心調整投影畫面，提供敵方的戰略配置情報，同時將熒雨潼攬在身邊，避免受到任何傷害。

阿光和我比誰都明白，被寄宿者才是真正的未爆彈。

「如果你是李輕雲，面對這個局面，腦袋裡會想些什麼？」

「小翔，你還真是過分。」阿光頭也不抬，專注盯著腕環機，嗤之以鼻。「要我這顆低等腦袋去評估小輕雲的想法，未免太強人所難。在我看來，小輕雲目前只是一個強烈的假象，那個假象正把小翔弄得疑神疑鬼。」

「什麼假象？」

「『老娘早就準備好了』的假象。」

阿光衝我一笑，繼續埋首於腕環機。

如他所言，李輕雲至今沒離開那張椅子，甚至沒和任何雷霆隊員有過正式對話，以一介旁觀者之姿坐視整起衝突，這份從容淡定簡直就像……

我嚥下唾沫，重新評估目前的狀況。

於我左側，並未參與戰鬥的阿光左手勾住熒雨潼，兩人肩並著肩一同邁步。在我右側，朱綉大姊壓低身姿，將巨大的軀體隱藏於冰牆後方，不斷吐絲修整蛛網，以便攔截偷襲的墓坑鳥。我的胸前口袋則有完成任務的小倉，正縮起身子呼呼大睡。立於正前方的，是一邊高舉左臂操控冰牆，一邊揮舞右臂施放冰彈的靈巫書樗。

四面八方都顧慮周全了，滴水不漏。

目前為止皆照計畫行事，毫無丁點偏差，幾近完美。

這份完美，可疑得令人不安。

瞬間產生的異樣之感驅使我轉過頭去，注視工廠屋頂，一道不詳的反射亮光映入眼簾。

「朱綉大姊，有狙擊手！」

才剛喊完，咻地一聲清響，結在冰牆後方的蛛網突然破了個洞。朱綉大姊連忙重新織網，一時之間，我倆都不明白發生什麼事。

「小雨潼？」阿光的聲音傳入耳裡。「小翔，小雨潼她——」

「嗚……嗚啊……」

熒雨潼雙膝跪地，摀住右下腹，鮮紅血液汨汨流出，將淺色的連身短裙暈染出大片紅印。她的衣服沒有破洞，無論射來的是什麼子彈，都沒確實擊穿這位嬌小的女孩。

她的雙眼有些迷濛，雖然看著我，眼神卻已失焦，好似什麼也沒看到。開闔的雙唇沒能凝成聲音，只能透過唇形看出「ㄅ」韻開頭、「ㄧ」韻結尾的詞。

「熒雨潼，妳看著我。喂，清醒點！」

任我拍打臉頰的她毫無反應，像個毀壞的人偶，微睜著眼，唇瓣輕輕顫抖。

再次望向工廠屋頂，狙擊手早已不見蹤影。

位於右側的朱綉大姊見狀，情緒失控地發出尖聲嘶吼，強壯的八足陷入狂亂，朝向四方飛快攻擊，逼得書樗急忙使出冰靈術，讓地板結冰，企圖讓對方打滑，以保住我的性命。朱綉大姊的身軀越來越淡，宛如憑空蒸發，棘蛛精特有的鮮豔軀幹正逐漸消失。

取而代之的是爬滿熒雨潼頸部、手臂與雙腿的血紅紋痕。

輕輕掀開她的領口，只見那道紅紋甚至越過鎖骨，朝心臟延伸。

「沈雁翔，你在發什麼呆！」書樗扯住我的領子，「你比誰都清楚宿主受到嚴重傷害時會發生什麼事吧！快扔下那個刺青女！」

我緊緊攬住懷裡不住打顫的少女，咬緊牙關，不知如何是好。身旁的阿光擰緊眉宇，以銳利的目光肯定我的立場——無消提醒，我是不會輕易放棄的。

當時的「她」，也沒有放棄我。

「書樗，請妳繼續前進。」

「你得先——等等，『請』？你說什麼……『請』？」

我取出胸前口袋裡的小倉，遞給書樗，只見她緊皺眉頭，滿臉狐疑。

「你想做什麼？——喂！」

阿光按住書樗的肩，搖了搖頭。這種局面必須由我負起全責。負責的方式，便是用盡全力確保熒雨潼、書樗和阿光的人身平安。

雷霆部隊正緩緩後退，與我們拉開距離；數量可觀的墓坑鳥也放棄攻擊雷霆，似乎感應異常的靈力波動，轉向我們而來。

倘若這是李輕雲的原定計畫，先前的毫無作為就說得通了。

一枚子彈，逆轉全局。

「咿……呃……」

懷裡的熒雨潼不斷掙扎，身上的紅紋越來越鮮豔，半睜的眼露出赤紅微光。

這種寄宿關係與我先前的狀況截然不同，正如書樗所言，熒雨潼和朱綉大姊奇妙的相倚關係一旦反噬，絕對不易應付。

霎時之間，懷中少女的重量變得異常沉重，我的手臂難以撐住，猝然跪跌在地。熒雨潼的雙腳震顫得彷若癲癇。下一秒，六隻細長的節肢足部從她裙下擠了出來，屬於人類的那雙細腿，成為蛛形身軀的前足，隨之鼓脹而起的蜘蛛下腹，足足有兩米之長。熒雨潼的軀幹取代棘蛛精的頭胸二處，呈現半人半蛛的外觀，唯獨那對淚眼汪汪的血紅雙眸殘留些許人類的靈魂。

她的唇內有對奇異的尖牙，像極了蜘蛛特有的觸肢。

「沈同學……」

熒雨潼的聲音變得清晰，不再宛如蚊蚋細語。

她流下眼淚，慢慢舉起蜘蛛尖足。

「對不起……」

聽聞此言，我緊咬下唇，擰捏夾在指間的咒符。

「妳們這些傢伙，」我恨恨地瞪著她，「不要隨隨便便對我道歉啊！」

扔出破魔咒符時，默唸咒語，展開咒術擋下蛛腿強力的攻擊。

「沈雁翔，別跟她纏鬥！」書樗舉起左手，準備施術。

「妳別出手！」

「你贏不了那傢伙的！那是異常反噬，她們根本不是寄宿關係了，而是共生體！半人半妖的靈屬生命體不是你能應付的！」

「反正妳不准給我出手！」

我飛快禱唸咒語，擲出起風咒的白符。乘著強風，咬緊牙關踢出一記右橫腿，不待身子穩定，旋即飛快踢出右縱腿，嘗試重現十字型月牙風刃。使盡全力的二次踢擊不只使得大腿發麻，更因沒能確實穩住腳步而摔倒，以臉接地。

兩回踢擊揚起的氣流同樣是鈍器型態，半蜘蛛熒雨潼毫不閃避，壓低蜘蛛前腳，接下我的連番攻擊。兩道風柱將她向後推了幾公尺，暴露於冰牆之外。

我撐起身體，調整面具位置，向前邁開腳步。

必須在書槫決定痛下殺手、一勞永逸之前，解除熒雨潼的反噬狀態。

快想啊，當時的我到底怎麼解除的。

無法逆轉的反噬是因為力量不均等，導致保護性的強吞弱。換言之，只有一個方法能夠解除這起異變。

吁一口氣站穩馬步，我的右手掐緊凣符，瞇起雙眼，以李小龍的特有姿勢，併起左掌四指，招徠三回。

「來啊，妳這個蜘蛛女。」

熒雨潼壓低左側四足，踢出右後腳，尖銳的長腳猛地襲來。我向前奔跑，在最接近衝撞點之處起跳，勉強閃過超越凡人速度的強勁踢腿。落地的瞬間，原先壓低的左蜘蛛腳旋即來到眼前，逼得我連忙後翻，迴避突如其來的二次攻擊。

性格怯懦的熒雨潼和強悍剛烈的朱綉大姊合為一體，謹慎程度、反應時間、肢體速度和應變能力都更上層樓，變得很難應付。

全身痠痛的我默唸咒語，將癒寧咒符摁上右腿，舒緩因過度使用而不斷顫抖的肌肉。

熒雨潼從腹部尾端的蛛絲孔灑出兩張蛛網，我奮力閃過第一張網，左手卻被第二張網纏住。蛛絲的黏性堪比強力磁鐵，除了直接破壞之外，毫無辦法。

我將一張白符扔上半空，「巽風忙忙雷起興，馮夷鼓舞怒不停……」

熒雨潼在我唸咒的同時衝上前來。

「闞伯撼動天地昏，飛砂走石穿山林。」

我與半蜘蛛的距離僅剩兩公尺。

「震響霆　哮吼聲，翻山入水怒濤驚——」

她的前足高高舉起，以迅雷不及掩耳之勢向我胸口突刺。

即便攻勢如此兇狠凌厲，那張依舊保持人形的清秀面孔，卻掛滿淚水。

使出致命攻擊時不准露出這種表情，妳這蜘蛛女！

「急急如律令！」

起風咒在千鈞一髮之際開展，強風自身後襲向前方，白符飄落的位置恰到好處，緊鄰熒雨潼人形腹部連接蜘蛛身軀之處。藉由蛛網的沾黏拉力，我甩出左腿，乘著氣流掃起風柱，旋即甩起右腿，構成十字風柱。

比誰都更明白，這樣的攻勢根本無法構成威脅，我緊咬下唇，在身體迴旋的向心力尚未消散之際，重複踢出右側橫踢。

一次太弱，兩次不夠——那就三次！

熒雨潼舉起雙臂阻擋先發的十字風柱，卻被預料之外的第三道風柱當頭命中，龐大身軀頓時失去重心，踉蹌數步。我趁勢衝上前，抓住她那雙取代蜘蛛前足的人類細腿，向上攀爬；我的臂膀扣住嬌小纖細的腰，雙腳則緊緊夾上蜘蛛身軀。

「書樗，我需要妳的幫忙！」

「你這傢伙不是要我別出手嗎！」數公尺外的書樗怒目圓睜，氣憤地大吼。

「此一時，彼一時啦。」

真是愛計較的傢伙。

半蜘蛛猛力擺動軀幹，試圖把我甩飛。我咬牙死撐，朝著書樗喊：「幫我施展強一點的治療靈術！」

「治療？強一點的？」

「就是妳之前說的那個召役天醫咒！懇請至高無上的大美女靈巫書樗小姐，使出最傑出的一手，智慧與力量的神聖一擊——天啊我咧個去這個鬼蜘蛛的力氣也未免太大了……」

「知、知道了啦！別用那麼大的聲音胡說八道……」

書樗平舉左掌，開始聚集水氣。

要想破壞失控的反噬狀態，最理想的手段便是將靈力傳導入內，讓寄宿者和宿主得到短暫的溝通機會。可惜的是，熒雨潼和朱綉大姊毫無和解的必要，沒有紛爭的關係無法如此安排。

「她」曾說過，每個人都有不同的靈魂。換句話說，眼前的半蜘蛛不過是兩個靈魂的混同狀態，只要給予雙方足夠的衝擊……

熒雨潼的雙肩不住打顫，左腕牢牢扣住右臂，使盡全力阻止自己的右手攻擊我。在她極力的控制下，即便沒有遭受攻擊，我仍被不斷甩動的蜘蛛下腹晃得頭昏腦脹。

「書樗！」

「知道了啦！」書樗悅耳的聲音變得很尖。「別隨便喊我的名字！」

她的唇瓣動得飛快，果然強大的靈巫連唸咒都像快轉播放。

「北方黑帝君，南方風雷神。叫喊連天地，八卦自通靈。蕩蕩周天暗，無邊捉鬼神。旗印歸火府，神霄玉樞城。胎病能遣禍，消災解厄逆。如違押北府，有令斬邪神。運光飛電火，神印起雷鳴。掌印兵千萬，助神隨令行……」

書樗的左掌凝聚幾道水氣，瞬間聚攏成比她身子大上數倍的水狀圓球。

「急急如律令！」

憑空出現的水流之息湧向此處，體型巨大的半蜘蛛熒雨潼沒能成功閃避，被這道疾速的靈術直接命中。前所未見的強悍術式，產生溫暖的水流，將緊緊相倚的我們完全包覆，書樗汪洋般無邊無際的靈力，讓召役天醫咒讓方圓五公尺內漾起奇異的沁涼之感，使得失去靈力的我不禁懷念起昔日白虎寄宿時，伴隨而來的沁涼靈流。

我將三張破魔咒符壓上熒雨潼的下腹，亦即蜘蛛身軀的最頂端，飛快唸出咒語，同時開展三道術式。三道破魔咒在召役天醫咒持續流轉的靈力內啟動，書樗給予的咒符與這等靈能相合，發揮出符咒之術真正的威力。

破魔咒閃爍強烈的淡藍光輝，伴隨熒雨潼的尖叫，被我夾住的蜘蛛腹部不再甩動，反而開始發顫。

下一秒，我深吸口氣，沉住氣息。

對不起了。

不知是對眼前的女孩，還是某個不在此處的鈴鐺少女，我在心底連聲致歉，緊闔雙眼，張開雙掌，五指向前攫去。

不偏不倚地抓住熒雨潼嬌小柔軟的胸部。

「咿——咿呀！」

這回讓我頭昏腦脹的不是蜘蛛身軀的晃動，而是人形部分的強勁巴掌。

趕上前來的書樗和阿光，以究極凜寒的睥睨眼神，俯視平躺在地的我。

「嗚哇，難怪有風聲說虎騎士沈雁翔是個變態。」

「我以前就在懷疑了，小翔果然需要看個醫生。」

「翔哥哥……」

喂喂喂，想不到連小倉都誤會我。

「沒、沒事吧？」

熒雨潼大大的雙眼近在眼前，她左手摀住胸口，雙頰泛紅，剛哭過的雙眼依然微腫，看來已經回復成那個嬌憐的怕生女孩了。雖然沒能解除半蜘蛛的異常狀態，裸露在外的肌膚也依然紅紋密佈，取回意識的熒雨潼倒是不再胡亂攻擊，舉手投足像個正常的人類。

冷不防地，暗伏四周的雷霆部隊已將我們團團包圍，手中的兵器不再是非致命的橡膠彈，而是足以殺死妖物的特殊能量武器。除了毫無死角的圍堵外，天空也同時傳來啪搭啪搭的直昇機噪響。

正在思考脫身之計，數百隻墓坑鳥突然湧現，從東北方飛衝過來。

立於列陣之中，有張國字型方臉、留著八字鬍的雷霆指揮官抬起右手，左翼的雷霆隊員槍口整齊畫一地轉向鳥妖，準備射擊。

說時遲，那時快，清風般的暖流包覆周身，溫暖的氣流以我為中心向外擴散，奇特的氣場在眼前形成一道幻覺似的五彩虛象，四足身形宛如一匹高貴的馬，卻長著尊貴的龍頭，生了一對鹿角，雙眼如杏，體泛金光。

溫暖氣息乍然而逝，周圍靜謐得猶如遁入虛無。

原先俯衝而來的墓坑鳥消失無蹤，正感狐疑，定睛一看，地上黑壓壓一片，數以千計的鳥妖趴伏在地，動也不動，好似沉睡，又似永眠。

雷霆部隊全員與我同感不解，皺起眉頭面面相覷；半蜘蛛熒雨潼眨了眨眼，不知所措；阿光雙手抱胸，撇著嘴角端詳散落一地的鳥妖；胸前口袋裡的小倉轉動身軀，挑了個更舒服的角度睡覺。

書櫝則垂下雙肩，大嘆口氣，一屁股跌坐於草地。

叮鈴一聲清響，驅散猶如死寂的靜謐。

位處西南方的雷霆隊員紛紛轉頭向某處張望，那是緊鄰壽山路的方向，也是遠離密林、接近道路、通往都市的位置。

眾人視線的交集點，是手持朱紅長棍，秀髮翩飛的美麗少女。

她一身桃紅色調的道袍，將白皙肌膚襯托得格外透亮，紅潤的粉頰上，朱色唇瓣與星辰閃耀般的雙眸特別醒目。美麗不可方物的她，不怒自威的肅穆神情，散發讓人難以直視的炫目光芒。

鬢髮繫著鈴鐺的九降詩櫻，長髮翩飛，凜然屹立。

第八節　無法閃避

詩櫻的出現帶來難以言喻的安心感，卻同時令我湧上一股怒氣。

雷霆特勤隊只保留十多位成員包圍我們，其餘隊員慢慢往詩櫻的位置移動，將她視為首要之敵。再怎麼說，能夠瞬間擊倒數千隻墓坑鳥的人，才是眼下最危險的目標。

半蜘蛛熒雨潼瑟縮身子，似乎相當害怕突然現身的詩櫻。

阿光和書樗雙雙坐上草地，猶如看戲，就差手上沒拿爆米花了。

「妳們也未免太放鬆了吧。」

「遊戲結束啦。」書樗百無聊賴地把玩掌中枯葉。「沈雁翔，你跟我一樣明白那傢伙的實力，這群沒路用的武裝雜魚根本傷不到她一根汗毛。」

詩櫻的實力，果然連具有位階稱號的靈巫書樗也自認不及。

雷霆部隊的包圍網外突然傳來規律的掌聲，黑衣裝甲人員紛紛讓出通道。只見藍髮少女李輕雲的臉上泛出燦爛的笑容，一蹦一跳，像個貪玩的小孩般穿過武裝隊員讓出的小道，來到我們面前。

她揮揮右手，說：「哈囉囉，可愛的巴貝斯原蟲們！」

「誰跟你巴貝斯原蟲，妳這個又矮又沒胸的藍髮——嗚哦！」

李輕雲一腳踩上我的腳板，「無論過了多久，你這阿米巴蟲就是管不好自己的嘴巴呢。話說回來……」她彷彿這時才想起雷霆隊員們的存在，甩甩手說：「撤了吧，都撤了。」

「可是……」留著八字鬍的方臉指揮官皺著眉頭，指向熒雨潼和我，說：「我們還沒完全壓制這起超常事例，何況虎騎士也在……」

李輕雲嘆了口氣，平攤左掌，掌心向著詩櫻。

「看見『那一位』了沒？」

雷霆全員的視線幾乎同時移往該處，嚇得詩櫻雙肩一震。

「我想你們也都知道，那位可愛到不行，讓人超想一口吞掉的姑娘就是『御儀姬』九降詩櫻。」李輕雲說到「御儀姬」時還特別加上重音，用獨特的聲調為大家劃重點。「這位美麗的少女能夠瞬間擊退、摧毀、殲滅眼前的一切威脅。無論你是人類、妖怪抑或神靈，一對上她，幾乎等同於被神明判處死刑。」

「太、太誇張了啦，李同學！」立於遠方的詩櫻出言抗議。

「一點也不誇張！我可以毫不保留地說，在場所有人的實力總和，都不及她的一成。」

端坐在地的書檮聳肩低喃：「這倒是真的。」

喂喂喂，那個目中無人的靈巫書檮到哪去了？

李輕雲的發言雖然充滿贅字，聽在雷霆隊員耳裡卻像一道聖旨。除了方臉指揮官仍略有微詞外，其餘隊員無不遵照指示，步伐整齊地分批離去。不消五分鐘，以廢棄工廠為中心的新莊舊公墓矮坡，回歸原有的寧靜。

前前後後不過一個小時，我竟有度過三個時辰的錯覺。高掛半空的豔陽，諷刺地提醒我，根本連正午的吃飯時間都還沒到。

李輕雲走到盤腿而坐的阿光與書檮中間，嘿咻一聲逕自坐下。猶豫幾秒的熒雨潼先看向我，又瞥向阿光，最後望著李輕雲，發現所有人皆無意見之後，才默默收起醒目的蜘蛛腳，在阿光身旁併起人形的雙腿，優雅地坐下。離我們稍遠的詩櫻有點不知所措，直到李輕雲朝她擺手，才打橫長棍在她身邊坐下。

「別以為妳們都坐下了，我就會乖乖的——」

「給我坐下，你這阿米巴蟲。」李輕雲白了我一眼。

「誰跟妳阿米巴蟲！我有很多帳要跟妳算。況且，就算要坐，為什麼非得坐妳旁邊不可？」

「又不是我旁邊，是櫻櫻旁邊。」

「那還不是一樣……」

說到一半，不自覺地與仰起頭來的詩櫻對上眼。她愣了幾秒，趕緊移開視線，抿起下唇，滿臉通紅。這傢伙莫非沒發現我知道她和學長的關係？不對，她鬢髮上繫有兩枚鈴鐺，其中必定有我當時掉落的那枚，由此推知，她必然會察覺我有前往御儀宮的事實。

她的臉色很差，雙頰先泛出一閃而過的紅暈，取而代之的卻是受凍般的蒼白，自相識以來未曾見過這麼糟的狀況，就連詛咒纏身那時，也沒如此慘狀。

「真是的。」

我咂了咂嘴，為了掩飾心中動搖的波瀾，先嘆了口氣，才摘下面具，在草地上盤腿而坐。

「結果一發現是在櫻櫻身邊，就乖乖坐下了呢。」

「才不是。」我瞪向李輕雲，「我有好幾百個問題要質問妳。」

「你也懂我，我絕不會全部回答。」

「妳一開始就知道這些事情了？我會在森林遇到墓坑鳥、在工廠碰見熒雨潼、在這裡被雷霆特勤隊包圍的事。」

「是啊。」

「回答得太乾脆了吧！」

「騙你又沒好處，再者，你也沒問到不能回答的東西。」

「那麼，妳是雷霆特勤隊的什麼人？」我猶豫幾秒，「該不會是長官吧？」

「是啊。」

「……又回得這麼乾脆。」

「咦，你怎會不知道，我以為——」李輕雲的視線移往阿光，見後者慌忙擺手，她趕緊摀住嘴巴。

「哇哦，想不到莊崇光的口風這麼緊。」

「小、小輕雲，妳怎麼就這樣出賣我了……」

阿光瞥了我一眼，縮起肩膀倚靠熒雨潼的蜘蛛腹部。

等等，你這傢伙也太快接受半蜘蛛這種奇怪的生物了。

「在場的人恐怕只有你、小倉妹妹和潼潼不知道。」

換句話說，除了阿光之外，書樗和詩櫻也知情。我詫異地望向她們，詩櫻連忙開口：「李同學的身分屬於國家機密，所以……」

我沒理會她的發言，撇撇嘴，對李輕雲說：「妳這傢伙是在認知此處設有白虎宮印的前提下，才用銀狐的行蹤把我騙過來的？」

「不太正確。」對於話題沒在詩櫻身上停留，李輕雲似乎有點意外。「發現銀狐的蹤跡是真，查到這一帶有超常事例也是真。我是真心地向你提供狐狸的下落，並非全是圈套。」

「並非『全是』圈套……」

「你也知道，我是個喜歡下一盤大棋的人嘛，若能一次解決很多事情，任誰都會這麼做的不是嗎？」

「前提是被利用的人得心甘情願才行。」

「這世上哪有被利用的人會心甘情願呢。」

李輕雲有意無意地將視線移向詩櫻，詩櫻眨了眨眼，似乎不解其意。

仍然賴在熒雨潼蜘蛛腹部旁的阿光伸個懶腰，說：「雖然現在的發展看起來很詭異，但打一開始，這裡的戰鬥就全在小輕雲的預視範圍內了吧？」

「是啊。」

「完全沒有超出預料？」

「完全沒有。」

「嘿嘿。」阿光粲然一笑。「小翔輸了！」

我白了他一眼。看來上回破壞預視結果的行動，純粹是幸運的意外。

「話說回來，小詩櫻也太厲害了，一秒消滅所有墓坑鳥耶！」

「唔咦，我只是把牠們擊昏而已。」

「那招是什麼啊，破魔咒？護身敕符咒？封神咒？」

「是淨天地咒。」回答的是噘起嘴來緊盯詩櫻的書樗。「那是最強大、最難駕馭的咒術之一。要我說，用來應付這種程度的敵人真的很浪費。」

「我也如此認為呢。」

詩櫻欣然微笑，溫柔的回應讓挾帶傲氣的書樗略感錯愕。

「再、說、了！」書樗加重語氣。「作為一名靈巫，擅自介入別人的任務實在非常失禮。妳就不怕我向宗主稟報？」

「我會好好反省的。」叮鈴一聲，詩櫻低頭致歉。

「啊？反省？」

「是的，請原諒我。」詩櫻瞇著眼笑，簡直把書樗當成小孩看待。

「妳這……」書樗雙手握拳，咬著牙說：「妳每次都想笑著糊弄過去！我就是最討厭姊姊妳這種鬼樣子！」

詩櫻縮起頸項，眨眨眼，被書樗怒氣衝天的叫喊嚇得不知所措。

愣了幾秒，我才舉起右手。

「等等，妳剛剛說……姊姊？」

詩櫻、書樗、阿光和李輕雲同時望向我，彷彿這個問題根本毫無意義。

「你在說什麼啊小翔……」

「這個傢伙，」我皺起眉頭指向書樗。「是詩櫻的妹妹？」

「什麼這個那個的，我又不是物品。」書樗雙手抱胸，「我不是一開始就說了嗎，我的名字是書樗，尚書的書，樗櫟的樗，是隸屬於首鎮清玄宗的靈巫，六十四戌位列第七，掌冰靈戌符。」

「……我要怎麼從中得知你是詩櫻的妹妹？」

「喂喂，全宇宙排名第七的戌級靈術師只有我一個，不光如此，全宇宙叫做書樗的人恐怕也就我這麼一個，是能有多混淆？」

「不是，我的意思是……」

阿光他聳聳肩，露齒竊笑，說：「她的全名叫九降書樗，東明學院國中部三年級生，九降家族的次女。——抱歉，我以為這是基本常識所以沒特別提起。」

都怪這傢伙成天「小○○」、「小╳╳」的，害我從沒親耳聽到九降書樗的姓氏，鬧了個大笑話。詩櫻銀鈴般的悅耳笑聲傳入耳中。

「也不能全怪雁翔，是二妹自己沒報上全名的。」

「難道姊姊會報出全名？」

「我想想唷……我是隸屬於首鎮清玄宗的靈巫，中宮主聖御帝九降詩櫻，執兩儀璽印，伏麒麟神，座玄穹法印守護。」

「為什麼姊姊的名號可以這麼自然的代入全名啊？」

「是二妹自己胡改的後果。妳應該說『我是隸屬於首鎮清玄宗的靈巫，六十四戌位列第七的九降書樗，掌冰靈戍符』才對。」

「這樣大家會以為我的名字是輸慘了的輸！」

「才不會呢。」

在她們陷入無意義的名號之爭時，阿光突然舉手發問。

「小書樗先前提過的那個，嗯……叫做九宮六十四戌，對吧？」他緊皺眉宇，似乎回想得很辛苦。

「沒記錯的話，宮級位階是靈巫中最強大的存在吧？」

「我們一般是不會說什麼宮『級』啦。」書樗皺眉瞪向詩櫻，說：「六十四戌可以稱為戌級靈術師，但領有璽印的九宮之主不能這樣叫。就像姊姊剛才說的那樣，她們是統御聖靈的在世之帝，會依據璽印的種類受封帝名。」

「所以『中宮主聖御帝』就是小詩櫻的正式名號囉？」

「是這樣沒錯。」

「哇嗚，聖御帝——我的女帝陛下！」

「不、不要這樣叫啦……」

詩櫻再度滿臉通紅，偷偷瞥了我一眼。

始終面無表情靜靜聆聽的我，並未回應她求助的訊號。先前錯失正面相對的機會，現在反而難以揮去心中的陰霾。說到底，詩櫻想跟誰在一起，想跟誰做什麼，本來就與我無關；況且，雙方門當戶對，學生會長似乎也和御儀宮有不小的淵源，根本沒有我介入干涉的餘地。

既然如此，為什麼要對她採取不同以往的奇怪態度呢？

我甩甩頭，不願深入剖析，果斷拋開多餘的思緒。

「李輕雲，妳早就預視到白虎宮印的存在，難道也知道熒雨潼會變成現在這副模樣？」

「是啊。」

「妳真的答得毫不猶豫耶。既然如此，想必妳也知道最後的結局，對吧？」

「是啊。」

我平攤雙手，示意請她發表高見。

她卻露出一道神祕的微笑，什麼也不說。

「妳這傢伙……」

「我說過了，介入已知的未來是很嚴重的越界。況且，依照過往經驗，我親自參與其中的話，不是反而引起更糟糕的變化？」

腦中倏地閃過機場捷運事件時，斷裂的軌道和墜落的車廂。

或許從我游移的視線看出什麼，李輕雲露齒一笑，拍拍我的肩說：「這下明白我為何不告訴你了吧？」

「那妳來幹什麼？」

「說了你也不會信。」

「試試看。」

「也沒什麼，」她環顧眾人，覷眼微笑。「單純懷念跟妳們窩在一起的美好時光罷了。」

這答案確實讓人難以相信，然而，李輕雲的目光毫無欺罔之色，無法從中窺探真假虛實，參透混亂難解的謎團。詩櫻和阿光倒是直接接納了這個溫暖的理由，不約而同地露出微笑。

「罷了，姑且相信妳說的是真話吧。」

「真過份啊，明明只是阿米巴蟲。」

「雁翔，你別這樣懷疑她嘛。」詩櫻微垂長長的睫毛，泛出微笑。「雖然李同學先前不告而別，中間也未曾來過音訊，至少現在回來了呀。」

實在聽不出來這是褒還是貶，她列出來的要點像是要把李輕雲從「朋友」的位階，打回「同學」等級。

我聳聳肩，始終不與詩櫻視線接觸，轉而對熒雨潼說：「妳的狀況如何？」

「咦咦？」熒雨潼愣了半晌，悄聲說：「身體方面沒什麼異狀……」

「如果有什麼異狀要立刻說出來。半人半蛛的狀態，可不能到處趴趴走。」

「我知道了……」

「書櫻。」我轉向那名悶悶不樂的少女。

「幹嘛？」

「有辦法在不傷害熒雨潼和朱綉大姊的狀況下，安全解除這個奇怪的半蜘蛛狀態嗎？」

書檮皺起眉頭瞪大雙眼，充滿疑惑的目光在我和詩櫻臉上來回逡巡，明顯在說「幹嘛問我去問你旁邊那個傢伙啊」。

「雖然相對困難，但也不是完全沒辦法。」詩櫻瞇起雙眼淺淺一笑，向熒雨潼點頭致意。「初次見面，我是一年一班的九降詩櫻，是一名靈巫。」

「妳、妳好。」

「熒同學目前的狀態並不是寄宿關係的反噬，而是失序的靈力流轉導致宿主肉身與寄宿者的靈質間發生混同，這在具有上下支配關係的寄宿關係裡，不太可能發生。」

「那為什麼我……」熒雨潼面露愁容，雙手環抱肩膀輕輕發顫。

「人類與萬物生靈之間有無數種相生相依的型態，寄宿關係只是其中之一，甚至不是最常見的那種。」

總覺得詩櫻的發言有意無意地指責我和書檮的錯誤判斷，非但如此，聽起來甚至有把矛頭刻意指向我的感覺。

「熒同學和棘蛛精小姐間的狀態是相生關係。比起類似共生卻容易轉為片利共生的寄宿關係，相生關係是絕對的互利共生。換句話說，棘蛛精小姐不打算侵蝕妳的靈魂，宿主更能直接獲得保護，如此無償無私的純粹相依是很讓人羨慕的關係。可惜的是，熒同學無法掌握靈力，將因為肉體遭受傷害，或者情緒異常起伏而招致類似於反噬的異態相合。」

「所以才會和朱綉姊合為一體……？」

「是的。異態相合之後，兩個靈魂同時困於一副身軀，主控權必會發生混淆。這時通常會有三種情形，其一是宿主執掌，其二是寄宿者執掌，其三則可能完全沒人執掌。」

「沒人執掌的意思是，既不是我，也不是朱綉姊掌握這副身體嗎……？」

「不是。」

伴隨叮鈴一聲，詩櫻輕輕搖頭。

「沒人執掌身軀的意思是，這副軀體將在陷於混亂與狂暴之後，喪失肉身化作靈質，灰飛湮滅。」

四周籠罩著令人難耐的沉默。

熒雨潼半張開嘴，眨了眨血紅雙眸，淚水悄然滑落。阿光拍拍她的前足——亦即她本人的小腿，聊以安慰。

「唉呀，真糟糕。」李輕雲伸了個懶腰。

「妳還好意思說，」書檮瞪著她說：「要不是那枚莫名其妙的子彈，現在根本不會變成這樣。」

「我以為是各位的計畫本身就有漏洞呢。」

「妳說什麼？」

在兩名性格火爆的女孩爭吵之前，我拍拍屁股站起身子。

望向直瞪李輕雲的書檮，我說：「若要解決熒雨潼的半蜘蛛狀態，是不是最好回去宮廟處理？」

「啊？你幹嘛問我……」書檮瞥向詩櫻，見到對方無奈的苦笑，嘆口氣說：「能在御儀宮處理當然最好，雖然方法很多，但有輕重緩急之分。既然刺青女已經變成這副模樣，熬湯服藥緩不濟急，得直接使用靈術，以類似於外科手術的方法直接調整混沌的靈流。」

「妳辦得到嗎？」

「這……」她又瞥了詩櫻一眼。「可以是可以啦，但最差的狀況是得移轉部分靈力，去補充刺青女體內失衡的狀態。」

「那就麻煩妳了。」我丟下這句話，轉身便走。

「喂，你幹嘛不去問——」

「雁翔。」詩櫻的聲音從後方傳來：「我們不能就這樣帶熒同學走。」

我停下腳步，沒有回頭，兀自思忖。

「李輕雲，妳能叫一輛軍用卡車之類的車輛來嗎？」

「可以是可以，但深夜行動會比較好。」

「拜託妳了。」

我面向南方的下坡處，繼續往前走。

看來李輕雲的身分不容小覷，遠遠便能瞧見雷霆特勤隊設下了封鎖線，圍起方圓數公里的禁制區。擁有這等情報控管能力，不怪乎機場捷運事件後，虎騎士的身分幾乎完美隱匿，偵查的檢警全以為我是普通的乘客。

跨大步伐前進，沒幾步，襯衫制服被人從後面輕輕揪住，不用回頭也知道是誰。微風中隱隱傳來淡淡的清香，那是我很熟悉的，專屬詩櫻的香氣。昔日悅耳的鈴鐺聲，此刻聽來卻略感煩躁。

「雁翔，怎麼都不理我呢？」

我沒回答，想向前走，來自襯衫的拉力卻意外地大。

「週六那天，為什麼沒來御儀宮找我？」

輕嘆一口氣，我轉身面對她，皺起眉頭說：「事到如今，還講這個幹嘛？」

「我說過會等你的……」

「妳會等，我就一定要去？」

「不是這樣的。」詩櫻的臉蒼白得像生了一場大病。「你突然沒有聯絡，我很擔心……」

「妳並不打算問我到底去哪。」

「那是因為——」

「因為妳知道我還握有一部分靈力，甚至留著白虎，對吧？」

詩櫻圓睜雙眸，眨了一眨，低下頭去。她點點頭，鈴鐺再次叮鈴作響。

「但妳還是放我一個人去了。」

「雁翔什麼也沒跟我說呀。」

「妳早就知道了，還有說的必要？」

「即便如此，還是想聽雁翔親口對我說。」

那雙閃動的溫柔雙眸，令人難以招架。

我側過頭，皺起眉宇斜視向她。

「就算去御儀宮找妳，也不見得能見到面吧。」

「我就站在三川殿，很明顯的。」

「我可不想當電燈泡。」

「電燈泡？」詩櫻歪著頭，思忖幾秒。「那是什麼意思？」

「妳不是一個人在那等吧？」

「我是一個人等的呀！不信你問二妹。二妹，我週六是不是——」

「那不重要！」

「雁翔，你到底怎麼了？為什麼突然這樣子對我？」

連番逼問的九降詩櫻令我感到煩躁，面對那雙堅毅而嬌柔的眼眸又萌生莫名的愧疚感，難解的矛盾心情使我一時語塞。

我有千百句話想對她說，自己明白衝動之下說出口的，必定是無數的責備與咒罵，然而，隱藏心底、最想道出的話語卻不是那些。我的疑問需要解答，許多事情想要討論，甚至迫切地需要她的幫忙，此刻竟連一個字都組織不了，只能咬牙忍住溢滿胸膛的惡毒言詞。

「雁翔，請看著我的眼睛。」

我扭過頭，迴避她的視線。

「求你了，聽我說話……」

她微弱的聲音在風中翩飛，語尾帶著些許輕顫，過去令我心疼不已的聲音，如今竟無法讓我產生一絲同情，甚或一點動搖。

「九降詩櫻。」

「唔咦？」

「妳想跟誰在一起，想跟誰做什麼都無所謂，就是別假裝自己很在乎、很關心、很依賴別人，好嗎？」

「我沒有假裝。」詩櫻眨了眨眼，「想跟誰在一起……雁翔，你到底在說什麼，我沒聽懂。」

「別再裝傻了！」

「我真的不知道你在說什麼呀！」

她指尖的力道大得難以掙脫，或者我也並未真的想要掙脫。剎那間，困於內心的疑惑、矛盾的憤恨，同時迸發出來。

「我看見了！」我咬著牙，一個字一個字地喊得清清楚楚。「當天，我看見妳了，就在御儀宮的三川殿！」

「那你為什麼……」

「我看見妳在那裡和令云翺——」

我不願說完那句話。

用力吼出的聲音比自己想像中大，也比想發出的音調更高。

詩櫻蒼白的臉龐，彷彿又褪下一層色彩，慘白得近如死灰。她向後退了一步，原先緊揪的手緩緩鬆開；重獲自由的我，扭轉身子，丟下眾人逕自下山。

走在幽靜的樹林間，心思千迴百轉，背後突然傳來細微的腳步聲。

步伐很快，踏得很輕，步幅也很小。

倔強地不願轉身的我，被來自後方的力量拉扯，身子倏地旋轉半周。

詩櫻的臂膀將我緊緊環住，力道大得讓我險些撲倒，她豐滿的身軀密實地貼近，突如其來的接觸使我雙頰脹熱，伸手想推卻不敢動作。

詩櫻踮起腳尖，仰起頭，將溫熱的櫻桃小嘴覆上我的唇。

溫暖的氣流傳入我的口中，不知過了多久，她才緩緩移開雙唇，微瞇的眼眸迷離得讓人心醉。

正欲鬆手的詩櫻被我牢牢環住，她順從地倚著我，紅通通的臉龐泛起微笑，輕輕闔上雙眼。鼻間嗅聞著她的髮香，甚至忘記自己為什麼生氣。

我毫不猶豫地吻了上去。

時間好似永久靜止，相擁接吻之時，所有煩惱宛如一縷清煙，消失得無影無蹤。慢慢挪開唇瓣，見她微瞇雙眸，嫣然一笑。

是我所熟悉的詩櫻。

「看吧……」

那美麗的笑靨，讓我的視線變得氤氳模糊。

「你自己還不是沒法躲開……」

正琢磨著她的話中之意，詩櫻纖細的身軀突然癱軟。

就這麼昏了過去。

※　※　※

事實證明，上週六，詩櫻獨自在三川殿枯等九個小時。

週六當天豪雨狂襲，直至深夜才稍微停歇，很難想像佇立雨中的她，究竟懷抱怎樣的心情。儘管早就明白她是個會傻傻實現諾言的人，卻也沒折回來與她相會，我對這樣的自己感到厭惡。

離開新莊舊第一公墓的荒地，我抱著失去意識的詩櫻，和大家一同返回御儀宮。半蜘蛛熒雨潼必須獨自在工廠等到深夜，於清晨的無人之時，由雷霆的運輸卡車送過來。

在書樗的安排下，詩櫻被數名女修道者帶回別房靜養。基於種種不可言明的原因，並未對外公佈詩櫻的病情，調製藥劑的工作由唯一知情的書樗獨挑大樑。

詩櫻是位階特殊的靈巫，不能隨意探視，更不能隨便給藥。書樗在堆滿書籍、法器和藥材的別房研製藥物，我則在此靜候藥劑完成，第一時間帶給詩櫻服用。

進入別房一待就是數個時辰，轉眼已過三更。

「坦白說，我有看過那個畫面。」書檮突然開口。

「什麼畫面？」

「姊姊和學生會長緊緊相依的畫面。」

「妳也在場？」

「當然沒有。」她停下研磨藥材的手，望向我說：「你忘記自己讓我戴過那副面具了嗎？」

「妳說這個？」我從包裡掏出白色半罩式面具，立刻恍然大悟。「原來如此，因為我戴著面具目睹那個場面，所以錄下來了。」

「那個笑瞇瞇的機械白癡大概也看過了。」

「阿光？我覺得沒有吧，如果他看到的話……」

等等，阿光確實是特別擅長隱藏祕密的人，就算看到也不見得會說出口。話說回來，還沒跟他算隱瞞李輕雲是雷霆總長身分的帳呢。

「所以妳才對令云翦那麼冷淡？」

「並不是。姊姊想做什麼，我才不管。」書檮哼笑一聲。「我是單純討厭那種老在微笑，肚子卻滿是壞水的傢伙。」

「怎樣的壞水？」

「不知道，反正我不喜歡『可能』表裡不一的人。」

「那妳覺得之前在這裡工作的那個蛇女怎麼樣？」

「我也很討厭琴織姊。」

「我想也是。」我輕笑一聲，說：「妳這種個性，我不討厭。」

「這是什麼意思？」她抬起頭來瞪我。

「妳這種是非分明的人有點可愛的意思。」

「誰跟你——」書樗將手裡的石製研杵扔了過來，我怕東西摔壞只得一把接住。她說：「趁現在告訴你吧，我也很討厭你！」

「哦，就是這種個性，蠻討喜的。」

這次連研缽都丟過來了。

「喂，這裡面還有藥材耶！」

「那你就不要亂講話！」

書樗氣呼呼地故意踏起沉重的腳步走來，搶回我手中的研缽與研杵，四坪大小的空間裡瀰漫著濃濃的中藥味，是聞來有點香甜的青草味。她一邊翻閱寫滿筆記的厚重古書，一邊抓取右側高大木櫃裡的怪異藥材。

專心一意為姊姊研製藥劑的書樗看起來特別可靠。

「書樗。」

「嗯？」

「妳很喜歡詩櫻吼？」

「什——」

書樗猛抬起頭，脹紅雙頰，抬手想丟研杵時似乎意識到已扔過一次，咂了咂嘴果斷作罷。

「我最最最最——討厭的人就是九降詩櫻！」她緊咬下唇，恨恨地說：「你別以為我那麼用心製藥是為了她好，你眼前看到的一切都是為了讓那傢伙順順利利地當上御儀宮的宗主，好免去其他兄弟姐妹必須負擔的宮廟責任。要是她有什麼閃失，第二順位的我不只要接受誇張至極的接班訓練，還得代她登基中宮主，過程不知得耗費多少時間心力，我可敬謝不敏！」

「哦是哦。」我的手撐著臉頰，露齒微笑。

「你這傢伙……」

「不管妳說什麼，也不論妳目的為何，現在正為詩櫻埋首努力，只為製出治癒用藥，不是嗎？」

書檮不發一語，狠狠瞪我，隨即撇過頭去哼了一聲。

真是一點也不可愛的小妹。

經過一番鬥嘴，消除原來的靜默與尷尬，不知不覺間，與書檮獨處變得自在舒適，彷彿研磨的草藥隱含著特殊功效，連嗅聞都有療癒作用，浮躁不定的心神變得沉靜許多。

厚重木門傳來叩叩清響。

「什麼人？」書檮頭也不抬地問。

「冒昧打擾。書檮小姐，我是令云翱。」

「啊？」書檮與我相望，旋即瞪向木門。「你要幹嘛？」

「我聽說詩櫻小姐的病情，特此前來探病。」

「我沒空。」

「是的，我也聽說書檮小姐正在研磨草藥……」令云翱停頓幾秒，說：「沈雁翔同學也在這裡，對嗎？」

書樗瞥了我一眼，「是這樣沒錯。」

「方便請他領我前去探望詩櫻小姐嗎？」

書樗用力嘆一口氣，說：「聽好，你大半夜跑到這裡，已經嚴重影響我的研磨進度；其次，姊姊早就睡了，還探什麼鬼病。現在這個時間我也不好攆你走，廂廊的修道室還有空房，你先歇著，明早再談探病。」

門外一時沒有聲響，只聞清風拂動樹梢的聲音，以及零星蟲鳴。

正以為令云翱已然離去，他突然沉著聲說：「我明白了。謝謝您，書樗小姐。」

腳步聲逐漸遠去，別房再度回復原有的寧靜。望向書樗的側臉，突然明白她比誰都愛詩櫻，比誰都關心著虛弱不已的姊姊。

「幹嘛一直看著我？」

「沒什麼，覺得妳很可愛而已。」

這回她沒丟東西來，低聲咕噥著：「晚點一定把你整得哭爹喊娘。」

我聳聳肩，正想說「就是這個地方可愛」時，她驀然呼一口氣，後退幾步，伸了個舒服的懶腰。原先乾淨整潔的桌面排列各種研磨精細的藥粉，顏色琳瑯滿目，難以理解書樗究竟如何辨別。

她將分散各處的藥粉倒入乾淨的陶瓷小缽，隨後便提起缽碗，高至鼻頭，瞇起雙眸溫柔地、細心地搖；搖晃數回，放下缽碗，取出燒開不久的熱水，倒進一只透明的玻璃小杯。

原以為她想以水溶開藥粉，想不到竟然就口便喝。

她用鑷子夾出擺在桌角的兩枚透明小物，看起來像能夠相互嵌合的圓錐小匣。

「那是什麼？」

「用棉花提煉出來的ＨＰＭＣ製成的軟模。」

「……啥？」

「ＨＰＭＣ就是羥丙基甲基纖維素啦。」

哦好哦，反正就是某種植物性元素。

書樗這時才將熱水倒入缽碗，輕輕攪拌，小心翼翼地將溶散的湯藥倒入小巧的透明軟模；兩個軟模都被湯藥裝滿之後，緩緩將其接合，如我所想地組成一枚比拇指還小的雙圓錐體。

「喏，我的工作結束了。」

書樗扭扭脖子，將膠囊般的濃縮藥物塞到我手中。

「接下來是你的工作。」

她曾說過，身為最高位階靈巫的詩櫻不會單純發病，尤其不可能染上小感冒就倒地昏厥。唯有靈流錯亂、兩儀失調、意識恍惚之時才會招致這等病情，因此常規調藥並不管用，必須量身訂作重新計算配方，重新調製並照方服用。

協助服藥的工作，自然而然地落到我這個罪魁禍首身上。

她拉動隱藏在製藥桌後的木製把手。喀的一聲，右側的書櫃向後退了一些。

想不到御儀宮竟有設計精密的神祕暗門。

在書樗的引領下，我們避開可能撞見令云翎的廂廊道路，走在隱藏於建物夾層間，僅供一人通行的祕密通道。小道內宛如迷宮，若是沒人帶領，鐵定無法找到詩櫻的所在位置。

迂迴半晌，書樗在一處毫不起眼的位置停下，輕輕敲打牆壁，牆垣的回音很響，彷彿後方是空無一物的廣大空間。

「就是這裡。」

書槆扣下隱藏的內栓，石造牆垣突然向內旋轉。正感訝異，她一把將我推了進去，暗門旋即掩上，化作毫無異狀的普通外牆。

微小夜燭映照的寬敞房間，有股好聞的清新花香。眼睛逐漸適應幽微光亮，深處有張雕刻奇獸的華美大床，床的中央躺著雙手交疊的女孩。

睡得好似天仙的九降詩櫻，胸口規律地起伏。

我嚥下唾沫，背靠著牆，悄聲說道：「這種狀況，我怎麼忍心把她吵醒，餵她吃藥？」

「放一百個心吧。」牆後的書槆輕聲笑著。「我的藥根本不是用吃的。」

「那該怎麼服藥？」

「你的想像力還真貧乏。」

「膠囊不是口服的嗎？」

「我有說過這是膠囊嗎？」

書槆笑得更開心了。隔著牆垣，小惡魔般的笑聲近在耳邊。

「傻孩子，那才不是膠囊，是栓劑。」

第九節　良藥苦口

栓劑，正規原文為suppository。除了藥物本身，另外含有作為填充劑的基質。常見的栓劑有腸道栓劑和產道栓劑，無論何者，都不可能搭配中藥使用。

九降書樗這個王八蛋，居然敢嚇我。

端詳手中的橢圓形物體，不自覺地認為，比起口服膠囊，真的更像一枚某處的栓劑。

輕捏藥劑的指頭不禁有些顫抖。

繡著紅花青鳥的厚棉被下，詩櫻呼出沉穩的鼻息，並未因我的到來而甦醒。嘗試推擠身後的牆，暗門動也不動；書樗也不再發言，就這麼把我困在無法脫逃的密室裡。

詩櫻所在的別房門外站有輪番守夜的御儀宮靈術師，雖說實力不及九降家的兩位靈巫，對付我卻綽綽有餘。況且，此刻的任務並非脫逃，而是把藥交給詩櫻。

脫下鞋子，躡起腳步，行走於冰冷的大理石地板，沿著穿透紙窗的月光行走，來到偌大的雙人床邊。為了避免不必要的麻煩，我將順手捎來的半罩式面具放上一旁的木製矮桌。

詩櫻的腮幫子已無先前的慘白，卻也沒有恢復原來的紅潤光彩，額前的平直瀏海依然整齊成列，彷彿某種魔法每隔一刻便自動幫她梳平，柔順的秀麗黑髮，倒映著明亮的月光。

躺在床鋪中央的她，距離床緣足足有一公尺遠，不是伸手可及的位置。

到底是誰把床做得這麼大啊……

我在心底埋怨，默默抬起膝蓋，跨上床緣，柔軟的床鋪受到體重壓迫，頓時下陷不少。突然覺得輕手輕腳的動作有些愚蠢，無論再怎麼噤聲，稍後都得叫醒這位公主，助她服藥。

不知為何，就是無法果斷破壞這張美麗的睡顏。

我以五秒一跨的頻率挪動膝蓋，緩緩朝向軟床的中央前進。終於來到她的身邊，我微偏著頭，讓窗外的月光打在另一側，就像自然補光，將她陶瓷般的肌膚襯得透白，這幅美麗動人的畫面，深深地鐫刻在腦海裡。

俯視她甜美可人的臉蛋，望向薄薄的唇瓣，我抿了抿嘴。

三更已過，距離四更僅剩一刻，雖然時間相當充裕，她的病情已不能再拖。倘若這個女孩真有李輕雲說的一半重要，就不能讓她持續發病。

重點是，該怎麼叫醒她？

方案一，直接喊名字。不行，這樣不就像個擅闖姑娘香閨的登徒子嗎？萬一詩櫻被我嚇到驚叫出聲，外面的守夜人可饒不了我。再者，我不認為書樗願意出面為我澄清，那傢伙絕對很享受我和詩櫻陷入困窘的局面。

方案二，搖她肩膀。不行不行，這樣更糟，突然驚醒的詩櫻鐵定認為我意圖不軌，在沒有明確同意的情況下碰觸肩膀更可能被當成猥褻犯。不行，絕對不行。與她的接吻要不是被動，要不就是順勢而為。

一旦開啟毛手毛腳的先例，名為變態的標籤可會黏一輩子。

方案三，一邊喊她的名字，一邊搖肩膀。混合式的老媽起床號，經典的人肉鬧鐘，確實是個好選擇。然而，同樣有嚇到詩櫻與碰到身體的疑慮，弄個不好，結果絕對比前兩個慘烈。再者，我又不是她媽，根本沒有加成效果。

方案四，乾脆靜靜地坐等她睡到自然醒……這算哪門子方案！萬一這位睡美人一覺不醒怎麼辦？不就得一路坐到她從肉體變成屍體——

「我的九天玄女娘娘哦……」

紛亂的思緒在腦中盤旋，我緊闔雙眼，抱頭低喃。

內心慌亂的程度超乎想像，想不到光是待在熟睡的詩櫻身邊就如此緊張。總是負責構思計畫的我居然連個方案都生不出來，就算想出一個，也能找到一堆亂七八糟的理由駁回，自打嘴巴。

這下可好，先不提藥該怎麼服，連人要怎麼叫醒都成問題了。

闔上眼睛定了定神，決定以平常心面對，就像叫醒妹妹一樣……

我睜開雙眼，面前是圓睜的明亮雙眸，和俏麗動人的白皙臉龐。

「嗚哇——」叫出聲來的是我。

「噓！」詩櫻伸手摀住我的嘴巴。「外面有守夜人嗎？」

見我點頭，她才緩緩鬆手。

「湫宮配置的守夜人比較特別，不能發出太大聲響。」見我一臉迷惘，她補充說：「我們這裡一過三更，到了夜半之時，守夜人會換上一名靈術師和一位盲人；靈術師必須眼觀四面、時時警戒，耳聽八方的輔佐工作則交給另一位負責。」

「這也未免太嚴謹了。」

「你也知道，湫宮是藏有寶物的。」

詩櫻笑了笑，掀起棉被打算展露腿上的玄穹法印。

棉被才剛脫離她的身軀，光滑如瓷的美麗胴體瞬間映入眼簾。

「唔咦！」她連忙壓下厚被，「我、我我、我我我的衣服呢？」

「我不知道。」我撇過頭，嚥下唾沫。「真的不知道。」

「不是雁翔帶我回來的嗎？」

「是，卻也不是。是我把妳抱回御儀宮的，但放上床鋪後就不是我負責的領域。」我想了想，咂舌嘆息。

「接手的是書樗。」

詩櫻眨眨眼，嫣然一笑。「二妹真讓人傷腦筋。」

她銀鈴般的輕笑消散，尷尬的沉默旋即籠罩，相倚坐於軟床的我們連一套像樣的對話都沒有，彼此迴避視線，僵得四肢發麻。

「你說抱，是怎樣抱的呢？」

「啥？」

「雁翔說，是你抱我回來的。」她叮鈴一聲低下了頭。「有點好奇，當時你是怎麼抱我的……」

「就一般抱法啊。」我平舉雙手，掌心向上。「就像這樣。」

「唔咦？」她突然搗起嘴來，「這、這不就是……公主抱？」

「是啊，就像把受傷的同學抱去保健室那樣。」

「被你這麼補充就一點都不浪漫了。」

「這種抱法有什麼好浪漫的，不然妳都怎麼把同學帶去保健室？」

「用揹的呀。」

對哦，還有這種方法。

細思之下，當時的情況用公主抱是最自然的選擇，倘若男同學揹女同學的話，豈不就糟糕了。

詩櫻皺起眉頭，鼓脹雙腮，噘起嘴尖望向旁處。

「怎麼了？因為我這樣抱妳，所以生氣了？」

「生氣了。」

「為什麼？」

「因為我睡得很沉。」

「這不是理所當然嗎？」我雙手抱胸，說：「當時我可是快嚇死了，明明就沒幹嘛，莫名其妙親一下就……」

突然說不下去了。

詩櫻望向我，旋即移開視線，整張臉脹紅得像顆蘋果。

哪壺不開提哪壺。

「那也是我自己的錯。」她嘆口氣。「怪我沒有好好打傘，甚至拒絕上前相勸的師弟師妹們，只能說是自作自受。明知道自己的身體沒有多健康，還這麼任性，難怪會病得那麼重。」

詩櫻抬起頭，稍稍牽動嘴角，勉強露出一絲苦笑。

「病到直接昏倒，都沒好好感受被雁翔公主抱的幸福感。」

「……妳哦。」原來在意的是這點。「公主抱什麼的，等妳身體好起來，要抱幾次就幾次啦。」

「真的？」

「病成這樣還想著公主抱，腦袋沒問題吧。等妳能夠好好下床、好好走路、好好上學，多的是機會。」

明明沒說什麼奇怪的話，她卻羞紅了臉，躲開視線。

「對不起。」詩櫻的聲音非常小。

「為了什麼？」

「對不起。」

「到底是為了什麼？」

「第一次的對不起，是為了羅漢果的事。」

「羅漢果？」

「雁翔還有在吃羅漢果嗎？」

「這……」我撇撇嘴，「有是有啦，怎麼了？」

「是因為御儀宮的網站上提到，羅漢果是修道者常用的靈力補給品嗎？」

「是啊。──妳笑什麼？」

「對不起，因為……」詩櫻抿著唇瓣瞇起眼笑。「傻傻地吃羅漢果的雁翔，真的好乖又好可愛。」

「這是什麼意思……等等，那該不會是假的吧？」

「當然囉，怎麼可能是真的。雁翔忘了嗎，我得施展靈術，搭配玄穹法印，才能移轉靈力給你，怎可能吃幾個羅漢果就確實補充呢──咿呀！」

我把手伸進棉被往她的腰部擰了一把。

領略控制靈力的脈絡，本就需要長達數年的修行，現在仔細一想，吃羅漢果的確是簡單到非常可笑的靈力補充手段。

該死的阿光，居然聯合詩櫻一起騙我。

「妳就是這樣才發現我還留著靈力？」

「怎麼可能。」她將左掌疊上我置於那柔軟腹部的手背。「你真覺得我會不小心把靈力留在別人體內？」

「說的也是。」我白了她一眼。「還以為妳是個誠實的好女孩，想不到是個心機極重的壞胚子。」

「唔咦，我只是希望雁翔能夠學習控制白虎的力量而已。」

「那還不多教一點。」

「如果你乖乖坦白，來宮裡修行，我就會教了呀。」

「小氣鬼。」

「唔咦……」

「而且，那句話有點奇怪。說要讓我學習白虎之力，代表妳打一開始就知道白虎並未離開吧？」

她點點頭。

「那……」我抿了抿乾燥的嘴唇。「祂還在我體內嗎？」

她又點點頭。

「既然如此，為什麼一點反應都沒有？難道是因為我失去靈力的緣故？」

「失去靈力？」詩櫻眨眨眼，偏著頭思考。「你覺得我特地留下一點點，是為了讓你駕馭白虎嗎？」

「難道不是嗎？」

「當然不是囉。現在的你和一個月前有所不同，和白虎之間的關係亦師亦友，並不需要靈力作為溝通媒介。」她嫣然一笑，說：「兩位已經和解了，只需維繫友好關係即可。」

「但那傢伙卻完全神隱了。」

詩櫻的左掌輕輕按上我的胸口，一股難以言喻的暖意自胸膛發散，漫入心窩，逐步覆蓋四肢。奇妙的感覺像極了靈力流轉，卻與往常的沁涼之感大不相同，意識跟隨這道暖流慢慢沉潛，好似隨時要遁入昏睡。望向她左鬢的鈴鐺，多餘思緒全部散佚，回歸虛無。

「每一個人無分資質，透過不同程度的修行，都能學會靈力的感知、調控甚或運轉。」詩櫻沉穩的聲音彷彿遠在天邊，有如山谷迴盪的餘音。「第一次將靈力交給雁翔時，就觸發蘊藏深處的靈苗。儘管微弱，卻已甦醒，靜待萌芽。白虎之所以仍然存在，之所以繼續待在你的體內，與我是否留下靈力無關，而是雁翔早已擁有與白虎聯絡、溝通、維繫關係的地位了。」

她緩緩移開左掌，舒服的暖意逐漸消散，些微渙散的意識也恢復清晰。眨眨眼，甩甩頭，定睛凝望眼前倩然微笑的女孩。低頭端視空無一物的雙掌，實在難以相信體內擁有任何靈力。

「我該怎麼把白虎找回來？」

「這個問法不太正確。」她的手輕輕置於我的掌心。「正確的問法是：現在的你，該如何重新建立與白虎之間的緊密聯繫。」

「重新建立……」

視線不覺飄往詩櫻的唇瓣。

「不、不對唷。」她搗著嘴說：「移轉靈力的確可能達到效果，但對肉身傷害太大，甚至有意外失敗導致失控的疑慮，並不是好方法。」

這傢伙過於緊張的模樣讓人有點受傷。

若要重新建立聯繫，首先必須先搭上線；好似聯絡老友，得想個法子逼這頭老虎動起來。要說「逼」，我也不是毫無頭緒就是了。

「感覺雁翔又在想那種玉石俱焚的方法了。」

「就算妳把腮幫子鼓得那麼大，我也不會餵妳吃栗子。」

「……又把人家當成花栗鼠。」詩櫻撇過頭，哼了一聲。「不管雁翔打算做什麼，可別傻傻地以為總能把我蒙在鼓裡。再怎麼說，這次要不是我及時趕上，你們可就麻煩大了。」

「是是是，詩櫻小姐。」我深深地嘆了口氣。「真是的，還以為李輕雲才是最該提防的人呢。」

「唔咦，我是真心希望雁翔來宮裡修行——咿呀！」

這回我不只捏起她的腹部肉，更將她一把攬入懷中。不知不覺間，我的半個身子已隱入厚厚的棉被之中。

詩櫻猶豫半晌，才輕輕伸手回抱。

「妳啊，以後有什麼想法就乖乖說出來，不要盡做那些拐彎抹角的事。」

「但你沒問嘛。」

她的嘴巴貼近我的胸口，呼出的鼻息散發著溫熱，聲音聽來略顯模糊。摸摸她的頭，我將鼻頭移往烏黑深邃的濃密髮頂，專屬於詩櫻的淡淡清香撲鼻而來，讓人感到特別安心。

「話說回來，」我悄聲說：「剛才的第二個道歉代表什麼？」

詩櫻抬起頭，皺著眉頭，大大鼓起雙腮。

「我差點被云翾強吻。」

「我知道啊，我人就在現場。」

「啥？那怎麼不來救我？」

「光是看到那畫面就夠震驚，還指望我立刻判斷妳是否不情願，未免太強人所難了。」

「哦。」

「還『哦』咧，妳們這些女人吼……」

詩櫻這蠻不講理的地方，像極了心柔。

「有什麼好猶豫的呢？我並不是誰都肯親，又不是親親魔人。」

「真的不是？」

「不是！」詩櫻噘起小嘴，「御儀宮的那次，即便情況緊急，我也不是為了拯救性命就會與人接吻。」

真的假的……？

不敢追問的我，只能側過頭去，放任自己的臉頰持續脹熱。

「說、說點什麼呀……不發一語的，讓我覺得很害羞耶！」

「妳本來就應該覺得害羞啊。」

「為什麼？」

「妳是不是忘記自己是全身赤裸的狀態？」

詩櫻倒抽口氣，使勁一推，過於弱小的力道並未奏效，只能乖乖地困在原地，嘟起小嘴用額頭撞我的胸口。

儘管能夠正常交談，仍明顯感覺她的生命力非常微弱，雖說本就不是陽光少女，卻也未曾如此孱弱。

「書槫說，妳的病不是普通的感冒。」

「確實不是。」她面露勉強的微笑，說：「我們靈巫不會輕易感冒。一般世俗的病菌本質上是一種生靈，既為生靈，就不易入侵擅於掌控靈力流轉的人。可惜的是，擋得了來自外部的生靈，卻擋不住源於內在的調和失序。就像我之前說過的，煲同學和棘蛛精小姐的混同出於失序的靈流，這種流動會導致肉身與靈質的矛盾衝突。換句話說，並非一副軀體帶有兩個靈魂才有這種狀況，即便是一個軀體帶著一個靈魂，也有身靈相衝的情形。」

「這算是靈巫特有的疾病？」

「是的。這個病症名為『靈流失序』，相當罕見，一旦罹患便極其嚴重。」

「我能理解成，現在的妳無法發揮身為靈巫的正常實力嗎？」

「唔……」

專屬於靈能者的病，甚至會干擾靈力流轉，著實是個麻煩的症狀。

「難怪妳總能拿全勤獎，原來妳這傢伙根本不可能請病假。」

「這次就破功了呀。」

「我會替妳想辦法的……幹嘛擺出那種表情，我會嘗試用些合法手段的。」

詩櫻摀著嘴笑，絲毫不把我的補充當一回事。

若要保持全勤，除了公假和喪假外，不能有任何缺曠課紀錄，也不能請假、遲到或早退。詩櫻請的大概是病假，只可惜，病假在臺灣不被當成「可容許的假別」，到時可能得把腦袋轉到公假的定義上了。

「話說回來，雁翔為什麼跑來我的房間呢？」她稍微縮起肩頭，拉起棉被移往旁側。「該不會是來偷襲的……？」

「怎麼可能。」我彈了她的額頭說：「當然是帶藥來給妳——」

驀然想起那個無法口服的藥劑。

「該死的書椁。」

「唔咦？」

我將掌中那枚指甲大小的藥劑擺到兩人之間。詩櫻低頭一瞧，抬起頭來皺著眉，旋即低下頭去仔細端詳；再次抬頭與我相望時，雙頰已然脹起緋紅。

「這、這是從哪來的？」

「這是九降書樗親自調製，要我餵給妳吃的特別藥劑。」

「你說餵……但這東西……」

詩櫻挪開視線，連與我對視都辦不到了。

該死的書樗，居然真的給我做成栓劑。

一般而言，中藥材都是研磨成粉，或是燒成膠質再溶於水，不是外用就是口服，栓劑這種要不是從後面進，就是從前面入的東西，可信度令人存疑；不過在這瞬息萬變的世界，就算真的有，我也不覺得奇怪

據說書樗的製藥功夫僅次於詩櫻，是御儀宮的第二把交椅，而這橢圓形的奇特物體裡裝的並不是藥粉，而是特製的湯藥，藥效應當是一等一的。

「這東西真的是栓劑？」

詩櫻抬起雙眸，與我四目相接，抿嘴點頭。

「以下是我的猜測，若有錯誤，還請妳不吝指正。」我皺起眉頭，大嘆口氣，說：「在我不知道的醫學角落，真的存在以栓劑形式施用的中藥方子，而且這種藥方真的能治療妳們靈巫所謂的『靈流失序』。」

詩櫻倒垂眉宇，點了點頭。

「就我所知，所謂的栓劑有兩種……」

詩櫻羞紅了臉，雙手擰緊棉被，拉到鼻頭邊緣，使勁點頭，彷彿要我快速帶過這個話題。

「好吧，反正就是妳知我知的那兩種。用一個比較粗淺的方式判斷，因為詩櫻妳的病症跟前面的……呃。」我大略指了指她的下腹一帶，說：「跟這邊沒什麼關係，所以應該不是從前面進去，而是從……天啊，怎麼越說越尷尬！」

「因為真的很令人害羞呀。」

詩櫻索性把整顆頭埋進棉被裡了。

我點了點她的肩，說：「雖說我的工作是負責協助服藥，但既然是這種類型，也只能請妳自行施用了。」

將藥物遞過去時，她卻沒有接下。

「詩櫻？」

「雁翔，其實……」

詩櫻從棉被中伸出右手，露出光滑的白玉肌膚，稍微轉動手腕，指頭跟隨腕部輕擺活動，看似無甚大礙，卻顯得異常無力。

執起她的左掌，輕捏小指。

「妳的手怎麼了？」

「這就是二妹派你過來的原因。」詩櫻緊瞇雙眼，把頭埋回棉被。「靈流失序會嚴重影響我的頭腦和四肢，所以才有暈眩、昏倒和全身無力的狀況。現在的我，恐怕連一朵花都摘不下來。」

等等。

都給我等等。

我不自覺地向後退，低頭瞪視掌中那枚栓劑。

「別、別擔心，我找別人幫妳！」

正要起身，詩櫻用軟弱無力的手攀住我的臂膀。

「沒用的，雁翔，二妹全都算好了。除了你之外，沒人能夠幫我。」

「哪有這種事，只要請守夜人——」

「我身上的靈流失去是很嚴重的事態，絕不能輕易被人察覺，即便是守夜人也不例外。再者，雁翔又該怎麼辦呢？」詩櫻眉頭輕皺，說：「被人發現無故身在我的房內，縱使經我允許，也難保宗主大人能夠接受，後果不堪設想。」

「怎、怎樣的後果？」

「你覺得呢？」

「妳的笑臉有點可怕耶……」

「沒辦法，無論何等緣由，我父親絕不會原諒這種事的。總之，請你放棄開門求救的念頭。」這個該死的書樗，就算要替我作媒，也不該安排這齣令人尷尬又危險至極的戲碼。

「我想辦法從暗門出去，把書樗給叫回來……」

衣角仍被力道微弱的詩櫻拉住。

「那扇暗門只能從密道的內側打開，是只進不出的緊急通路，二妹未經宗主大人和我的同意便擅自通行，已相當不妥，遭人通報的話絕對會受嚴懲。正因這層緣故，我認為二妹不會在密道久留，必定會等上幾刻才回來找你。」

「為什麼我突然覺得她根本不會回來……」

「我也這麼覺得。」詩櫻面露苦笑，望向那顆栓劑。「二妹鐵定在這裡頭附了靈力，非得等到藥劑化到我體內，才會出面支開守夜人，光明正大地進來。」

「確實很像她的作風。」

看來，我們都被那個頑皮的女孩耍了……現在不是佩服那傢伙的時候！照這番流程，不就非得由我親手將栓劑塞進詩櫻體內了嗎？彷彿與我的思緒流轉到同一處去，詩櫻瞄來一眼，旋即羞紅雙腮撇過頭去。

「詩櫻。」

「唔咦？」

「假設我成功把藥放進——呃，反正就是成功施用之後，大概得等多久，妳才能回復原有實力？」

詩櫻嘟起小嘴，擰起眉頭瞪我。

「人家病都還沒好，就想著要我出去斬妖除魔，未免太殘忍了吧——啊嗚！」

我彈了她的額頭一下，「那是妳的工作，況且……」

「況且？」

「就算白虎還在，」瞥向自己的右腿，感覺喉嚨有些乾澀。「我也不認為能在沒有妳的情況下擊退甚或消滅朱雀。」

令人窒息的靜默驟然降臨。

不知過了多久，我鼓起勇氣抬頭望向詩櫻，只見她輕闔雙眼，雙手十指交扣，貌似正在祈福，姿態像極了千年不化的肉身佛。靜靜等候的我，無意間瞥見她那無法完全遮掩，幾近裸露的胸部，連忙移開目光，兀自數起天花板的龍鳳圖騰。

「雁翔。」

「呃——是，怎麼了？」

「現在是否已過五更？」

過五更，意即清晨五點。

望向位於房間左側的華美大窗，外頭晨光逐漸甦醒，淺藍色的天空預告著大好天氣。低頭確認腕環機，正如詩櫻所問，系統畫面的時鐘顯示清晨五時一刻，相差不遠。

「如果我在這一刻間服藥……」

詩櫻睜開烏亮澄淨的雙眸，清秀可人的面容讓我看得呆若木雞。

「我能夠做出的承諾是，」她的聲音很輕，也很悅耳。「巳時一到，消散的靈力就會重新凝聚，回復到最佳狀態。」

巳時之初，意即上午九點整。

雖然間隔很長，但「最佳狀態」這個答案非常完美。親自體驗過她所有靈力的我，比誰都明白這女孩蘊藏的無窮力量；隻身一人、咒符一張、咒術一道，便在狹窄的空間壓制黑虎將軍，甚至瞬間化解白虎與銀狐雙重靈裝時，所導致的魂魄反噬。

只需等待，便能擁有宇宙最強的助力，如此划算的性價比可不多見。

「得在這一刻間服藥，對吧？」

我默默拿起置於一旁的栓劑，瞅向詩櫻。

「雁、雁翔，我只是估算可能的藥效時間讓你參考，並不是急著想——等等，你不要靠過來……」

「這反應也太傷人了。放心，我以前幫心柔塞過。」

「不是那個問題。——呀，不要這麼用力拉棉被！」

我嘆了口氣，將栓劑置於掌心挪到她眼前。

詩櫻緊抿下唇，低垂眉宇，使勁搖頭。

「我知道一定得用藥，可是……直接給你看的話實在太──咿！」

真是不死心的傢伙。她的雙手緊緊拉住棉被，我總不能用蠻力硬來。

「雁翔，你打算怎麼放……？」

「就──」她嬌羞的模樣讓我不禁口吃起來。「總之妳轉過身去就對了！像幫小寶寶放栓劑那樣……

喂，妳的臉再紅下去就要爆炸啦！」

「因為，不是，我，那個，……後面的話不行啦……」

「好好說話啦！」

「這樣我也太慘了吧。」詩櫻的腮幫子又鼓脹成栗鼠的模樣，揪住我的衣角，急得口齒不清：「那個……總覺得順序不太對嘛……」

「事到如今還扯什麼──等等，什麼順序？」

我倆四目相接，彼此慌亂得趕緊別過頭去。

「沒、沒事，我剛剛發瘋了，請當作什麼也沒聽到。」

「呃，妳這樣讓我很在意啊！」

「別在意，也別追問……呀，不要過來！」

「就說妳這種反應真的讓人很受傷啊！」

眼看時間一分一秒過去，書櫻也正如我們所料，毫無前來相助的跡象，令人越發著急，那傢伙的用意簡直不言而喻。不是不懂詩櫻的糾結，再怎麼說，我也是同齡的異性，並非醫生或父母，要她保持平常心實在強人所難。

連番廢話都是為了掩飾忐忑的心緒，無庸攬鏡自照，也明白我的雙頰已滾燙得足以煎熟一顆蛋了。

「詩櫻，如果妳乖乖服藥，我就無條件答應妳一件事，如何？」

整張臉埋進棉被的她停止掙扎，以含糊不清的聲音說：「任何事情？」

「任何我辦得到的事。」

過了好一會兒，詩櫻才慢慢把頭露在棉被之外，鼓起雙腮，皺緊著眉頭，眼角含淚，可憐兮兮的模樣，實在讓人不知所措。

「絕不能掀開棉被哦。」

「這也太……」我輕嘆口氣，一邊默想著「我比妳還緊張好不好」，一邊說：「好吧，請妳親自引導我了。」

「唔，嗯。」

華美的刺繡棉被悄然隆起，聳立之處緩緩向兩旁移動，顯然是她張開雙腿時，膝蓋造成的起伏。嚥下一口唾沫，不禁揣想赤身露體開展雙腿的白瓷胴體，腦海隱約浮現先前親眼所見的美麗身軀。

「雁翔。」詩櫻側過頭，迴避我的視線。「我準備好了。」

「雖然妳一副做好萬全準備的模樣，但正面之姿我可一次也沒試過。」

「那、那我轉過身去？」正欲轉動，她發現自己的背部露出棉被之外，連忙回復原來的姿勢。「不行，側身或背對都看不到你的臉，這樣太可怕了……」

「我又不會做什麼奇怪的事。」

「你明明就會把手指放進來。」

「那是為了放栓劑！別講得那麼奇怪！」

詩櫻咕噥幾句，說什麼也不肯轉過去。看來是無計可施了，心裡暗自模擬正面姿勢，好像也不是不行。

「只能如此了。」我大嘆口氣，將捻著栓劑的左手伸入棉被。「因為會有點痛，妳就咬緊牙關好好忍耐吧。」

「你這醫生也太冷血了……」

「我又不是醫生，況且，這可不是什麼好玩的工作。」

比起在雙方尷尬不已的情境下幫她塞栓劑，我寧可當個被守夜人暴打的夜襲者。咕嘟一聲，忘記自己到底嚥下多少口水，只知道接下來的時光絕對會過得無比漫長。我在腦內演練過去為心柔塞藥的流程，一面避開詩櫻宛如受到驚嚇的小兔子般迷離失魂的眼眸，一面將注意力集中於棉被深處。

這一切都是為她好。心臟唷，給我跳慢一點啦……

我將右手食指放入自己口中。

「唔咦，雁、雁翔？」

「閉嘴。」

「為什麼你——」

「叫妳閉嘴。」

「唔……」

食指以口水濕潤之後，我再次深吸一口氣，將左手捻住的栓劑換到右手上，右手食指直直地往棉被深處移動。

「咿！」詩櫻雙肩輕顫，緊閉雙眼。

喂，到底是誰說過看不到我的臉會很可怕啊！

指尖感覺到她炙熱的體溫，緊貼柔軟的肌膚，沿著大腿根部找尋正確位置。

思量半晌，輕輕摁下食指。

「唔咦？」

詩櫻睜開雙眼，脹紅的臉顯得有些錯愕。

我應該沒弄錯才對……

「雁翔，那個……」她的聲音小得彷若蚊蚋，「再稍微下面一點點。」

「對不起！真的很對不起！」

腦袋發脹，不斷道歉的我，完全不敢看向她的眼睛。

詩櫻張開雙臂，輕輕環抱住我。明明是最緊張的人，卻反過來安慰我……

詩櫻闔上雙眼側過頭，右耳貼上我的胸口，好似正在聆聽心跳一般。

「你怎麼比我還緊張呢？」她呼著鼻息輕笑。

「開什麼玩笑，要是剛才更用力的話……」

詩櫻甜甜的笑容變得更深了。她微仰下巴，抬高臉蛋，嘟起小嘴。

真是的，總覺得我一輩子都摸不透這女孩的心思；有趣的是，我竟萌生一股念頭，認為自己將有一輩子的時間能好好瞭解她。

那之後，在晨曦透出微光前，我們倚靠彼此，沉浸於短暫的安眠。

外頭傳來第一聲鳥鳴，我緩緩睜眼，只見詩櫻瞇著雙眼微笑，好似我臉上沾了奇妙的墨漬一般。剎那間，一掃連日來內心的陰鬱，甚至覺得下定決心遠離她的作為實在愚不可及。

「妳不再睡一下嗎？」

「不要緊的，清醒時比較便於調節靈流。」

「直到最後，書檮那傢伙依舊沒有現身。」

「你希望她出現嗎？」

「不。」我搖搖頭，「我希望她永遠別出現。」

詩櫻銀鈴般的笑聲縈繞耳畔，呼出的氣息宛如細毛搔癢。窗外的蒼穹已是天光明亮，我坐起身，透過刺繡窗簾的縫隙向外張望，視線中意想不到的形影，讓我不禁瞪直雙眼，毛骨悚然。

御儀宮的廂廊屋瓦上，佇立一頭渾身漆黑的壯碩野獸。似狼又似狐，尖尖的嘴裡啣著一個插有三柱白旗的青銅小缽，裡頭的線香飄煙裊裊向上，沒入天際。

下一秒，屋外發出此起彼落的驚叫聲。

第十節　日出前哨

方才迎接清晨第一道曙光，未明的藍天已被夜幕般的墓坑鳥籠罩。鳥妖的數量前所未有地龐大，不消細數，也知道絕對是萬隻起跳。我飛快衝出門外，扣上別房的木門，抬頭瞪視可憎的鳥妖群。門外的守夜人早已加入三清閣的靈術師陣容，朝洪水般湧入的不速之客施放靈術。

抽出布囊裡的咒符，正打算清出一條道路，立刻看見身在龍水池前方，天不怕地不怕的九降書樗。

「完事啦，沒有老虎的虎騎士。」書樗一邊施放冰錐，一邊衝著我笑。「不對，騎老虎才是虎騎士，現在的你……算是御儀姬騎士？」

「這種下流哏就免了。」我用手刀輕輕敲她的頭。

「你就不怕這種肢體吐嘈會害我無法控制冰錐嗎？」

「會嗎？」

「你以為我是誰？」

只要精神充沛，靈能高強的九降書樗根本不可能輸給墓坑鳥這種低等級的妖物，她之所以選擇站在這麼醒目的位置，顯然是在等待更危險的目標。

「你成功讓姊姊服藥了？」

「廢話。」

「假設姊姊現在乖乖調節靈流，約莫一個時辰就康復了。」書樗揚起嘴角，瞄了過來。「前提是，姊姊現在還有體力能夠進行調節。」

「就跟妳說這種下流哏可以免了。」

「你有看見那頭野獸嗎？」

「有。」我環顧一周，微皺眉頭。「牠跑了？」

「可能吧。不過那個假宮印大概還在這裡，不然這群笨鳥哪可能這麼執著……喂，你打算一直站著看戲？」

真是個嚴苛的傢伙。我唸一道咒語，朝別房左側的通路施展破魔咒，開闢一條勉強可供通行的道路。戴上面具啟動螢幕的同時，阿光同步傳送其所在位置，螢幕顯示他目前在御儀宮正殿左側的個別修行室。

「阿光，聽得見嗎？」

『哦！』阿光的聲音沉穩而淡定。『小翔，來得真好，我手中有一個好消息和一個壞消息，你想先聽哪個？』

「壞消息。」

『壞消息是，小輕雲日出之前便不見蹤影，害我現在無法確定雷霆特勤隊會不會衝進來抓我們。』

「那傢伙真的是……罷了，好消息呢？」

『好消息是，她把派來載送小雨潼的車隊位置發給我了。』

「阿光。」

『嗯？』

「你有打開門來，抬頭看看嗎？」
『什麼意思？』
「我有一個壞消息和一個很壞很壞的消息。」
耳中傳來喀啦一聲，看來阿光現在才踏出修行室。
他沉默幾秒，說：『好的，剛剛講的兩個消息突然不重要了。』
「沒錯。」我擲出第二枚破魔咒。「幫我叫醒小倉，我們得先找個東西。」
『什麼東西？』
「白虎宮印。」
不久前看到那隻獸怪時，是在御儀宮深處的廂廊，意即靠近後殿的位置。依循先前的流程，白虎宮印一開始會吸引大量的弱小妖怪，可能還會引來神獸朱雀，再誇張點甚至連雷霆特勤隊都會出現。在一連串雪崩情勢到來之前，有必要先解決問題源頭，中斷可怕的鳥妖群聚。
越過一道石造矮牆，壓低身子避免招引鳥妖的注意，持續弓腰前行。左彎又拐穿越狹窄的通道，經過三皇殿，朝著存放寶物的後殿狂奔。在這闃其無人的寬廣空間，聽聞來自其他場域的激烈戰鬥聲，讓人略感緊張。
「啊啊……啊！」
一陣淒厲的呼叫聲劃破寧靜，我趕上前去，發現被黑色鼠妖團團包圍的令云翱。與他視線交會之時，無須攬鏡自照，我的臉絕對是難以掩飾的憤怒表情。然而此刻無暇與之計較私事，手中連個自衛武器也沒有的他，已被群鼠逼至牆角，差點就要被這片黑色大軍淹沒。
我咂咂嘴，預唸兩道咒語，朝鼠群前後兩端各投一枚破魔咒。轟地一聲，數十隻鼠妖被擊飛至空中，成功轉移牠們的注意力，黑色大軍立即轉移目標，如海潮般向我湧來。

「沈雁翔同學，你怎麼……？」

「別站著發呆，快滾！」

「可是……」

遲遲不肯離開的他，被一躍而起的鼠妖啃了一口，肩頭流出鮮血。

「啊啊——哇啊——！」

「真的受不了你耶！」我飛快唸出咒語，朝鼠群中心擲出起風咒。停止腳步，穩住身形，使勁空飛橫踢，足以摧折大樹的強力風柱驟然旋起，將黑壓壓的鼠妖軍團掃去大半，清出通路之後趁隙奔向令云翱，一把揪起他的衣領，拎著這個不斷尖叫的傢伙，反身快跑。

老鼠的速度終究比我快上一倍。

「真是煩死人了！」

利用起風咒再次施展風柱，擊退最接近的一批敵人。轉入廂廊，總算甩掉緊追不捨的鼠妖，鬆手拋下令云翱，揚起右拳往他右肩揍上一記，恰好打中鼠妖啃咬的位置，痛得他高聲哀嚎，旋即又朝他的左臉揮去。

這一拳，直接打飛他的眼鏡。

「好痛……你在做什麼……」

「看不出來嗎，我在救你。」

才不是。哼，只是挾怨報復。

禱唸早已熟記的咒語，我用力將癒寧咒符拍上他的傷口，再次聽見他的哀嚎。不一會兒，術式開展，血漬雖然依舊存在，傷口卻已消失。無視他滿臉驚愕的表情，我扭過頭，重新面對那群鍥而不捨的地溝鼠妖。鼠妖比墓坑鳥更弱，速度也很慢，雖是以量取勝的妖怪，卻很難徹底壓制——尤其對只能使用書樗咒符的我來說。

詩櫻說，白虎至今仍在我體內，且已擁有足以聯繫神靈的資格。然而，此刻毫無感受靈力流轉，連重新喚醒那頭老虎的方法都沒頭緒，既無移轉靈力之法，代表只剩一條路可行。

「阿光，你能幫我個忙嗎？」

『你要不要先解決左邊那批妖怪？』

下一秒，左側猛然躍出數十隻鼠妖，一時閃避不及，不小心將布囊甩飛出去，雖然暫且擊退進攻的敵人，卻把唯一的武器丟到數公尺外。

奔竄而至的鼠妖從我腳跟攀爬，直接啃咬我的身軀。

忍住痛楚，捏起幾隻鼠妖，用力朝廂廊的方向丟。一隻之後還有一隻，數量不斷增加，眼下已聚集了數百隻，密不通風地將我層層包圍。

身旁正巧有座紅檜木架，倒吊垂掛著一把金褐色的練習用桃木劍，做工精細的握柄鐫刻著不知名的女神像浮雕，由於不諳神明譜系，實在認不出是哪位娘娘。

鼠妖群起猛躍，我連忙拔起桃木劍，不及細思，隨手朝前一劈。囿於本身並無靈力，亦未施展任何靈術，無法發動有效的攻擊，僅僅擊落幾隻鼠妖，接連數十隻妖怪紮實地攀到身上齧咬。渾身劇痛的我忍不住高聲咒罵，繼而猛力踢出兩腳，企圖打開脫逃的途徑。肩膀、頸部、背部都有骯髒的黑鼠攀爬，無論怎麼掙扎，就是無法將其甩下。

「阿光，我需要『那個』！」

『啥……現在？』

「就是現在，快！」

一隻老鼠爬上左頰，在牠開口齧咬之前，我猛力揮拳將之擊落，同時敲得自己眼冒金星。

「阿光……！」

『知道了啦，馬上就好！』

這副身軀竟比自己想像得還要弱小，以一般人的標準來看，待過足球隊和田徑隊的我雖非頂尖運動好手，也有中上水準的強健體魄，按理來說不至於一面倒地遭鼠輩壓制才是。

靈怪領域果然不能以凡俗標準評斷。

要占上風，必須以命相搏。心中計算阿光籌備所需的時間，調正面具，設定新目的地，主系統立刻計算出最短的路線，找到最能吸引敵人的位置，等待路線出爐，便按下確定鈕。

『小翔，等你口令。——你確定要這麼做？』

「確定，百分之百。」

無視接連攀爬上身的鼠妖，我跨出步伐，朝面具鏡片顯示的路線奔跑。每跨一步，就有數隻黑鼠纏來，四肢和軀幹不知已被咬出多少口子，白色襯衫沾滿一塊又一塊鮮紅的血跡。

路途中找到先前掉落的布囊，順手抓起，掛回腰側。

過程中當然得不時手腳並用，藉以甩脫群鼠的攻擊。費了九牛二虎之力總算抵達目的地，位置恰好在後殿前方，是最寬廣、最醒目也最危險的地點。同時也是我有幸一睹御儀靈姬華麗裝束，值得紀念的重要場所。

丟下桃木劍，立定身子張開雙臂。

「阿光，現在！」

口令既出，一道強力電流自面具迸發而出，啪滋巨響直擊腦門的同時，椎心刺骨的劇痛傳遍全身，眼前一黑，耳中除了電流聲外什麼也聽不見。阿光設置的電流雖然無致命之虞，弄個不好還是能讓人休克。瞬間襲來的電流不只擊落身上的鼠妖，同時電僵我的雙腿，不自覺間已然跪倒在地，通身麻痺。可惜的是，這道要人命的電擊沒得到預期中的效果。

電流聲響引來三清閣上空的墓坑鳥，心中暗叫不好，擅長群體作戰的鳥妖和鼠妖一旦聯合作戰，將構成無法迴避的雙重攻勢，此時的我必定無招架之力。默唸咒語，對自己施放一枚癒寧咒後，投擲兩枚破魔咒，聊作困獸之鬥。

輕甩幾下腦袋，眼前閃爍的金光慢慢消散，眨眨眼，視線逐漸清明。沉重的肩頭依然緊繃，電麻的雙腿已逐步恢復行動，我咬牙站起，深吸一口氣。

「阿光，再一次。」

『不行，你會死的！』

「就一次！」

阿光陷入長長的靜默。一秒鐘的等待，彷彿一世紀那麼長。

『我知道了。』

阿光的聲音低沉而無奈，顯然並未真正同意我這魯莽的決定。

他不瞭解為何我必須如此堅持。身後的建物正是詩櫻所在的別房，房前的守夜人早已調離支援他處，唯一堪稱防衛的，只有一牆之隔的書樗，和位於房外的我。

如果沒擋下的話……

我瞪直雙眼，平攤雙臂，調整氣息，等待下一波電流。面具鏡片顯示紅色警告，電流的散放正在倒數。鳥妖和鼠妖未曾停止行動，地與空的雙重夾擊，無法迴避。

倒數完成。

咬緊牙關等待電流傳布身軀，感受到的卻是毫無道理、溫暖舒爽的清風拂來。彷若詩櫻那雙柔軟小掌貼於肌膚時，傳遞而來的溫和撫慰，一股暖流自皮下漫延，經過四肢，傳遞十指，到達頭頂並竄至下腹，最終返回胸口，收於心窩。

無窮無盡的龐大力量，逐漸填充我的身軀。

我比想像中還更想你呢，神靈白虎。

墓坑鳥的速度比鼠妖快，近在眼前的數十隻鳥妖目露兇光，準備俯衝。

我立定左足，屏氣凝神，抓準時機踢出右腿。轟然一聲，位於右側的老松樹被突如其來的氣流扳彎，空氣之刃以迅雷不及掩耳之勢劃出月牙，將成群的鳥妖斬成兩半。

久違的月牙風刃，施展起來竟比以往更加靈巧，也更為凌厲。

見到腳踝上顯現的黝黑紋路，頓時鬆了口氣，安心不少。隨即撿起落於地面的桃木劍，站穩馬步重新換氣，屏住鼻息，在鼠妖最接近的瞬間揮劍劈砍。分明什麼也沒砍到，勢如破竹的奇特手感卻劈出近似風刃的無形攻勢，得以將接連而至的骯髒鼠妖擊殺殆盡。

「翔哥哥！」小倉的鼠形身影躍上前來。「我找到那個奇怪的缽碗了！」

「幹得好！」

她飛快扭身朝後殿的方向衝，一溜煙便跑得無影無蹤。

喘了口氣的我正欲推開後殿木門，猛然瞥見草木外圍佇立一隻石虎。這隻小動物貌似曾經伴隨書樗出現，隨後便不見蹤影，沒想到能在此相會。
「來唷，來——」
才打算伸手逗貓，石虎卻頭也不回地往後殿邊緣的狹縫奔去。
好一個自討沒趣，真是冷淡的傢伙。悻悻然地正欲掉頭離開，不經意於石虎消失的位置瞥見閃爍的亮光，近身一瞧，竟是那副充滿惡意的銅製鉢碗和三支完好無缺的白虎旗幟。
「你、你……」
蜷縮在角落的令云翶，標誌性的油膩膩西裝頭，如今飛蓬得狀似枯草，驚愕的表情裡交織各種情緒，好似恐懼，又像憤恨，瞪直的雙眸彷彿隨時會迸射火光。
「沈雁翔……你就是那個……虎騎士？」
正想回答，體內奇異的靈力波動狂風般襲來，與此同時，數公里外驀然揚起高昂的鳴叫。震天價響的尖銳聲波震撼耳膜，想必半個新莊都被喚醒了。
『小翔，你動作要快！』
「是朱雀嗎？」
『不知道。』阿光的聲音無比急躁。『不過，位於西北方的靈力偵測器全部當機了……』
「放心，我找到宮印了，現在就——」
說時遲，那時快，一道漆黑形影將我撲倒，手一鬆，竟把白虎宮印摔出去了。定睛一瞧，烏黑獸怪立於宮印上方，以冷酷的蒼白雙瞳俯視著我。
近距離的對視，確認這頭妖物不是銀狐。然而，此妖恐怕正是設計虛偽宮印陷害熒雨潼，甚至用我體內的白虎之名，將神獸朱雀引來的罪魁禍首。

「你這傢伙，到底是什麼東西？」

獸怪用前足勾起宮印，啣於口中，驀然轉身。

不給牠脫身機會，我飛快使出月牙風刃，同時揮砍手中的桃木劍。獸怪雖被風刃擊中，卻巧妙地閃過劈砍，此舉明顯激怒了牠，獸怪發出恨恨低吼，轉而朝我攻擊。

當牠急速猛衝，到達我眼前時靈巧地迴旋身軀，掃出一道幽黑之影。說是影子，卻從周遭空氣的流動中感受到無形的壓迫感，使我下意識地低頭閃避。

牠甩出的影子竟把一旁的樹幹整棵劈倒。

真想不到玄靈的境界中，連影子都能作為武器。

驚嘆之餘，立刻回以一劍。儘管白虎和靈力皆已回歸，我卻無法分辨何者為先。若是白虎的回歸帶來靈力，月牙風刃等基礎招式便能不受限制地使用，意即神獸既在，力量就在；然而，若白虎的回歸源於靈力的甦醒，保存靈能就變得分外重要。

獸怪一躍而起閃避斬擊，我隨即補上一劍，卻再次被其靈活的身手躲過。毫無劍術天分的我，縱然拿了桃木劍也使不出章法，更遑論發揮驅魔鎮邪的靈威，此乃血淋淋的殘酷現實。

獸怪翻滾一周，長尾甩出尖銳的影刺。

「嗚！」

距離過近，閃避不及，影刺直接貫穿我的左肩。在痛楚襲上之前，快速安上一枚癒寧咒，奇怪的是，術式並未確實開展，傷口也沒癒合。

眼前的獸怪靜靜地望著我，我彷彿看見牠瞳間的冷血嘲諷。

強忍肩上的劇痛，隨手揮出一劍，緊接著飛踢右腳，直立的風刃破空而去，將獸怪推飛數尺；然而，儘管受此攻擊，牠雖發出悶聲低吼，嘴裡卻仍緊緊啣住虛假的宮印。

如此堅定的意志，實非尋常妖物所能展現。

我對持續低吼的獸妖大喊：「你到底是什麼『人』？」

人字加了重音，只因猜想這頭妖物必然有其宿主。

詩櫻曾說，神明的降世是為了人類福祉，換言之，神靈都是帶著目的下凡。一般妖物怎可能憑藉本能假造出白虎宮印，進而陷害熒雨潼和棘蛛精，甚至引來朱雀。如此完美的三重連環計，必得仰賴極高的智識與謀略。

獸怪疵牙咧嘴的血盆大口流出黏膩的唾沫。

猝然間，其腳底迸出一片冰槍，獸怪警覺地高高躍起，於千鈞一髮之際躲過接踵而至的槍尖。

「想不到小女子我連偷襲都玩不好。」

「沒辦法，自古槍兵幸運E——唔哦！」一顆冰彈直接打中我的後腦。「敵人在前面啦，不要連自己人都打！」

「誰廢話我就打誰。」

朝我走來的書樗哼出鼻息，抬起左臂，凝聚六把冰槍和無數枚銳利冰錐。獸怪佇立廂廊俯視我倆，口中的宮印突然炫出一道閃光。

「不好！」

書樗驚叫出聲，獸怪驀然翻越廂廊，轉眼便消失無蹤。

正想以白虎之力跳躍追趕，卻被巨大的陰影掩住，抬頭仰望，炙熱滾燙的氣流率先席捲而來。書樗將我推開，開展一道冰牆充作阻隔，只可惜這堵臨時牆面耐不住高溫，不斷化為清水，彷彿隨時會完全融化一般。

壓在我身上的書樗不斷強化冰牆，卻怎麼也趕不上融化的速度。

透過冰牆中間些許的破口，我看見數十公尺高的位置，緩緩飛過一隻波音飛機大小的烈焰巨鳥。火鳥雙翼由赤紅火花組成，每次展翅都搧出無數的滾燙火苗，好似從空中灑下火雨。

不遠處，消防隊的警笛此起彼落。

「這就是朱雀……」

喃喃低語間，清楚感覺體內的白虎對朱雀驟然現身有所反應，彷彿世仇相遇，又似故舊重逢，湧起的靈流異於以往，讓人略感緊繃，喉頭作嘔。

朱雀並未停下，揮擺雙翼緩慢越過御儀宮上空，朝西南方飛去。由響徹雲霄的消防警笛判斷，新莊地區可能已有大範圍的火海。假設朱雀從廢棄工廠一帶的新北大道七段出發，途經御儀宮後才轉去西南方，恐怕新莊副都心、桃園機場捷運線、東明高中和輔仁大學均已陷入烈焰之中。

壓抑作嘔的感覺，快速在腦中抽絲剝繭地分析，看來朱雀之所以把假的宮印當真，乃因當時宮印附近存在使其深信不疑的靈屬表徵，現在改弦易轍地放棄攻擊御儀宮，也是因為此地沒有「那個物品」……

暗叫不好的我猛然摁下通訊鈕。

「阿光，李輕雲給過你載運熒雨潼的車隊座標，對吧？」我心中升起一股不祥預感。「現在位置在哪？」

『你說小雨潼？』

阿光陷入靜默，幾秒後便將詳細資訊傳到我的鏡片螢幕。

『為什麼突然這樣問？』

「因為那裡馬上就要陷入烈焰火海了。」

點開螢幕上的地點，發現從新北大道七段出發的車隊並未前往人口稠密的中正路，反而轉上臺65線新北市特二號高架快速道路，朝板橋、土城區前進。

走錯了嗎？不可能，八成是那傢伙已經知道接下來的發展。

此刻已是上午七時三十分，雖比不上車水馬龍的中正路，然而特二號高架的車流量亦不容小覷，朱雀可能造成難以估量的危險，情勢險峻，令人呼吸困難。

「書樗，妳還好嗎？」

「你以為……自己在跟誰說話？」

「都喘成這樣，就別嘴硬了。」我朝她伸手，盡可能擺出友善的笑容。「來吧，跟我一起去特二號高架。」

她驀地擰緊眉宇，後退數步。

這反應也太讓人受傷了。九降姊妹真的很擅長傷男人的心。

「雖然你一臉颯爽地說『來，跟我去特二高架』，聽在我耳裡卻是滿滿的疑點……喂！」

時間緊迫，沒空詳加細說，牽起她的手，使勁一拋，把她嬌小纖細的身子架到肩上。

「放我下來！喂喂，你有沒有聽——咦咦！」

我呼了口氣，將體內靈力妥善運轉。嘗試回想一個月前呼喚老虎的思緒，一面摸索，一面調節靈流，直到溫暖氣息趨於穩定，才重新睜眼。

「分離靈裝！」

此話一出，身長三丈的壯碩白虎赫然竄出。

無視書樗未曾止息揮打小拳頭的抗議，我蹬出右腳跳上虎背，雙腿緊扣於神獸肌肉飽滿的粗壯頸部。

「拜託你了，白虎。」

雖無回應，白虎彷彿心領神會地騰空躍起，要不是雙腿夾得緊實，強勁衝力早把我和書樗震飛出去了。書樗高聲尖叫，被突如其來的蹬躍嚇一大跳，緊緊環抱著我，再也不敢亂動。

不知是我充分理解自己體內靈流，抑或詩櫻在別房施展什麼獨門密術，胸腔深處的靈力極為安定，雖說比起以往充沛的含量實在少得可憐，然而現今穩定的流轉，卻能順利支持白虎的獨行和風刃的施展。

對於箇中原理一竅不通，實在有愧虎騎士的渾名，往後真得好好修行才是。

「你、你、你——沈雁翔，你真的是人嗎？」書樗環抱著我，揚起音量發問：「為什麼既非正統靈術師亦未執掌璽印的你，能夠如此輕鬆地駕馭神獸啊？」

「我可沒有很『輕鬆』。」

「這完全不符合玄靈道秩序啊！」

「聽好，所有制度都是為了防免秩序破壞而設，並不代表違背制度就不可原諒。破壞制度造成新的混亂，化解混亂才能建立新的秩序，妥善執行調整後的完美制度，才能維繫更長遠的穩定。」我側過臉，朝微皺眉尖的書樗揚起嘴角。「大破大立未必不好，懂了嗎，孩子？」

「別把我當成小鬼！」

「我講得那麼認真，妳居然只聽到那句！」

疾奔的白虎飛馳於房舍屋頂，頃刻間已橫越整條新莊路，比悠悠滑翔的朱雀早一步趕到特二號高架。一如所料，高架橋上排滿車輛，此時全困在新莊中正路的鑽石型交流道——因為該處有兩隻駭人的妖物正在纏鬥。

白虎立定橋面，我將面具鏡片縮放到最大，仔細觀察戰況。

交流道連接橋面附近，一輛黑色大型軍用裝甲車翻覆在旁，厚重鋼板遭到某種怪力破壞，面目全非。毀壞的裝甲車不遠處，嘴裡並未啣著宮印的漆黑獸怪與失去理性的半蜘蛛熒雨潼正一來一往地激烈交戰，角力所及之處遍布慘狀，一輛輛冒出濃煙的火燒車與哀鴻遍野的無數死傷，讓人看得觸目驚心。

得想辦法阻止眼前的戰鬥，繼續糾纏下去，除了難以估計的龐大損害外，熒雨潼必也難逃死刑的命運。

「啊啊啊——」書樗用力拉扯自己的側馬尾。「真受不了那個刺青女，事到如今還在添亂！」

「書樗，妳記得我之前的問題嗎？」

「你至少問過一百個問題，我哪記得。」

「……有道理。」畢竟我就是這麼無知。「我問過，妳能不能解除熒雨潼的靈流失序，記得嗎？」

「這倒是記得。」書樗嘆了口氣，「可以是可以，但你得好好壓制那隻瘋狂的蜘蛛。」

「交給我吧。」

盡可能給她一個安心友善的微笑，想不到這傢伙竟立刻回瞪過來。

將懷中的書樗放回地面，我輕拍白虎的背，祂心領神會地邁步奔馳，朝纏鬥的兩隻妖物前進。不料，獸怪注意到我的存在，猛地一腳踢向半蜘蛛，順勢向後蹬去，躍下特二號高架急欲逃跑。

牠遺留的白虎宮印，就這麼孤伶伶地落於翻覆的裝甲車旁。

我俐落地躍下白虎，並不打算追擊，反而先讓神靈返回體內。

「嗨。」

朝前揮手，露齒一笑。半蜘蛛熒雨潼的雙眼已被血紅覆蓋，看不出瞳孔的位置，只知道她的目光集中在我身上，凝視端詳。

我嘆口氣，伸出左臂彎起併攏的四指，對她比出挑釁手勢。

「來吧，妳這個蜘蛛女。」

熒雨潼曲縮細長的蜘蛛足，猛然躍起，跳出五公尺高，直朝我頭頂而來。連白虎之力都不必用上，向左側跳了六步，輕鬆躲開這毫無計畫的攻擊。甫一落地，她立刻迴身噴射三張蛛網。朱綉大姊的蛛網強度有目共睹，不願冒險的我踢出兩腿，以十字風刃迅速將之斬碎；下一秒，熒雨潼旋即踢出一腳，在我確實躲開後竟又補上數枚蛛絲彈。

居然毫無喘息空間，沒想到半蜘蛛狀態比料想中還難對付，絕不能輕敵。

拔出收於腰間的桃木劍，切散幾枚蛛絲彈並閃躲其餘子彈，重心轉至下盤，立定左足，深吸口氣。

白虎，我想試試局部靈裝。

仍然沒有回應，但源自胸口的暖流緩緩漫出，幾秒之內便已充盈雙腳，使腳踝上的虎紋變得更加明顯，也更清晰可見。抓住半蜘蛛的攻擊空檔，我蹬出左腿──

「咦咦咦咦！」

我的身軀高高躍起，估計已超過三公尺高。失去平衡的軀幹瞬間倒吊落下，逼得我只得連番旋轉下盤，調整重心以免摔破腦袋。

「解、解除……解除局部靈裝！」

半蜘蛛熒雨潼瞇起雙眼歪著頭，顯然並未理解我出了什麼洋相；相反的，來自身後那串無法止息的嘹亮笑聲，預告剛才那幕將被書檮嘲笑一輩子的殘酷事實。

閃神的瞬間，熒雨潼猛然襲來，沒有任何華麗的招式和技巧，純粹土法煉鋼地以巨大壯碩的半蜘蛛身軀碾壓，猶如一輛數百噸重的超重型戰車。

「想比力氣？有意思！」

我揚起嘴角立定原地，扎穩馬步張大雙臂，準備抵禦。想不到近在眼前的她突然回過身，噴出一張巨大的蛛網。

「妳這個……手段骯髒的傢伙——嗚！」

熒雨潼猛力踏上我的腹部，保持人形的溫婉面孔向下俯瞰，彷彿興味盎然地觀察黏於網中，奮力掙扎的可悲蚊蚋，身為獵物的我似乎難逃一死。

這種瞧不起人的眼光，實在不適合怯弱嬌小的熒雨潼啊！

我以沒被沾黏的左手抽出桃木劍，迅速破壞蛛網，立即踢出一腳。這回踢擊並非月牙風刃，而是直接狠踹蜘蛛身軀。半蜘蛛向後踉蹌數步，才剛站穩，我又補上一記月牙風刃。

「書櫄！」攻擊的空檔，我以吃奶的力氣大喊：「妳這傢伙來混飯吃的嗎，還要多久才上工？」

「你說什麼？」

「我說——」

一枚冰彈直接砸上我的後腦。

這傢伙真的毫不留情耶……

「我說……天上天下唯我獨尊的書櫄大小姐，請高抬貴手幫幫忙，解決眼前這隻亂七八糟的蜘蛛好嗎……」

「一開始就用這種態度很難嗎？」聽聞其聲，卻不見其人。她的聲音來自視線不及的某處：「給我三十秒。我馬上幫那個噁心的刺青女動手術。」

三十秒，不長不短。

單純與之纏鬥並不困難，要想避免熒雨潼干擾書樗施術倒是有點難度，畢竟眼前的半蜘蛛可說是力量與速度的完美組合，反應能力更是準確驚人。一面牽制敵人，一面保護書樗，可能是個需要運氣加持的艱難任務。

思及至此，熒雨潼已再次展開攻擊。蛛網強度雖然比白虎之力弱，密集的蛛絲彈攻勢卻很難閃躲，單純的肉身衝撞更是危險至極。只能見招拆招的我，尚未直面朱雀，便已氣喘如牛。

「沈、沈同學……」

半蜘蛛熒雨潼的微弱聲音嚇了我一跳，正欲回應，她卻揮來強壯的蜘蛛足，好似一柄銳利的長刀，無法及時接招，只能急忙翻滾躲避。

看來處於失序狀態的熒雨潼尚且保持一絲意識，代表書樗的靈術更有可能成功，也代表我能透過言語設法干擾半蜘蛛的攻勢。

「熒雨潼，妳聽得見我的聲音嗎？」

「沈……」

「還記得上次我解除妳半蜘蛛狀態時，採用的手段嗎？」

「……？」

我咧起嘴笑，伸出雙掌，十指彎曲做出擰捏動作。

「想不到嬌小纖細的妳，居然有那麼一對柔軟可愛的胸部。」

熒雨潼的人形上身猛然一震，下半部的蜘蛛身軀則高速突進，行於橋面四處鋪設的蛛網，飛迅衝刺。

立定不動的我，露齒一笑。

「我想再捏一次，可以嗎？」

「……！」

蜘蛛身軀仍在衝刺，熒雨潼的人身部分卻猛然後仰，巨大的半蜘蛛形體頓時失去平衡，無法妥善利用體重完成衝刺。

「妳不過來，我就過去囉！」

想要邁步的我，突然被人絆了一腳，險些跌倒。

往後一看，右手擰著咒符，左手環繞冰錐的書楟，用看著垃圾般的冷漠眼神鄙視我。

「我準備好了，你這變態。」

「這是戰術好嗎，我才不會對妳們這些平胸——呃！」

數不清自己的後腦勺到底吃了幾顆冰彈。

書楟走向熒雨潼，在半蜘蛛有所行動之前率先擲出八張咒符，唸起前所未聞的咒語。頃刻間，咒符迅速開展，化作一道道六角型的淺綠薄板，相並排列的樣態彷若八卦陣，將熒雨潼團團包圍。

不管半蜘蛛以多大之力掙扎，八道六角靈板毫髮無傷，不動如山。

書楟將左手邊的冰錐一個個扎入特二號高架柏油路橋。若從空中俯瞰，即可明顯看出柏油橋體正如同一張符紙，她由冰錐建構而成的草字與圖騰便是符文，一條塞滿人車的高架橋面，此刻成為一道巨型咒符，蓄勢待發。

書楟覷起雙眼，輕彈響指。

橋面上的冰符文逐漸消散，困於八卦六角陣的半蜘蛛熒雨潼高聲尖叫，其音響徹雲霄，高分貝的干擾之下，讓人心煩氣躁，一時無法專注眼前。

不消數秒，半蜘蛛偌大的身軀左搖右晃，最終癱倒在地。可喜的是，熒雨潼和朱綉大姊已然完全分離。

確認術式成功，書櫂再次彈指，解除好似無敵的八卦陣。她踏步上前，來到熒雨潼身邊，正以為會好心地伸手攙扶對方，沒想到靈巫少女手勢一變，使勁彈擊熒雨潼的前額。

咚地一聲脆響，「清醒了沒啊，妳這刺青女。」

「嗚嗚嗚……好痛哦……」熒雨潼那小巧的頭蓋骨像要被敲破了。

「光處理妳這傢伙，害我們浪費多少靈力和時間。」雖然言詞刻薄，行動卻仍充滿關懷。書櫂伸手拉起熒雨潼，說：「現在是妳報恩的時候了。」

「報恩？」

「沒錯，多虧了妳，有隻燃燒烈焰的——」

話才說到一半，一股強烈的熾燄熱風驀然襲來。空氣中甚至挾帶零星火苗，滾燙的氣流在柏油路面蒸騰出水氣，眼前的地面彷彿就要融化一般。

更為難耐的高溫迎面而來，熊熊烈焰從天而降，熒火四起，新莊段的特二號高架橋上的車輛紛紛爆炸，橋樑幾乎要被熔斷，陷入炙焰的人車轉眼化作煙塵，瞬間飛散。

天之四靈，南方七宿，神獸朱雀堂皇登場。

第十一節　破曉之烈焰

前所未有的末日熾燄將眼前一切燃燒殆盡。

烈焰聖鳥宛如天降審判，灑下連綿不絕的火苗與火羽，將任何有形之物化為灰燼。嘗試逃離火海的人，或者選擇接受命運的人，無一倖免地葬身於炙熱的神靈之火，遭受焚燒的肉身猶如接受淨化，在生命最後的終點，每雙手都大張開來好似向天祈求，每張面孔都是笑靨。

瞥向旁側，總是目中無人的書檮也難掩內心激盪，蒼白的面孔、低垂的眉睫、微啟的唇瓣與不住打顫的手，在在顯示對於眼前大敵的無窮恐懼。熒雨潼緊抱我的左臂，露出半張臉來，半閉著眼，不敢直視豔陽般刺眼的巨大神獸。在我身後，朱綉大姊壓低身軀，明知沒有抵抗的方法，卻仍保持警戒，不放棄一絲希望。

小時候，總以為所謂的末日，才有火焰沖天與遍地死屍的煉獄光景。此刻才明白，即便普世認為的靜好凡塵，亦隨時可能遭遇福禍難料的災難。

直視眼前這片駭人景象，我連挺身抵抗的念頭都沒了。

「沈雁翔，你在發什麼呆！」書檮搖晃我的肩膀大喊：「朱雀停下來了，祂正在端詳我們啊！」

一時之間沒能理解其意。

書檮用力揍上我的胸口，突如其來的襲擊讓人疼得面目扭曲，數秒內只能像隻金魚一般張口吸氣。我氣惱地白了她一眼，稍加穩定氣息，重整心緒。

朱雀的現身源於失序的靈能平衡。

關鍵在那副虛假宮印。

「書樗，妳能擋住這傢伙的火焰嗎？」

「喂喂，你親眼看見了吧！六次！」書樗比出「六」的手勢，瞪大雙眼。「我重複施放六次冰牆，結果全融光了。」

「好。」

「哪裡好！那種程度的火焰再來一次的話……」

「我們不需要真的打倒朱雀。不對，正確來說，以我們現在的陣容不可能打倒這傢伙。——至少『現在』的陣容辦不到。」

瞇起雙眼，直眺幾近無法直視的火焰大鳥，感覺體內血液正被炙熱氣流蒸餾而出，好似隨時會被燒光血水，烤成人乾。

書樗沉默半晌，靜下心來，走到我身邊。

「你知道現在才幾點嗎？就算只是要拖時間，也不可能撐多久。」見我直視前方呆若木雞，她以手肘撞我臂膀。「別誤會，我是說『目前』撐不了多久。」

「什麼意思？」

「你是在場唯一擁有神獸之力的人，就算沒有璽印，白虎一定程度上仍會與你合作。別忘了，朱雀再怎麼強，也不過是野生的靈屬，按理來說不可能勝過成為護神的白虎。」

「我不覺得單純的靈裝能應付這個傢伙。」

「笨啊。」書檮瞪了我一眼，「朱雀是南方神獸，性屬火，按五行特性，『水曰潤下，火曰炎上，木曰曲直，金曰從革，土爰稼穡』。換句話說，火雖剋金，但向上的特性不敵立於大地的虎。況且，性屬金者遇弱則剛，遇強則從，以剛克強，以柔克剛；金靈術往往有收斂、去蕪與解消之效，並非毫無取勝之機。」

連串咒語般的解說反而讓人如入五里霧中。

見我一副似懂非懂的模樣，書檮輕嘆口氣，說：「總之，你得放棄單純的暴力攻勢，遵循白虎原有的屬性，在沒有璽印的狀況下盡可能施展聖御之力。」

「就算妳這麼說……」

「你知道朱雀為什麼按兵不動嗎？」

她指向懸在天際，輕拍雙翼卻始終沒有俯衝攻來的火鳥。

「在祂眼裡，廢棄工廠的白虎宮印之所以假，是因為身在該處的棘蛛精不是真正的神獸，存有疑慮的祂只在一旁觀察，間接引起時變反應。此刻，白虎宮印附近因為你的存在，亦即有真正的白虎存在，平衡的局面就出現破綻了──倘若宮印為真，朱雀反而成為襲擊靈巫駐地的反序靈屬，應當驅逐剿退。」

倘若此事為真，破壞宮印反而讓我的處境變得危險。失去偽造的宮印，此地的白虎和朱雀都是野生神靈，戰或不戰全屬自身意願，而非失序的平衡。

「朱雀會自行離去嗎？」

「不可能。」書檮輕咬下唇。「即使身於困境，我不認為神獸會果斷離開。祂已在新莊觀察好一陣子了，說不定會認為此處的白虎是假的。也就是說，假設棘蛛精和你同時出現，可能其一為真，也可能二者皆假，難分虛實的朱雀極有可能出手試探。」

「妳說試探——」

原先只在空中盤旋的朱雀驀然縮起雙翼，如急速降落的飛彈一般，風馳電掣地向下俯衝。

「該不會就是打過來的意思吧！」

彷彿出於本能反應，書樗朝焚雨潼的方向召喚一張冰牆，旋即在地板施放三回冰靈術，將大片橋面弄濕，設法凝結出冰層。

身於術式範圍外的我急迅奔跑，越過兩輛燒毀的汽車，想盡辦法摸索白虎擁有的真正力量。一直以來，擁有白虎之力的我只用了書樗所說的「單純的暴力攻勢」，並未考量神獸應有的真實能力。

緊追在後的朱雀除了全身浴火的先天特徵之外，更有自然墜地的火苗、雙翼拍擊時伴隨的熱流與嘴裡迸出的煉獄之火，全身上下無處不是武器。若把個別的火焰當成神獸專屬的能力或靈術，與朱雀相等的白虎理當也有我不曾發覺的未知力量才是。說來也是，身為神獸的白虎怎可能只有強化肉身的能耐，從來不曾想過這點的我才真的讓人無語。

「真是隻該死的白虎。」我悄聲說：「這隻大鳥好歹也是你的老鄉，給一些招呼祂的方法並不過份吧。」

體內的白虎毫無反應，真是個冷淡的傢伙。

許是將我視為主要攻擊對象，朱雀無視書樗接連展開冰靈術與冰牆的防禦，大展雙翼直朝我的方向飛，散放的熱能將沿途停擺的汽車烤得赤紅，衷心希望裡頭的駕駛和乘客已安全逃離。

凡夫俗子如我，幾秒之內便被神鳥迎頭趕上，刻意繞到我面前的朱雀於半空中輕展火羽，緩緩地搧動，止住飛行。

「焚雨潼，妳還活著嗎？」我瞪視朱雀，揚聲提問。

「活、活著呀……」

「以我目前的狀況，無法獨自面對這個傢伙。」調節體內的靈流，設法回想詩櫻過去帶我領略的循環步驟，嘗試調整某種相對穩定的狀態。「無論如何，最壞的狀況是我必須捨棄靈裝，讓白虎親自面對這隻大鳥。不過，到那時……」

我的腳下，是特二號高架上遠離交流道的柏油橋面，下方則是隔開新莊區和板橋區的大漢溪。腦中描繪數種應變方案，飛快排列可茲採行的策略，可惜的是，毫無萬全之策，唯有放手一搏。

立於燒焦的休旅車上，仰首凝視前所未見的大敵。

體內靈流已然備妥，熟悉的沁涼之感漫布周身。無庸低頭確認，也能想見爬滿虎紋的四肢，和那頭雪絮一般的皓白髮色。

我將過長的髮尾紮成一束，讓靈流集中於腳板與手掌，紮穩馬步，露齒一笑。

伸出左臂，準備併攏四指比出挑釁手勢。

「來啊，你這個——哇啊！」

耍帥臺詞沒能唸完，朱雀便高速滑翔直衝而來，揮舞火焰的雙翼旋起炙熱難耐的滾燙焚風，逼得我抬臂保護臉部。抓準時機，雙足一蹬向上躍起，在朱雀滑翔到最低點的瞬間，踢出一記靈裝形態的月牙風刃。

如書櫄所言，單純的暴力攻勢無法傷及朱雀，灼熱的氣流眨眼便解消銳利的無形風刃，甚而化作迴旋的熱風，反襲而至，交手的第一回合明顯處於劣勢。

四周烈焰沖天，燃燒產出的黑煙往上竄升，半空中乍現漂浮的冰板，原來書櫄在我下方安排冰片，權充踏板之用，讓我保持滯空時間之外，也可削弱熱風的物理阻礙。

此時只得藉由靈裝之力向上騰飛，踏上腳下冰板一躍，再蹬上數公尺外的另一塊冰板。才剛站穩，火鳥大展雙翼，搧動的烈風將我颳得無法立定，俯身緊緊抓住冰板，險些墜落。

巨大的火翼卻已近在眼前。

強烈的衝力自前方襲來，我交疊雙臂，咬牙硬擋這記預料外的攻勢。朱雀羽翼力道極強，伴隨砰地一聲巨響，被重重擊飛的我甚至看不清摔了多遠，只知道身下的橋面已被砸出可怕的大洞。

回過身，俯視躲在冰牆之後的熒雨潼與棘蛛精。朱綉大姊弓起身軀，連噴十幾張綿延數公尺的蛛網，同時高高躍起，攜著熒雨潼朝反方向逃離。

對朱雀而言，我和熒雨潼都可能是靈力失衡的源頭。祂無法確定宮印的擁有者是誰，只能透過靈力強弱的粗估，判斷我為首要攻擊目標，在我倒下之後，就輪到熒雨潼了。

嘈雜刺耳的機械噪音自四面八方傳來。

特二號高架大橋附近，盤旋著二十四架漆黑的武裝直昇機，列隊布陣圍出兩道同心圓，以朱雀為中心構成固若金湯的高空封鎖。

突如其來的不速之客，讓烈焰火鳥暫時停止攻擊，展揚雙翼停於空中。

祂的胸口緩緩鼓脹起來。

「書檮！」我揚聲高喊：「給我幾個高一點的冰板！」

「啊？你在說什麼，冰板不是已經很多了嗎？」

「我需要一個跟那些傢伙同等高度的冰板！」

我指向上方的直昇機陣。

「動作快！」

急躁的口氣和不容反駁的態度讓書檮皺起眉頭，即使滿心不悅且面露嫌惡之色，卻不敢含糊地乖乖照辦。

「阿光，聽得到嗎？」

『可……可以。』面具的通訊系統有些受損。

「叫李輕雲把這些直昇機趕走！這隻怪鳥的火焰不可能被飛彈打穿！」

『……我……她說……』

「你說什麼？」

數架直昇機朝朱雀發射飛彈，頃刻間，火鳥的胸口鼓脹得像顆氣球。

來不及了。我蹬上書櫄準備的高空冰板，踏穩左足，覷起雙眼，右腿連踢八次，朝直昇機群的圓形列陣施展八道面寬五公尺的月牙風刃。八道風刃準確命中每架直昇機的尾翼，機身紛紛失去平衡，朝朱雀的反方向偏倚迴旋。

不出數秒，二十四架直昇機全數迸起黑煙，搖搖晃晃地向下墜落。

「沈雁翔，你到底在做什麼！」

書櫄的抗議聲傳入耳際，不及回應，只見朱雀大張其嘴噴出長長的火柱，伴隨著擺動頸部，烈焰火柱宛若雷射光束似地環繞一周，將直昇機群先前盤旋的位置燒了一輪，範圍擴及方圓數百公尺。

要不是先一步把直昇機全部擊落，後果恐怕難以想像。

戰事未央，不到鳴金收兵之時，朱雀往空中不斷高聲鳴叫，圓圓的眼睛瞪視熒雨潼，振起火翼向下俯衝。

我將靈力集於雙腿，拔腿奔跑，緊追於火鳥身後。剎那間，朱雀雙翼一擺猛地急停，胸膛高高鼓脹，火熱氣流以朱雀為中心，在四周快速旋轉，聚成一道滾燙的龍捲。

朱雀的胸膛高高鼓脹，尖銳的鳥喙大開九十度角，目對口，口對地。

「快離開那裡！」

離熒雨潼和棘蛛精僅距三步之遙，我驅動靈裝使勁將她們推開。風雲瞬間變色，我的狂吼淹沒在熊熊烈火之中，橙紅熾燄炎柱從朱雀口中迸射而出；轉眼間，烈焰騰空，火光沖天，四周陷入一片火海。

被熱流烘得腦袋一時當機，察覺到半個身體沒能躲避烈焰火柱，右臂理當成功地將熒雨潼和朱綉大姊推開了，左臂卻已失去知覺。全身上下無處不是劇痛，視野一片模糊，耳朵轟轟作響，膝下的滾燙柏油彷彿隨時都會沸騰，發出嗶嗶啵啵的詭異聲響。

「——學！」

感覺體內靈魂逐漸騰空飄離，意識彷彿遠在天邊，四下一片靜謐，大概有數秒鐘的昏厥吧。

隨著若有似無的微弱力道搖晃身軀，模糊的聲音卻越來越清晰。

「——同學！沈同學！」

映著眼簾的是眼眶泛紅的熒雨潼，她一手捧著我的臉頰，輕輕拍打，似乎在說什麼，萬籟俱寂的詭譎靜謐令人不安。半張開眼，身著純白服飾的書檮背對我們，裙襬燒掉一大截，露出整條左腿和臀部，正高舉雙手不斷唸咒，換上一層層弧形冰牆。朱綉大姊立於書檮身邊，以數張蛛網連起冰牆，填補可能的空隙，同時增加穩定度。

然而，書檮的冰牆融化太快，不及抵禦火焰的熱度，滴落的水珠打上左肩，將她雪白的肌膚燙出一片紅印。即便如此，纖瘦的少女依然努力不懈，咬緊牙關以越來越弱的冰靈術阻擋朱雀毫不中斷的煉獄吐息。

「沈同學，請振作點！」

熒雨潼使盡全力，將我環抱起來。身材嬌小的她，頭頂恰好抵住我的下巴，溫熱的淚水沾濕我的衣襟。

正想伸手摸摸她的頭，發現左臂已然完全焦黑。

霎時，左半身傳來電流般的劇痛，逐漸漫布身體各處，使我痛苦得揚聲嘶吼。看來穩定的靈流猝然失序，白虎靈裝的維繫反倒強化痛楚的傳導，使得左半身的損傷瞬間影響全身。

絕不能在這時解除靈裝。

在熒雨潼的攙扶下，用顫抖的右手勉強支撐坐起，費了九牛二虎之力才成功起身。此刻的我，身體機能大概九成已毀，肌肉和關節的運作全靠白虎之力；換言之，解除靈裝的瞬間，便是我倒地之時。

當初仇視靈屬的我，性命竟然握於靈屬手中。

連番交戰之下，如同書樗越來越弱的冰靈術，朱雀的致命烈焰也正在減弱，冰牆融化的速度大大減緩，炎熱風浪的強度亦逐步降低。伸出右手拉住熒雨潼，跨出步伐，來到朱綉大姊身邊，棘蛛精猛地注意到我，龐大的身軀輕震，彷彿見鬼一般，暫時停止補網，也許我身上的燒燙傷，比自己想像的還嚴重吧。

指示熒雨潼坐到棘蛛精背上，我指向大橋彼端那輛翻覆橫倒的公車，朝她們努努下巴。朱綉大姊立即意會，在偌大的冰牆鋪設三張蛛網，旋即回身朝公車衝刺。

「書樗，別停。」

「什麼——呀啊！」

我鑽到高舉雙手施展冰牆的書樗腋下，一把勾住其纖細的臂膀，抱離地面，雙腿一蹬躍出冰牆，行於烈焰不及之處，朝熒雨潼的反方向跑。

「你真的是吼……」書樗仰頭朝我翻了白眼，呼出溫熱的鼻息，不知是臉的距離太近，還是生氣的緣故，她別過頭去，噘起嘴尖。「抱姊姊的時候就不是這種姿勢……」

「妳說什麼？」

「沒什麼啦！」書梼用手肘撞我肚子，「我說，你碰到胸部了！」

「才沒有！別想騙我，這種觸感才不是——」

突然發現自己手臂還真的壓在她胸前。

書梼紅通通的雙頰上方，怒睜著一對滿懷殺意的眸子。

「抱、抱歉，我剛才真的沒感覺到——不對，是沒注意……」

「……你死定了。」

「可以先放妳下來嗎……」

「給我乖乖跑到定點。」

「是……」

看來無論我在這場戰鬥是否倖存，都難逃一死。

將書梼帶到高架橋的柵欄邊，朱雀的火柱吐息已然終止。

經過烈焰焚燒後的大地，萬物化為灰燼，空氣中瀰漫著刺鼻的氣味，伴隨而至的是一片死寂。

「那種等級的火焰，不能再吃一記了。」

「尤其是你。」

書梼皺緊眉頭端詳我焦黑的左臂，隨即施展癒寧咒略加治療。這道靈術無法消除疼痛，但焦黑部位稍見起色，雖未完全回復，至少已能前後晃動——坦白說，實在沒什麼幫助。

「這種傷害，我只能治到這裡了。」她的口吻似乎有點自責。

「不，已經很好了。」我輕拍她的頭，忍痛露出微笑。「謝謝妳。」

「……揍死你哦。」

纏鬥至此，朱雀毫髮無傷，連漸入疲態的跡象都沒有。

我撐起身子，迅速地重新評估現狀：首先，烈焰吐息至少要有六面冰牆和數十張蛛網輔助，才能勉強阻擋；其次，必須時時與祂保持距離，太過接近的話，火鳥周身的火焰太強，難以抵禦。

唯有白虎能與之匹敵，可惜的是，資質駑鈍的我始終找不出神獸真正的能力。

單純的月牙風刃無法傷及朱雀，搭配白虎之力形成的風刃卻能劈開烈焰蒸氣，白虎到底藏有什麼力量？

天之四靈，西方白虎，五行屬金。金曰從革，以剛克強，又以柔克剛。

收斂、去蕪與解消……

能夠依據敵人的性質調整強弱，既非暴力，亦非靈術。朱雀屬火，火能燎原，雙翼之力能旋起熱風。除了水之外，還有什麼克火？如果月牙風刃是單純的暴力攻勢，為什麼同樣的動作搭配起風咒無法達到相同的效果？如果白虎之力只能強化肉身，為何能夠踢出風刃，而非有如起風咒的鈍柱？

火焰的特性有哪些？燃燒時需要什麼？熱浪又是如何形成？之所以有這些惱人的氣流，不正是因為熱能會將空氣……

——原來如此。

「書樗！」

「咦咦？」書樗被我的喊聲嚇了一跳。「幹嘛那麼大聲啦？」

「幫我凝聚一個大型的冰圓球！」

她似乎想要提問，我卻沒有時間回答。連忙立定，藉由靈裝強化肉體，減輕痛楚，沿著橋面朝另一側奔跑，只見朱雀業已展翅而來，隨著我改變方向。

立於橋樑邊緣的書樗正把無數冰塊凝成巨大的球體，我則穿越滾燙熾熱的橋面，跑向熒雨潼和朱綉大姊，擠到熒雨潼身旁說了聲「嗨」。

「咦咦……嗨……」熒雨潼全身顫抖卻仍堅持回應的模樣有點可愛。

「抱歉，還沒辦法讓妳脫離這片地獄。」

「我沒關係，但是……沈同學的手……」

她眼角含淚，伸出手來想碰卻不敢碰，只能懸在半空。

「我的手不重要啦。」

搭住她的肩膀，直視那雙濕潤的眸子。

「有件事得麻煩妳。」取下掛在臉上的半罩式純白面具，遞了出去。「戴上這副面具，設法聯絡阿光。」

「聯絡莊同學？」熒雨潼眨了眨眼，「我該跟他說些什麼？」

「跟他說，我們需要一枚子彈。」

「一枚子彈？」她歪著頭，不解其意。

「放心，我自有安排。」

給她一抹自認燦爛的笑靨，熒雨潼遲疑半晌，才回以相形可人的笑容。

「朱綉大姊，我也有件事要麻煩妳。」棘蛛精挨在熒雨潼身邊，警戒似地低頭望我。我說：「不過得先跟妳說，這不是個友善的手段。」

「只要能保護雨潼，什麼手段我都願意。」

「這麼帥的臺詞，我也好想說一遍呢。」

我伸出食指，在她的蜘蛛腹部寫了幾個字。朱綉大姊起初對突如其來的失禮行為感到不悅，正想後退，隨即壓低身子，俯視揚起嘴角的我。

「我明白了。」

「謝謝妳。」

正欲轉身，朱綉大姊的前腳輕輕勾住我。「你確定這方法可行？」

「就像妳說的，」我露齒一笑，「只要能保護熒雨潼，什麼手段都願意——這點對我來說，也是一樣的。」

站在一旁的熒雨潼摀住雙頰，羞紅了臉。

事實上我不過是重複朱綉大姊的話，聊以安撫她們的心，希望別被誤解才好。

橋樑另一側，書檮凝結的冰球已超過熱氣球的大小，身後的炎熱氣流提醒著我朱雀正如影隨形，不容遲疑。萬事皆備，只剩下以命相搏的決心和勇氣。

吁一口氣，我踏步向前，穿越被火灼燒的熾燄橋面，昂首立於特二號高架跨溪大橋中央。

我的身後，是掉落於裝甲車旁的白虎宮印；橋樑右側，朱綉大姊一邊保護熒雨潼，一邊等候我的指令；橋樑左側，毀壞車陣後方，書檮依計製造的巨大冰球仍在凝聚，形體不斷增大。

穩住氣息保持靈裝，半瞇雙眸，瞪視朱雀那對炯炯銳利的橙黃杏眼。

「原本跟你無冤無仇，根本沒必要鬥成這樣。可惜你不只燒了我一隻手臂，還不打算放過熒雨潼，甚至燙傷書檮……」握緊雙拳，感覺體內靈力正朝右半身竄流。「此刻的我，對你只剩一句話。」

抽出暗藏腰後的八枚咒符，背誦書檮曾經默唸的咒語。

抬起右臂，彎起併攏的四指比出挑釁手勢。

「來吧，你這隻該死的自焚鳥！」

龐大的朱雀壓低頸項，預備展翅的瞬間，我振臂擲出手中的咒符。

八枚咒符飛向火鳥，在祂身邊依序形成八道六角形靈板，每片靈板的範圍雖不及書欅施展時的一成，卻仍將強悍的朱雀牢牢困住。身於八卦六角陣的朱雀激烈掙扎，雙翼猛力拍擊，不出數回，轉眼已將靈板打出裂痕，隨之而起的焚風熱氣不斷向我襲來。

「書欅，給我冰球！」

專注施咒的書欅被我一喊，略顯困惑地遲疑片刻，隨即便了然於心似地，左臂一揮，將巨大冰球緩緩推向困於靈板之中的朱雀。

冰球受到熱風影響，每分每秒都在融化；儘管如此，我仍以眼神示意，要書欅繼續推動冰球。

接下來就是我獨自負責的部分。

假設白虎之力產生的風刃並非單純揚起的風流，而是透過某種原理，在空氣中劃出銳利的月牙……

金可斬切，亦可收斂；能夠用強，也可示弱。

現在的我，需要能夠砍斷一切的力量。屏氣凝神，憑藉意念將靈力集中於手腕與指尖，腦中描繪月牙風刃的構築形態，導入「可能」的白虎特性。深吸一口氣，緩緩釋放心中意念，倏地拔出腰間的桃木劍，朝空無一物的前方劈砍。

「白虎靈裝．真空風刃！」

四周並未擾起任何氣流，我與朱雀之間的空氣卻被俐落地斬切開來，無聲的寂靜彷若無事，前方滾燙的熱氣卻已完全解消。

白虎之力，金之斬伐，以去蕪的特性將我腦裡描繪的目標——朱雀周圍的空氣——全數掃空，製造一個以八卦六角陣為中心的局部真空狀態。朱雀不斷揮舞羽翼，卻沒揚起一絲熱風；祂張開朱紅鳥喙，卻吐不出聲音來，覆於真空，火苗無法燃起，熱氣也無法傳遞。

胸口有如重壓的衝擊，讓我明白自己無法掌控這等力量。

無所謂，反正我只需要十秒。

不再為熱風阻礙的巨大冰球，頃刻已飛至朱雀頭上。剎時，周遭傳來震耳欲聾的啪搭聲響。定睛細瞧，一架漆黑的武裝直昇機，赫然現於百公尺外的高空。

一道細小的亮光，伴隨啪地一聲清響，書樗的大型冰球驀然爆破。

以冰爆為信號，依計改動靈流配置，解除難以維持的真空狀態。冰球爆破的瞬間，在真空狀態下從固態直接化作液態，數噸重的水流嘩然傾洩，以撲天蓋地之勢沖擊朱雀的身軀。

失去熾燄護體的火鳥，面對突如其來的大水，險些撲落地面，好不容易掙扎振翅，撞開八卦六角陣的祂，微弱的火焰有如即將燃盡的柴火，似乎已無再次復燃的可能。朝著直昇機方向伸出拇指，體內洶湧而起的劇痛讓我雙腿一軟，跪倒在地。

沒有璽印便貿然施展神獸之力，猶如以嬰孩之身承受成人之重，難耐的痛楚與四散的沁涼之感，說明體內靈力逐漸消散，如此一來，不是再次與白虎失去聯繫，就是如同機場捷運事件那般靈肉俱滅。

渾身是傷的朱雀沒有示弱，即使僅存些許火苗，仍舊散發氣場強大的怒意。

照這情勢，無法動彈的我將在數秒內死亡。

「沈雁翔！」

書樗的叫聲才剛入耳，數以百計的冰錐已朝朱雀飛去。

火鳥抬高右翼，果斷承受子彈般的冰錐攻擊，仰頭長鳴，繼而揮出強力無比的左翼。與此同時，威震四方的虎吼響徹雲霄，身長三丈的白虎神獸驟然出陣，迅速地揮撲利爪，猛力撕扯火焰微弱的鳥翼。朱雀尖聲高鳴，振拍雙翅急欲竄上天空，卻被白虎大口一咬拽回地面。

失去靈裝的我全身癱軟，意識恍惚，眼看就要昏厥。

「……天地之下，萬物諸靈在上，但願——」

『甭唸了。』

不同於白虎的女性聲音逕自傳入腦中。

朱綉大姊按照原訂計畫，在白虎離身的瞬間寄宿入內。

異於平常的靈流，一陣冷，一陣熱，好似水流，又似火焰，兩相矛盾的靈力在體內奔竄，無數靈子宛如居無定所般躁動不安，讓人心神不寧。

只見躲於右側的熒雨潼抱著頭發抖，忍受來自面具的痛楚。

『電擊雨潼的賬，晚點就跟你算。』

「知道了啦……」

白虎正與朱雀交戰，體內的靈流卻仍暴躁不安。書楟繞開神獸角力的危險戰區，來到我身邊，緊皺眉宇嘖了一聲，使勁賞我一巴掌。

「妳幹什麼啊，我的靈魂都要散了……」

「明明沒什麼實力，還逞什麼英雄！」書楟的聲音有些顫抖。「你的肉體早就不行了，靈力狀態大概也已混亂不堪，萬一白虎離身的瞬間直接斷氣，要我怎麼跟姊姊交代！」

才說完，她又舉起手來補一記耳光。

事先將面具交給熒雨潼，為的是藉由內建的等量電流，創造靈流失序的巧妙空檔，讓宿主與寄宿靈屬進入短暫分離的狀態。

那個狀態，正是朱綉大姊趁隙轉換宿主的空檔。

這是危險的賭注，不只賭足夠移轉的時間，更是賭我不會立刻招致靈流失序，化身喪失理智的半蜘蛛。

「對、對不起嘛！別再打了，我真的會被妳打死！」

「真的會被你氣死！」

書檮雖然又打又罵地抱怨，卻低垂眉睫，伸出手，溫熱的掌心穩穩地貼上我的胸口。

「躺下來。」

「咦……？」

「別囉唆，躺就對了！」她一把拉住我的頸項，向下強壓。

我的頭直接壓在書檮腿上。

「總之，先去除浮躁的念頭，設法定下心來。」她這番話，好似在哪聽過。她輕點我的眼皮，說：

「闔上雙眼。」

「啊？」

「叫、你、闔、上、雙、眼！」

又被罵了，只得乖乖照做。

「現在，想像你身於寧靜無風的草原。」由於緊閉雙眼，書檮的聲音顯得有些飄渺。「那是一望無際的廣袤綠野，你獨自站立於綠茵之中，無論怎麼墊腳眺望，都只看見無邊無際的青翠芳草。」

一時間，腦中真的隨她的話映出廣闊無邊的偌大草原。

這才想起，過去詩櫻也曾給過同樣的指導。

「你在空地躺了下來，背部感受柔軟泥土的特殊觸感，鼻間嗅聞清新的草香，大自然的能量逐步瀰漫胸腔，接著往身體各處流淌……」

不知不覺間，體內的靈力緩緩沉澱，不再浮動游移。

書櫄的話語仍在持續。微微睜眼，發現她也伴著我闔起雙眼，薄薄的櫻紅唇瓣道出溫柔的撫慰語句。

「你感覺身體慢慢漂浮起來，彷彿小草們將你的身軀托離地面，一陣清風緩緩吹來，你的意識……咦？」

她冷不防睜開雙眼，直直對上我的目光。

「你、你怎麼……」書櫄的臉瞬間通紅。

「對不起。」我撇過頭去，覺得耳根發燙。「我、我已經好多了。」

「沒事了就趕快給我起來！」

第三個巴掌因為已與朱綉大姊完成寄宿聯繫，便不覺得疼。

穩定調節靈流之後，我撐起身子直望前方。白虎不愧為天之四靈，西方神獸，儘管身形不比朱雀巨大，力量和速度卻不相上下。失去烈焰護體的朱雀既無法給予白虎致命打擊，長期寄宿於凡人體內的白虎也沒有足夠力量壓制對方，勢均力敵的雙方持續拉鋸，纏鬥不休，沒有任何一方占上風。

「書櫄，我現在這種狀態能維持多久？」

「你指的是與棘蛛精的寄宿關係，還是身為人類的渺小性命。」

這傢伙居然還在生氣。「當然是前者。」

書櫄哼了一聲，凝聚幾枚冰錐，瞇起眼來瞄準朱雀。

「寄宿關係的久暫端視你和棘蛛精的信賴程度，在我看來，那傢伙不怎麼相信你。」她抓住一回白虎跳離朱雀的瞬間，天女散花似地接連扔出數枚冰錐掩護。「我想，大概八分鐘左右吧。附帶一提，身為人類的性命大概是十秒鐘。」

「……後面那部分我可沒問。」

書樗的冰錐這回成功扎入朱雀體內，甚至貫穿羽翼，稍微影響祂的展翅速度。然而，火鳥身上的火焰卻越來越旺，看似正在回復實力。

值得慶幸的是，隨著時間流逝，越接近巳時，我們的勝算就越高。

冷不防地，微弱細小的哭聲傳入耳際。

我和書樗面面相覷，無法理解這道聲響從何而來。

「沈同學！靈巫小姐！」頭戴半罩面具的熒雨潼努力揮舞右臂，指向神獸角力的位置。「那邊的車子裡，有個孩子！」

順著她的指尖，看見一輛翻覆的紅色鈴木汽車，位於前座的男女動也不動，看來不是昏厥，便是已經斷氣。後座則有一名哇哇大哭的小孩，令人捏把冷汗的是，車子就在白虎和朱雀附近，隨時可能被不長眼的激戰波及。

才剛踏出一步，襯衫立刻被人拉住。

「你該不會想去救人吧？」書樗睜大雙眼，瞪著我說：「憑你現在的狀況，別說救人，過去之後沒被朱雀打死已是萬幸。況且，還不知道棘蛛精在你體內能發揮多少力量，貿然行動的話……」

正當我倆僵持不下，位於橋樑右側的熒雨潼率先奔上前去，鑽進車內，企圖拯救不住哭泣的小孩。

『雨潼！』

體內靈流伴隨朱綉大姊激動的情緒，奔竄而起的徹骨凜寒讓人難受至極。

書樗用力咂嘴，「那個大白癡到底在幹什麼！」

她伸出左臂，凝聚數把冰槍擲向朱雀，似乎想藉此轉移其注意力，同時鬆開揪住我襯衫的右手，朝我攤開手掌。

「東西給我。」

「什麼東西？」

「別裝傻。」她用力踢我一腳，「把東西給我。現在，立刻！」

無可奈何，只得從後方口袋掏出隱藏的環形物體——炫出明光的玄穹法印。

反射晨光的晶亮表層，專屬神靈寶具的無暇滑面，倒映著我和書樗的臉。

「這是以防萬一而已，真的不是——」

「隨便啦，」書樗將玄穹法印掛上手腕。「這時也只能說句『還好你把這東西偷偷帶來』了。」

「呃……謝謝？」

「呆耶，你以為姊姊會不知道？她守護法印多久了，絕不會『被偷』，只會『讓你偷』，懂嗎？」

我想也是。雖不知道書樗要這東西做什麼，此刻也只能乖乖聽話，交出寶具。

「去吧。」她努努下巴。

滿臉疑惑的我，回頭望她一眼。

「看我幹什麼，還不快去救她！」

被這麼一吼，連忙邁開腳步，朝鈴木汽車的方向奔去。

朱雀與白虎鏖戰正酣，並未注意熒雨潼的行蹤。附近不少正冒黑煙的燃燒車輛，暫且不論神獸交戰的區域有多危險，光是汽車隨時可能爆炸的風險也夠教人擔憂了。

沒想到熒雨潼身手俐落，三兩下救解開糾纏變形的安全帶，抱出受困的小女孩。

不料此時，被白虎使勁咬住的朱雀猛然墜落，眼看就要砸上正待脫身的兩人。我急著嘗試感受體內靈流，卻沒得到相應的反饋，顯然維繫肉身已是朱綉大姊所能給予的全部助力了。

想來可笑，幾秒之前，我還妄想著蛛絲彈和蛛網的力量呢。既然如此，只能取出腰間布囊的起風咒符應急。我飛快使出一記略顯粗糙的風柱，擊向因墜落地面而踉蹌的朱雀。朱雀專注對付白虎，不意被我偷襲式的攻擊打中左側，身軀歪斜，恰好避過那輛鈴木汽車。

「熒雨潼，快來這裡！」

發現我的身影，嬌小的勇敢少女抱起嚇得泣不成聲的孩子，朝此奔來。朱雀高聲鳴叫，揮舞雙意向上奮起，重新回到空中，似乎對風柱造成的損害相當介意，回身疾速朝我俯衝。我倒抽一口氣，連續施展三道破魔咒，卻遭一一化解。

連忙牽住熒雨潼的手，咬緊下唇思忖可能的脫身之計。

『唉，真是的。』

朱綉大姊的語氣像耐著性子教導頑皮學生的老師。

『蛛網的術式叫棘蛛天網，蛛絲彈則是棘蛛明珠。』

頃刻間，身子輕盈不少，原先用來支撐雙腳的力量得到無形助益，左臂的痛楚也稍微減緩一些。我遵照指示，以不便施力的左臂攬住熒雨潼，定睛向前，拔出尖端早已燒焦的桃木劍，調節部分靈流，默唸正確的靈術名稱後使勁一揮，青黃色的蜘蛛大網順著劍指方向乍然出現。

俯衝直下的朱雀連忙煞停，迴旋急轉，勉強閃避迅速的攻勢。

乘此空隙再次揮出一張蛛網，接著調整靈流，預判朱雀的飛行位置，發射十枚蛛絲彈，隨即拉起熒雨潼往後跑，朝跨江大橋中央某輛靜止的聯結車奔去。

不遠處的書樗早已築起一道冰牆，阻礙朱雀的行動。白虎躍身咬住火鳥的左翼，利爪拉扯，成功轉移其注意力。終於可以喘一口氣了，我撇撇嘴，輕輕敲了熒雨潼的頭。

「啊嗚……」

「還『啊嗚』咧，朱綉大姊目前在我體內，失去最強守護靈的妳，居然還輕舉妄動。萬一救人不成，從死一人變成死兩人怎麼辦？」

『是死三人。因為雨潼一死，我會立刻吞噬你的靈魂。』

朱綉大姊默默冒出一句可怕的話。

熒雨潼緊抱懷裡不斷哭泣的孩子，淚眼汪汪地看著我，動了動嘴。

『雨潼說，「剛才太驚險了，我只能這麼做。對不起。」』

又是這種捨己救人的麻煩性格。

「還有你，身為男孩子就不該哭哭啼啼——」注視那名孩童，我眨眨眼，清清喉嚨說：「抱歉……身為一位淑女，妳愛怎樣就怎樣唄。」

「……！」

『雨潼說，「沈同學是性別刻板印象者！」』

「囉唆，世上最麻煩的就是女人了。」

兩枚冰彈驀地打中我和熒雨潼的後腦。

「抱歉打擾兩位獨處的美好時光。」乘於冰板漂浮而來的書樗緊皺眉頭。「在你們切換到休閒模式前，請回頭看看那隻火鳥好嗎。」

百公尺外，朱雀身上的烈焰已然回復八成，雙翼冒起的蒸氣幾乎將祂沐浴於水霧之中；反觀白虎，身上多出數道燒灼的傷痕，似乎難以承受來自空中的連番攻擊。我明白，不久之後，白虎將喪失抵禦朱雀的力量。

「身為白虎宿主，希望你充分明白寄宿者消滅後，自身靈魂的下場。」寄宿的白虎一旦消滅，我的肉身也將隨之四散，化作飛灰，蕩然無存。

「……該死。」

「雖然你用非常投機的分離靈裝讓白虎獨自行動，卻也無法改變現在的寄宿關係。坦白說，我們已被逼到絕路了。」

此刻維繫我生命的，是戰鬥後必然離去的朱綉大姊。無論如何，白虎必須返回我的體內，但朱雀的力量逐漸恢復，即使重啟白虎靈裝，剩餘靈力已如風中殘燭，沒有足夠的靈能再次施展真空之刃。

走投無路了嗎……

苦惱之際，只見書櫲雙手叉腰，一副傲然迎戰之姿。

「為什麼妳看起來不像被逼到絕路的樣子？」

「對靈巫來說，殘局才是最有意思的時刻。」她揚起嘴角，展露狂妄自大的笑容。「越是絕望的時刻，越能顯現自身的終極價值。」

「雖然妳說了句帥話，卻無法改變幾分鐘後將遭烈火吞噬的命運。」

「真的很笨耶你。」書櫲雙手抱胸，斜瞪著我。「你是不是認為在恢復實力的朱雀面前，回收白虎並釋放棘蛛精，使用金之屬性太冒險了？」

「不是嗎？我可不像妳，頭大身體小，卻有滿滿靈力——痛！」

「誰跟你胸部小！」

「我明明就是說身體小……」

書櫈哼了一聲，悠然掏出金光輝煌的玄穹法印。

「多虧你這傢伙捎來這個玩意兒，現在才有新的分支可走。」

「玄穹法印？」我皺著眉，凝視曾經帶來諸多困擾的物品。「這東西只能收納並保存靈力，有辦法擊倒朱雀？」

「收納和保存是法器的共通功能啦，講白了是很基礎的消極效果。」書櫈哼出鼻息，說：「玄穹法印專屬的鎮壓靈屬之效，並無消滅、解除或擊退的力量，面對朱雀可能有點棘手……不過，我沒打算用。」

「不打算對祂用？」

書櫈放開雙手，脫離掌握的玄穹法印發出微弱光芒，懸浮半空。

那是我曾見過的，移轉靈力術式。

「正確的移轉術式是將全部靈力置入某個容器，那容器不只要能吸收，還得能夠釋放。依據靈道文獻，能夠充當容器的只有名為清羅天宮七法器的神靈法寶；玄穹法印，正是其中之一。」

玄穹法印周圍的光芒越來越亮，炫目的晶亮使我體內的靈流變得安定。

書櫈就在身邊，聲音卻像來自遠處，飄渺得宛如空谷回音。

「透過玄穹法印，我會施展一道特別的術式，將靈力轉移給你……」

聽到靈力轉移，直接聯想到詩櫻溫暖的雙唇。

似乎察覺我神色有異，書櫈不禁皺起眉頭，說：「姊姊之所以採行親吻這種物理層面的緊密連結，是因為情況過於緊急，沒時間等待術式施展才會出此下策。——喂，可別以為我會親你！」

「我才是不願意的那個好嗎。」

嘴上這麼說，但我真的以為移轉靈力的術式包含接吻這道程序呢。

在書樗無暇分神之時，保護熒雨潼和小女孩的任務自然落到我肩上。

「朱綉大姊，一旦書樗完成靈力移轉，趕在白虎返回我體內前，向妳解除寄宿關係需要多長時間？」

『不清楚。當然，目前也無法排除最壞的可能。』

「無法與我解除連結的可能嗎？」

『唔哼，你並沒有外表看起來的那麼愚蠢。』

我一直都不愚蠢好嗎，真是沒禮貌的蜘蛛。

白虎的劣勢越來越明顯，原有的勢均力敵，變成一面倒的挨打。朱雀的火焰越發旺盛，怕是已完全恢復力量，周圍烈焰沖天，幾刻前的煉獄情境重回腦海，喚起無以名狀的恐懼。霎時，朱雀吐出一道熔岩火柱，白虎迴避不及，右半身直接吃下這記超過負荷的吐息。

踉蹌摔飛的白虎被我施放的蛛網妥善穩住。

自認擊倒白虎的朱雀，轉頭直視我們，被巨大神獸緊盯的壓迫感，逼得我喘不過氣。

趁自己還能行動，先以蛛網聚集附近車輛，在熒雨潼和書樗身邊架出一道陽春的護牆。然而，火鳥卻擺動雙翼揚起熱風，不費吹灰之力便摧毀我辛苦搭建的防線，看來光憑棘蛛精的力量，根本無法對抗火之神鳥。

與我對峙的朱雀突然停止攻擊，頸部後仰，大張鳥喙。

一柱強烈火焰直撲而來，足以吞噬萬物的高溫，伴隨滾燙難耐的熱流，幾乎將我完全熔解。

說時遲，那時快，淨白的龐大身軀傲立於前。虎神頭也不回，看都不看我一眼，挺直身軀，揚聲怒吼，以肉身擋下那道宛如地獄烈火的熊熊熾燄。

視野所及皆為無窮烈焰，彷彿永無止盡，燃燒不歇。烈焰力道逐漸減弱之時，白虎的形影也越發模糊，形體漸趨透明，有如蒸氣凝像，若有似無，虛無飄渺。

我知道，神獸白虎正在死去。

「書樗，不能再等了！」

取出始終藏在身上，最後一張由詩櫻親手撰寫的金色咒符。

「萬寶靈神，五神齊喚。玄天帝敕，降於凡身。急急如律令。」

擰起金符高舉眼前，朝向白虎的位置，複誦出記憶裡那柔和之聲曾經禱唸的咒語。周遭毫無動靜，彷彿什麼也沒發生，白虎的身軀仍在消散，猶如晨光驅散薄霧，即將消失殆盡。

凜冽至極的涼意扎上胸口，瞬間瀰漫周身。

「笨蛋，現在的你——」

書樗的聲音異常清晰，我卻無法辨別音源方向。大腦沉得像填塞數塊巨石，四肢無力，整副軀體宛如安上人偶細線，意識與魂魄隨時想分散脫離。

我的靈力幾乎用盡，倚賴棘蛛精朱綉大姊的寄宿才保住一命，此刻卻將超過負荷的白虎降回體內，有如擅自運作雙重靈裝，必得再嘗苦果，經歷機場捷運事件當時，靈肉俱毀、瀕臨死亡的局面。

即便如此，我也不願放任白虎消失。就算賠上性命……

若有似無的輕巧力道將我拉了起來。

九降書樗桃子般的圓潤小臉近在眼前，不知為何，她的側馬尾有道奇異的金光。定睛一瞧，原來光源屬於玄穹法印。晶亮的環形物體懸浮半空，湧出源源不絕的靈能，散發著炫目的神聖光芒。

「真是讓人傷腦筋的傢伙。」書樗眉頭緊皺，噘起小嘴。「都開始懷疑你是故意的了！」

她闔上眼，將臉蛋貼了過來，略顯冰冷的小小唇瓣就這麼疊上我的唇。

沁涼之感自唇間擴散，體內混亂奔竄的靈力產生劇烈震盪，突然注入的靈能慢慢凝聚新的秩序。隨著靈力流轉漸趨穩定，白虎回歸後產生的劇痛驟然消逝，剩下的是殘留唇瓣的柔軟觸感，和撲鼻而來的淡淡清香。

書樗緩緩睜眼，目光迷濛一瞬，旋即轉為滿懷怒火的瞪視。

——伴隨力道強勁的巴掌。

摀住左頰，驟然發現手臂和指節已布滿虎紋，趕緊拔下一根頭髮，果然也已化為雪白，顯然我已成功完成聯繫，再次啟動白虎靈裝。體內的朱綉大姊並未離去，雙重靈屬同時並存，靈力通暢流轉的沉靜之息，讓人感到分外舒適。

書樗傳遞而來的龐大靈力，幫了至關重要的大忙。

靈能恢復穩定的同時，朱雀停下揮舞的羽翼，懸浮於空，鳥喙大張垂直朝下，布滿周身的熊熊烈焰驀地爆燃，火龍捲般的熱流以祂為中心急遽收束。

這副預備動作，預示著專屬於烈火煉獄的熾燄吐息。

「書樗，後方的防護就交給妳了！」

「啊？」

見我面對烈焰卻毫無所動，書樗皺起眉頭，連忙築起一道冰牆。冰牆建構的速度很慢，顯然靈力存量因移轉的緣故而有所不足。

「你是現在唯一能夠與祂匹敵的人耶！你不出手阻擋，是打算做什麼啊？」

「擒賊，先擒王；打蛇，打七吋。」

「你在說什——喂！」

雙腳一蹬躍起身子，白虎靈裝直接把我帶到十公尺高的半空中。朱雀施放這道致命的煉獄吐息時，除了護體烈焰和熱流蒸氣等消極防禦之外，身軀周圍可說是破綻百出。若能趁機給予關鍵一擊，便能確實占取上風。

尖銳的鳥喙接連迸出猶如熔岩噴發的熾燄吐息，特二號高架的大漢溪橋段瞬間捲入火海，視線可及的橋墩逐漸熔出大洞，滾燙的柏油滴滴答答地落入溪中，蒸出驚人的濃濃水霧。

書樗換上第二層冰牆，躲在牆內的熒雨潼等人被熱浪蒸得渾身冒煙。

趁著朱雀專注吐息，無法分神的剎那，我揮出右掌，連續擲出八張帶有金之收斂特性的巨大蛛網。堅硬的蛛網懸於朱雀四周，恰好停在距離熱風稍遠的適當位置。握緊早已焦黑的桃木劍，半瞇雙眼聚精凝神，將靈力調節至十指之間，達成全新的穩定狀態。

瞄準朱雀頭部周圍的空氣，我咬緊牙關，奮力一搏，驅動白虎的金屬性之力，揮劍砍出一道尚不知名的靈術，垂直的斬擊切開烈焰周圍的熱流，帶有去蕪特性的劈砍將火柱和飛行所需的空氣全數消除。

身軀龐大的火鳥頓時墜落，周身火焰消失無蹤，失去神獸應有的靈性外觀，玄妙的朱紅軀體此刻如同稀鬆平常的野禽飛鳥。祂不住拍打雙翼，嘗試掙扎飛出真空範圍，我將事先暗伏的八張蛛網徹底收束，牢牢困住神獸朱雀。

體內靈流變得些許紊亂，倘若繼續施術，可能招致靈肉俱滅的危險；然而，短暫的優勢局面不容我逃脫保身。吁一口氣，降回地面，將全身重心集於左腳。

朱雀不斷衝撞蛛網，卻被蛛網挾帶的金之屬性完全束縛。

眼角餘光瞥見身後不住顫抖的熒雨潼，以及瑟縮在她懷裡的小女孩。

所有神明都是為了照料、守護和賜福，才降臨於世的。我想，身為神靈的朱雀，雖說受到不明妖物的欺罔，發起攻擊的理由仍是為了穩定失序的玄靈領域，拯救凡塵世俗的一切萬物。或許，祂在捍衛某種我不明白的真理；而我，只想保護數以萬計的無辜百姓。

想要守護被我牽扯進來的每一個人，想要拯救每一個需要我的人。

這是我和她的約定。她擁有的世界太過寬廣，她守護的領域太過重要，她的存在幾近不可動搖。對比之下，我的靈魂和性命簡直輕如鴻毛。

我以耗盡肉身僅存的力量，咬牙向前橫踢一腳。

這記踢擊，逕直穿透真空之域，切碎我所築起的蛛網之陣，將帶有收斂特性的絲線全數斬斷。強力的月牙之刃在真空狀態下，既未旋起風流，亦未揚起波動。

專屬白虎的破空牙刃，毫無阻礙地砍上朱雀的身軀，將足以遮天的華麗羽翼切成兩半。

火鳥昂首張口，卻因置身於真空之中，任何聲響都無法傳出。

剎時眼前一黑，感覺膝蓋撞上什麼，鼻頭隨即碰上堅硬的地面。

原來，在最後的最後，我連站立的能耐都沒有。

體內靈流一逕消散，身體沉得好似填滿千斤水泥，意識不斷往下墜落，混沌得彷若即將死去。

脫離了真空領域，身受重傷的朱雀使盡全力掙脫蛛網，發出震耳欲聾的尖聲高鳴。氣憤至極的火鳥不住嘶鳴，使勁揮舞無法飛翔的羽翼，揚起足以焚燒山林的熾熱風流。

祂曲起長長的頸部，張大鳥喙直朝向我，熊熊的烈焰正在聚集。

叮鈴——

背對日光，熟悉的鈴鐺聲響，伴隨一陣芬芳清雅的花香。

我側倒在地，看見那雙白皙小腿向前踏出優雅的步伐，無視即將迸發的熾燄吐息，挺身立於朱雀面前。

震耳欲聾的轟然巨響後，足以熔斷橋樑的煉獄火柱朝此迸射而來。

少女駐足不移，右手的食指和中指之間挾著一枚金黃色的精巧鈴鐺。

眼看烈焰即將竄燒而至，竟似碰上一堵無形的圓弧屏障，無論火鳥吐息的力道如何強勁，始終無法成功突破。一道接著一道，無止境的熊熊火焰持續噴射，施展屏障的少女依舊不為所撼，悠然抬起右手輕晃兩回，掌中的鈴鐺隨之發出叮鈴清響。

「聖之鏡屏。」

沉穩的輕柔聲調，帶著自然散發的端正肅穆，神態威儀，鎮壓四方。

連發而至的烈焰吐息打上弧形屏障，彷彿受力反射，紛紛朝向迸發烈焰的神獸朱雀襲去。超乎預料的反擊讓火鳥猝不及防，雖然慌忙止住吐息，仍舊覆於自己吐出的烈焰之中，一時無法脫身。

少女拎起玄穹法印，環上左腕，緩緩張開雙臂。

「負風猛吏，風火將軍。……無違誓願，普救群生。急急如律令。」

未曾聽聞的咒語傳入耳中，伴隨朱雀震天動地的高聲悲鳴，身形龐大的火鳥漸漸隱去，宛如被自己的火焰蒸發，肉身形體一點一滴地消散。

少女蹲下身來，將金色的符紙貼在我的肩頭，神獸白虎瞬間脫離軀體，宛如接受召喚一般傲然躍出。凶猛的白虎直直撲向朱雀，大口一張，將身影淡薄卻仍不住低鳴的火鳥徹底吞噬。

待我回神，白虎與朱雀皆已消失蹤影，不知去向。

少女取下左腕的玄穹法印，神態優雅地環上左大腿，隨後蹲下身子，面露足以傾城的美麗笑靨。

身穿桃紅道袍，鬢髮繫著鈴鐺，宛若天仙的九降詩櫻近在眼前。

「妳來了。」

「我來了。」詩櫻輕輕撫上我的臉頰。「抱歉，比預期中稍微慢了一些。」

「這個遲到的代價很大，妳可得做好心理準備。」

「好的。」她的笑容動人心弦，讓我彷彿獲得救贖。

意識越來越模糊，連她指尖的溫度都感覺不到了。

「我要死了嗎？」

「你覺得我會讓這種結果發生？」詩櫻嫣然一笑，將我擁入懷中。「沒事的，雁翔，我在這裡。一切都會沒事的。」

我像個孩子一樣，感受漫布周身的無盡暖意。

聆聽她悅耳的聲音，終於斷卻最後一道思緒。

闔上雙眼，沉沉睡去。

第十二節　片刻歇息

學期最後一天，佇立於豔陽之下，渾身佈滿汗水，無一例外地卡在肌膚表層，極為不適。身旁的阿光卻似不受影響，高舉左臂，拚命用腕環機拍照。

事實上，不只是他，幾乎所有學生都心甘情願地頂起烈日，忍受汗水淋漓的黏膩苦痛，專注於腕環機的攝影功能。

「你不拍嗎？」

突然來到左側的李輕雲用手肘頂我的臂膀。

留著清涼短髮的她，不畏豔陽，一身純白潔淨的制服，彷彿剛從冰庫出來似的，清爽得不見一點汗漬。

凝視前方，立於司令臺中央的是，依然無法扣好襯衫第一顆鈕釦的九降詩櫻。

她似乎正以新任學生會長的身分，說明暑假期間的注意事項。佇立在旁的是今日卸任的學生會長令云翺，以及頂起大啤酒肚、幾乎全禿的校長。令云翺仍然梳著標誌性的西裝頭，虛偽的笑容不再，神情略顯落寞。

「簡直像個失戀的少年。」李輕雲哼笑一聲。

「畢竟不擅於拒絕的詩櫻，居然婉拒他的建議，放棄前任學生會的一切資源，全部從頭做起。」

李輕雲眯起眼來，笑盈盈地仰首瞧我。

「這是什麼表情？」

「感覺你和櫻櫻的心靈距離變近了呢。作為媽媽的我，感到非常欣慰。」

「妳這種用鼻孔看人的傢伙怎麼當媽媽。」

「你說什麼！」

直到班導出面制止，李輕雲才停下接連揮落的拳頭。

明明是她在打我，卻是我一人被罵，這世界真不公平。

「李輕雲。」

「幹嘛？」

「謝謝。」

「……」

「妳這什麼臉？」我皺起眉頭，說：「我也是會向人道謝的好嗎？」

「好噁。」

「妳這傢伙……」按捺揮拳的衝動，我清了清喉嚨。「媒體的事，謝謝妳了。」

「別客氣，這次的假新聞我可是寫得很愉快呢。」她咧嘴一笑，說：「『軍事機密的運輸車隊發生意外』，這理由還不錯吧？畢竟我們有個會讓犯人被移送到其他國家、讓飛彈打中自己人、讓承包商害列車翻覆的中央政府嘛。話雖如此，『虎騎士』在現場拯救一名女孩的故事就藏不住了，畢竟不能滅口。」

「滅口……妳這消息控管手段也太殘暴了吧。」我湊到她耳邊，悄聲說：「這次死傷如此嚴重，還幾乎熔斷整座高架橋，能藏得了嗎？」

「你想問的不是這個吧？」她覷起雙眼，泛出笑意。

「……嗯。」

「坦白說，我有預視到重大傷亡的結果。」

「那——」

她伸手制止了我。

「一直以來，我以雷霆特勤隊的總長身分，暗中解決這些百姓無法理解的異常事件。中央政府為這類事件取了個專有名稱——超越凡常之特異事件案例，簡稱超常事例，好比說，你和櫻櫻牽扯其中的願景館囚禁事件和機場捷運劫持事件，以及此次牽涉神獸朱雀的『特二高架斷橋事件』，都是不能攤在世人面前的殘酷事實。」

李輕雲的湛藍雙眸轉瞬變得有些憂愁。

「要隱藏超常事例，不只需要預視能力，還需要足以抗衡的超常力量。很多時候，即便知道即將發生慘劇，卻無法找出萬全之計，只能兩害相權取其輕，採取『較不會洩漏資訊』的方法。」她面帶苦笑，搖頭聳肩。「你絕對無法想像，當我發現預視能力會被推翻時，內心有多麼害怕，又有多麼高興吧？」

「這有什麼好高興的？」

「倘若預視結果百分之百正確，掙扎的舉動不就顯得十分可悲？」

這倒也是。

如她所說，干涉未來是違規行為，尤其行為本身徒勞無功，無法對未來產生改變時更是如此。畢竟，毫無意義的變因，只是個把事情變得更麻煩的觸媒。

「但現在不同了。」她搭上我的肩，說：「既然你能改變我所預視的未來，能在保全己身性命的前提下守護櫻櫻，就代表我所看見的『那個未來』並非沒有更好的結局。」

「妳到底看見什麼未來？」

她揚起嘴角，給我一個饒富深意的微笑，有如汪洋深處的無垠幽暗，又似世界僅存的一絲希望，五味雜陳的心情，與千頭萬緒的意念，交織成這張耐人尋味的俏麗笑靨。

「沈雁翔，你覺得末日會是熾燄的荒土嗎？」

李輕雲執起我的手，傳來一股冰冷的寒意。

「所謂的末日，是撲天蓋地的闇影，和無窮無盡的惡意。」

她不著邊際的話語就像扎於心頭的針，細微卻不容忽視，時時感覺刺痛。

一如往常地，在事件落幕當日，她便消失得無影無蹤。

返回因為假期將至而喧騰躁動的教室，一進門，發現眾人圍在左側前排的冷門位置。——那是熒雨潼的座位。

「我還沒跟妳算上次的帳！」盛氣凌人的語調聽起來特別熟悉。

「不、不要這樣扯……」熒雨潼的聲音有些顫抖。「我的衣服……」

「妳這傢伙，為什麼說話的聲音莫名其妙變大了！」

「我、我、我、我沒有……」

我大嘆口氣，擠過人群，伸手一拉。身穿國中部制服的九降書樗被我輕鬆拎起，像隻小貓一樣發出叫喊，不斷掙扎。

「為什麼妳一個國中生，跑高中部的頻率高得像跑廁所啊？」

「首先，我跑廁所的頻率沒那麼高；其次，你看這個！」她掏出口袋裡，仍未繡上衣服的盾形東明校徽。「從今天起，我就是高中部的學生了！」

「那也不代表能在這裡撒野！」

脫離書樗魔爪的熒雨潼，泛紅雙頰，立定雙足朝我鞠躬。

依然聽不見她的聲音，我將耳朵湊上前去。

「沈同學，關於之前那些事情……真的很謝謝你。」

「這種小事不用一直道謝啦。」

「可是，要是沒有你的幫忙，我跟朱綉姊便無法順利結合——」

不知為何，似乎只有「結合」二字成功傳入同學耳中，只見他們紛紛皺起眉頭，朝我投以挾帶震驚的嫌惡目光。

「我、我什麼也沒做，真的！」

「怎麼會呢？」熒雨潼緊緊握住我的手，「明明可以棄我於不顧的，是沈同學的好心腸讓我保住一命。不過，捏我胸部就有點太過了……」

「喂喂喂，等一等，請大家聽我解釋！」

熒雨潼這傢伙，不論是惹惱書樗還是毀人名譽，都比大聲說話還更擅長。

表象呆萌的可怕女孩。

讓我順利避免社會性死亡的是臉上洋溢莫名幸福神色的阿光。

躲在走廊盡頭，他打開腕環機，向我細數自己拍到的照片。

「這張是望向左邊的小詩櫻，這張是瞄向下方的小詩櫻，這張是領巾飄動的小詩櫻，這張是——啊，不好意思，這張是我珍藏的聖誕版月兔小美。」

「喂！」我用力敲他的頭，「你應該不是叫我來看照片吧？」

「當然不是，我是叫你來挑照片——嗚哦！」

被我搥了一拳，阿光才點開另一份文件。

「如你所說，雷霆特勤隊確實有對遺落在臺65線的白虎宮印進行研究。我的朋友說，光要駭進那個資料庫就得花費三分鐘呢！」

「聽起來沒有很久。」

「她入侵國防部的飛彈系統只需要四十五秒。」

對比之下，三分鐘還真的有點久。

「缽碗的材質是常見的混合銅，不是什麼罕見的貴金屬，旗幟也很陽春，唯獨那個白虎圖騰，卻是靈道信仰的正宗筆觸。更重要的是，缽碗和旗幟留有同樣的指紋。」阿光瞇起雙眼，「是人類的指紋。」

「至少能確定不是妖怪所為。」

在靈道信眾遍布全島的前提下，還需要更多素材才能揪出真兇。

「另外，有個不太重要但頗有蹊蹺，令人在意的小事。」

「你在意的都不會是小事。」

阿光輕聲一笑，旋即收斂表情。

「小翔，你聽過『梟貓』嗎？」

完全沒有印象。見我搖頭，阿光點了點頭。

「機場捷運劫持事件發生之後，暗網出現一位自稱『梟貓』的人，四處打聽蛇咒水和御儀姬的情報。當然，真正的蛇咒水早已全被銷毀，這種釣魚式的詢問只會惹來雷霆的注意，不可能買到真貨。」

阿光打開一份加密資料，點開一張模糊的照片。

照片中，有個奔跑的瘦長身影，長有黑毛的雙腿粗壯無比，兩臂末端卻如鳥爪一般尖銳，背上生了對靛青色的飽滿羽翼。由於影像太過模糊，難以辨識究竟是術師的靈裝，抑或單純的妖物。

「小翔不覺得這對翅膀好像在哪看過嗎？」

定睛一瞧，我皺眉低喃：「墓坑鳥。」

阿光點點頭，關閉投影畫面。

「雖然看起來不是很重要，甚至可說與特二高架事件毫無關聯，但……」

「你覺得世上不可能有這種巧合，對吧？」

「不愧是你，這麼懂我。」

阿光露齒一笑，重新點開裝滿詩櫻照片的資料夾，要我挑選。

我的唯一選擇，就是再搥他一拳。

胸前一陣擾動。大概是睡飽了吧，小倉悠悠地鑽出我的制服口袋。

「翔哥哥，」她揉揉眼睛，「今天也去追狐狸嗎？」

我摩娑她毛茸茸的頭，「今天就放假一天吧。」

仰望蔚藍晴空，我和多數學生一樣，深陷舒適放鬆的懶散氛圍。我也無意當個不解風情之人，在這麼好的天氣，這麼好的日子裡執行追捕任務。

「小倉最喜歡放假了！畢竟，翔哥哥是壓榨人的慣老闆嘛！」

「……看來得好好質問一下，到底是誰教妳這些用語的。」

幾個小時後，東明學院就要進入歡樂悠閒的暑假狀態，這是我上高中後的第一個暑假，也是第一個不受神靈侵擾的暑假。即便如此，腦中無法放鬆休憩的我，跑馬燈似地不斷揣想追捕狐狸的計畫。

獨自坐在空無一人的操場外圍，陣陣清風拂面而來，不知過了多久，腦袋逐漸放空，不覺萌生一絲睡意。

「哇！」

「哇啊！」我被突如其來的聲音嚇了一跳。

「欸嘿嘿，雁翔躲在這裡做什麼呢？」

詩櫻俏皮吐舌的模樣，著實可人，讓人想輕啄一口。

她輕壓裙襬，挨著我的臂膀坐了下來。

「貴為學生會長，擅自跑來偷閒是否有點不太敬業？」

「是『下任』學生會長。」詩櫻噘起嘴尖，「才剛交接而已，正式上任得等到九月開學。」

「聽起來真麻煩。」

「那是因為沒人要幫我。」

「就算妳跪下來求我，我也絕對不會加入學生會的。」

「那如果我緊抱住你，不讓你回家的話，會不會答應呢？」

「……別鬧了。」

「你忍心讓我一個人忙東忙西？」那雙俏皮的杏眼直勾勾地瞅著我。

「還不是妳自己拒絕令云翺那群前輩的幫助。有學長姊的照應，出面引薦新成員的話，不是更好上手？」

「雁翔真的很不誠實。你明知道我會拒絕云翺的建議，甚至不讓前輩們幫助的。」她瞇著眼笑，小巧的頭輕輕靠上我的右肩。「事到如今，你要我用什麼表情面對云翺？不管我帶著怎樣的情緒，都不可能坦然相待了。」

「沒辦法，畢竟妳是個容易讓人誤會的女孩。」

「是啊，幾乎每週都會被人表白，真的有點困擾。」

這句話也未免太奇怪了，尤其出自詩櫻之口。

側頭一望，只見她露出小惡魔般的竊笑，瞇起眼來瞧著我。

「雁翔剛才有一瞬間覺得很不自在吼？」

「才沒有。」

「是不是覺得『我的詩櫻怎會說出這種話』？」

「並沒有——等等，『我的詩櫻』是哪來的措辭，給我改一改！」

幾個月來，不論是她還是我，性格或多或少有了些許改變；詩櫻比過去更能拒絕不太合理的要求了，只誠摯地希望，她別反過來拒絕我的請求才好。

「突然好想睡唷。」她撬起嘴，打了個呵欠。

「那就睡吧。直到醒來之前，我都會陪著妳的。」

「萬一我不醒來呢？」

「我還是會陪著妳。」

「嗯。」她闔上雙眼，漾起燦爛的笑容。「我知道。」

倚靠肩頭的女孩，輕柔的呼吸逐漸沉緩，胸口起伏也漸趨穩定。

凝望她的睡容，我也覺得睏了。

經過一段時日的修行，我慢慢理解靈道術式的基本原理，同時逐步充實體內的靈能。這些努力並不是用來強化白虎宿主的身分，而是想讓自己擁有足夠的實力，在最關鍵的時刻能夠挺身捍衛應當守護的人。

虎騎士的塑造者，正是九降詩櫻。她的願望，她的夢想，她的期盼，是我致力追求的終極目標。無論等在前方是天堂，還是煉獄，我都會全心全意地實踐她的理想。

撥開她覆於額前的平直瀏海，在白皙的額上輕輕一啄。

正想闔眼歇息，腕環機突然發出通話來訊的響聲。接通之後，聽見護理師小姐以顫抖的聲音述說令人費解的話語：銀白長髮、銀色眸子、蒼白臉龐、身材高挑的女人……太多資訊，一時難以消化。

諸多訊息，諸多猜測，諸多陌生的關鍵字。

我只讀出一道至關重要的訊息。一個讓我瞪直雙眼，魂不附體的噩耗。

我的妹妹心柔，不見蹤影了。

——第二卷完——

書末彩蛋　亡命之徒

一直覺得想睡。

感覺自己睡了好長時間，卻怎麼也撐不開眼皮，濃濃的睡意讓腦袋變得沉重，讓人只想深深入眠。

身穿乳白色連身裙的高挑女人，留著一頭足以反射月光的銀灰流瀑長髮。她化身為美麗的狐狸，攜我穿越大街小巷，遠離霓虹閃耀的凡俗塵囂。

「請問……」

打算請教芳名的我，總覺得她似曾相識，實在是問不出口。

「請問，我們要去哪裡呢？」

「真有趣。」

「咦？」

「妳沒有先問『妳是誰』呢。」

銀色狐狸展露一抹不輸明媚月光的美麗微笑。

「兩年來，我一直等著今天。」

「今天……？」我的心頭突然抽痛一下。「今天是什麼日子？」

「是妳甦醒的日子呀，心柔。」

甦醒？我果然睡了很久，這段時間都沒清醒？一直睡覺的話絕對活不了，我想，原本可能身在家中，或是醫院。

「我的名字叫心柔嗎？」

「是的。」銀狐的輕俏步伐稍稍減緩，小心領著我越過一片荒地。「妳的靈魂受到難以負荷的傷害，在兩年前的某天完全破碎了。」

「我死了？」

「傻孩子。」她的笑聲尖細，卻不刺耳。「如果是的話，現在妳又怎能與我說話？倒是有件重要的事情得說：我不是鬼，也不是人。」

「這我看得出來。」我猶豫半晌，說：「您是一隻狐狸。」

「我的小狐狸唷。」她側轉過頭，尖尖的嘴稍微咧開，好似一抹微笑。「身長接近一米的才是狐狸，我這種超過兩米長的叫狐狸精。」

披覆銀毛的狐狸精，帶我奔馳於市郊之間，速度不快也不慢，彷彿深怕一不注意就會讓我摔落地面，不時回頭確認狀況。

「狐狸精小姐，請問我該怎麼稱呼您？」

「我是無名妖物，沒有名字。」

「但我不想以狐狸精稱呼您，這太沒禮貌了。」

「那是妳們人類的庸俗禮儀。」銀狐爽朗地發出悅耳笑聲。「話雖如此，無法好好稱呼我的話，妳也不太方便吧。」

我點了點頭。

「心柔，妳想幫我取名字嗎？」

「我有這個資格嗎？」

「嚴格來說，妳不具備賦予我真正名諱的客觀地位。」

銀狐跳上一道防洪設施，穿越低矮的草地，沿著河岸前進。由於弄不清楚方位，只能憑藉月亮和不可靠的第六感，私自揣測應該正朝南方前進。

「不過，」她輕聲一笑。「姑且當作幫我取個暱稱如何？」

我不認為取暱稱是件容易的事。

幾乎無法憶起任何事情的我，光是記住自己的名字已費好一番功夫，遑論替人起名。銀狐側過頭，瞅了我一眼，突然發笑。

「妳也未免想得太認真了，我的小狐狸。」

「因為……名字和暱稱都是很重要的東西呀！」

「明明連自己的名字都忘了，還能說出這麼偉大的話，真不容易。」

「唔……」

奇怪的是，腦中挖不出任何記憶的我，卻無法接受隨意替人取名的行為，可能是天生個性使然，或者記憶深處潛藏著某種近似準則的基礎價值觀，並未隨著長期沉睡而自然消失。

要說真能想起什麼，關鍵必在身上存留的物品。

衣服口袋中，只有一個褪了色的草莓吊飾。我想，這一定是非常重要的東西，或許是某位重要人士交給我的特別飾物。

「別想得太複雜，隨便挑一個就行。」

「就算妳這麼說……」思忖半晌，我試探性地問：「狐狸精小姐，您覺得『翔』這個字如何？」
「不行。」
「咦？」
「這個字不行。」
「好、好的。」
我對她不假思索的拒絕感到意外，決定將這疑惑藏於心底，容後再想。
「那麼，『恩』這個字呢？」
「我能問問為什麼嗎？」
「因為，」我環抱著她毛茸茸的身軀，說：「您是對我有恩的人，這個字特別適合。」
銀狐持續奔跑，一時之間沒有回話。
才以為自己無意間惹對方生氣時，她卻驀然輕笑一聲。
「這個字不錯，我喜歡。」
「太好了。」我也笑了，「從今天起，我就叫您小恩姊了。」
「發現妳不斷使用敬稱，我就一直有個疑惑……妳一定得把我喊得這麼老嗎？妳就沒想過我其實還很年輕？」
「我聽說，狐狸精每一百年會分裂尾巴一次。」
「所以？」
「小恩姊的尾巴……」
「……別說了，敬稱就敬稱吧。」

我不禁笑了，再次將她緊緊環抱。鼻間充盈獨特的乳香，宛如她剛泡過牛奶浴一般。

「回答妳最初的問題，」小恩姊悄聲說：「我沒打算帶妳去什麼地方。」

「那為什麼一直往前跑呢？」

小恩姊沒有馬上回答。四周景色不斷改變，唯一不變的是，我們的位置從未靠近光亮處，始終背負陰影前行。

「這裡充滿不斷傷害妳的人事物。」小恩姊的聲音相當飄渺。「去個沒人的地方，行嗎？」

「嗯。」我想都不想便如此回答：「只要能跟小恩姊在一起，去哪裡都好。」

無消確認，也能輕易猜測小恩姊此刻的表情。

直到月亮離開頭頂，稍微向旁移動，才注意到我們早已遠離人境，朝著某座山頭邁進。小恩姊似乎對周遭環境非常熟悉，不走鋪設完善的石階或棧道，只在矮樹叢間穿梭。一面注意不被雜草樹枝絆著，一面保持速度，以優雅的身姿靈巧地迴避穿透葉緣的月光。

霎時，她驀然停下腳步，險些讓我跌落地面。

這是小恩姊數小時內的首次止步，以為到達終點了，卻看見立於密林之間，一頭被鳥群包圍的烏黑野獸。下一秒，野獸化為人形，背上長了對似鳥非鳥的靛藍羽翼，目露冷冷的淺青之光，在夜空下顯得陰森駭人。

小恩姊的背部肌肉稍微收縮，保持警戒，靜靜鵠候，蓄勢待發。

青眼之人深深地彎腰，行了個近九十度的鞠躬大禮，態度極為恭敬。

小恩姊猛然向後一蹬，扭過身子打算離去，發現身後早被無數鳥群包圍，毫無逃跑的空隙。對方緩緩恢復站姿，無視小恩姊的貿然之舉，瞇起那對淡青眸子咯咯地笑。

他的上半身被烏黑獸毛覆蓋，背部羽翼輕輕擺動，揚起陣陣微風。

「兩位姑娘，冒昧打擾了。」

其聲音陰柔尖銳，好似古裝戲劇中太監說話的特殊音調。

「我的名字是梟貓。既非梟，亦非貓；似人，亦非人。」

圍繞他的既不是月光也不是曈光，而是濃厚的詭異紅霧。

待雙眼適應黑暗，赫然發現堆置在他身後的是滿山遍谷的屍體。那些屍體的特徵是同樣的制式黑色裝束，不知是軍人，還是警察。

咧開嘴笑的青眼之人，長長的獸牙上殘留幾根藍色髮絲。

他伸出沾滿鮮血，長著尖甲的非人之手。

剎那間，令人難耐的刺痛感自頸部向外發散，胸口、脊椎、四肢……

「沈心柔，銀月妖狐，本人在此誠摯地邀請兩位——」

他大展雙臂，發出尖銳的高亢語調。

我的手臂慢慢浮現驚悚怪異的青色紋路。

「與我一起支配這個不解風情的世界吧！」

——書末彩蛋　亡命之徒　完——

後記　熾焰淬煉的虎騎士

時隔半年，《玄靈的天平》正統續作終於出爐了！

讀完前作與本作的讀者們，謝謝各位的支持與鼓勵，未來我會繼續發展這個系列，讓故事延續下去的！讀過前作，但尚未購入本作的讀者們，強烈向你們推薦這次的故事，雖說同樣歷經波折，詩櫻和雁翔之間的糖度可謂大幅上升，甜得不要不要的呢！至於完全沒接觸過本系列的各位，感謝你們翻閱這本小書，若是喜歡本作的風格與人物，還請多多支持，謝謝！

按照慣例，打頭陣的是最重要的感謝環節。

《玄靈的天平II——蛛絲、冰晶與熾焰的大地》（下稱《天平II》）的出版，必須感謝長年支持我寫作的父母、被迫撰寫推薦序的業珩、熱心推薦且傾力相挺的尹崇恩會計師、最早閱讀本作原稿的堂弟、所有按讚支持「秀弘今天依舊寫不出來」粉絲專頁的各位、購買《玄靈的天平——白虎宿主與御儀靈姬》（下稱《天平I》）的眾多讀者們、信任《天平》系列的秀威出版社，以及買下本書的各位讀者。

有了你們，才有今天這本書，也才有名為秀弘的我。

正如繁星照耀夜空那般，你們照耀著我。謝謝。

※　※　※　以下文字可能會有劇透風險，建議先讀完本書　※　※　※

各位喜歡這次的故事嗎？

如同原先的構想，《天平Ⅱ》的故事內容已逐步帶領各位深入「聖眷的候鳥系列」共同世界觀了，如果沒什麼意外，不久後應該會正式向大家介紹其他的子系列，拓展現有的世界觀。

首先，照例說些冷知識。

第一個冷知識：《天平Ⅱ》與《天平Ⅰ》的實體書出版雖然只隔半年左右，原稿的寫作期間卻相差三年之多（本作的初稿完成日期為二〇一九年），這也是為什麼《天平Ⅱ》的筆觸更接近現在的寫法；實則，緊接著《天平Ⅰ》完成的是其他子系列的三本書，由活躍於不同領域的獨特人物為主角，探討與《天平》系列截然不同的主題，未來有幸便會送到各位眼前，還請稍微期待一下。

第二個冷知識：本作登場的熒雨潼和令云翱兩名角色，在前作中就有描述了，大家可以回去找找這個小彩蛋哦！第三個冷知識：在原來的版本中，令云翱真的有乘機親吻到詩櫻，真的有親到！新版本就刪掉這畫面了，讓詩櫻在他嘗試的時候立刻推開。至於為什麼改嘛……

話說回來，本作的內容全寫在副標題上了呢！蜘蛛精的宿主熒雨潼、冰晶靈巫九降書檮和天之四靈的南方神獸朱雀，幾乎以肉眼可見的程度劇透了（喂）。

除此之外，要特別注意的還有「靈道信仰」的設定核心。

靈道信仰是詩櫻和書檮等靈術師所尊奉的神靈信仰，並不是道教細分的宗派，而是相當於獨立宗教的抽象概念。靈道信仰的體系結構的外觀和用語，與融合佛道釋的臺灣傳統信仰相近，存在著符紙、咒語、法器、草藥、煉丹、冥想、練氣和道術等要素，靈術與武術則是獨門特徵，此外，還擁有異於傳統信仰的嚴謹配置和職務位階（如九宮主或六十四戌等），雖然整體全貌尚未透露，各位可以稍微先記得「這是個發跡於明鄭時期，以今日新北市新莊地區和板橋地區為發展核心，於日治時期擴大成為及於亞太地區的重要民間信仰」。未來當然會繼續探索這個特別的信仰，現在暫時請大家記住書裡出現的特殊名詞就好。

此外，本書透過強力的新人物書檮作為基準，以側面描寫的方式讓始終無法大顯身手的詩櫻，充分展現身為最強靈巫的凜然風範。對我來說，撰寫《天平》系列時最大的困境不是點子或情節，而是「如何限制詩櫻的力量」；詩櫻在設定上是無法搖撼的最強存在——至少在輕雲可預視的範圍內確實如此，這也導致撰寫有她在場的戰鬥畫面時會綁手綁腳，窒礙難行。

這便是前作和本作的最終對決中，詩櫻總會姍姍來遲的真正理由。

不過，我可以在此向各位保證，《天平》系列的下一冊，詩櫻將不會再受任何外在限制，能夠發揮應有的完整實力。

當然，前提是出得了下一冊啦……

熒雨潼就有點特別了，在最初的大綱裡，我將她定位為第二冊的第一女主角，但隨著書檮的戲份增加和九降家的篇幅越顯重要，雨潼「目前」就只是個被迫捲入的悲情人物，退居為第二女主角。（就連封面的比例都產生改變了……）

書檮就不用說了，身為九降詩櫻的親妹妹，重要性不言而喻。雖說客觀上也強悍足以動搖平衡，卻因為擁有傲嬌屬性，又比詩櫻弱了一截，相對更好發揮一些。此外，作為映襯本作主題「火」的冰靈術師，形象也挺帥的呢，各位可以稍微期待她未來的表現。

至於令云翺嘛，就不提了（喂喂）。

朱雀的登場，預告了《天平》世界觀裡存在著與白虎同等級，甚至更強大的靈屬之物。以本作的描述來看，朱雀在戰鬥初期的表現似乎比白虎好——當然，這只是「似乎」而已。根據核心設定，陰陽五行相生相剋，神獸守護的方位亦是旗鼓相當，孰強孰弱，往往取決於當下的環境、宿主的肉身和剩餘的靈能。本作中，幾乎沒進行過靈道修練的雁翔，就算利用書樗移轉的靈力完成靈裝，進而成功施展金之屬性，仍然無法撂倒元氣大傷的熾焰朱雀。事實上，特二高架的戰鬥中，書樗、雨潼和朱綉起了特別關鍵的作用：書樗強大的冰靈術成功擋下烈焰吐息，並製成冰球解消朱雀之火；雨潼則在緊湊的戰鬥中，出手拯救無辜百姓，避免死傷；寄宿於雨潼體內的朱綉大姊，則彌補了雁翔不足的靈能和失去白虎的空缺。眾人聯手，相依相助，缺一不可。

正因為每個人物彼此照應，齊心協力，才順利將朱雀囿於高架橋上，直至巳時御儀姬凜然登場之際。盡可能讓每一個人成為關鍵拼圖，是本系列一貫的作風。

※　※　※　以下文字沒有劇透風險，請安心閱讀　※　※　※

最後，老樣子地必須迎來道歉的環節。

眾所皆知（？），無論正職或副業，我是個進入工作狀態就不想管其他事情的人。二〇二一年十一月十六日，我的責編石先生來電討論另一本書的事宜，同時詢問了《天平II》的進度，眾所皆知（？），《天平》系列作目前的原稿共有三冊，聖眷的候鳥系列也已累積了七冊原稿，每冊皆為可獨立閱讀的長篇小說。換言之，《天平II》的進度當然是100％——我也是這麼回答石編輯的，他希望我撥空提供原稿以利出版事宜，我應諾了。

——然後我在同年十二月才寄出原稿（喂喂喂）。

這都不是重點（喂）。

重點在於，得知原稿即將進入出版流程，我心想「好，從頭修一下稿子吧！」便兀自埋頭修稿，完全忘記回一封信給石編輯。

事情發生在收受合約書草約的四十八小時後，出版部來了通電話。

「請問是秀弘老師嗎？我是書豪——你應該還記得我吧？」

「記得、記得，當然記得。」

「我們之前寄了一封信，不知道您有沒有收到……？」

「有的、有的，當然有的。」

「那……不曉得您什麼時候方便……」

「啊，」我發現石編輯想講的是「你這傢伙既然都收到信了怎麼不回」，連忙解釋道：「我想在寄出原稿前重新修一下……」

「……………………？」

「這、這樣到時候應該也會比較快，」我遲疑了幾秒，「吧？」

「哦……好，我知道了，那再麻煩您囉。」

事後想想，就算在一校前順完原稿，到了一校和二校不也得從頭再看一輪嗎，這麼一來貌似變成四校後才送刷，有點太……

真的非常對不起！第一時間居然沒把原稿送出去，讓人以為沒收到信，甚至寄丟了！隔著手機都能感覺到石編輯臉上滿滿的無奈——真的非常不好意思！

接下來依舊得向繪製出超精緻封面的韭方老師道歉。雖說之前就和韭方老師談好要在二〇二二年一月動工，也很早就寄出封面委託內容，但我卻在跨年後一直耍廢，完全沒有follow這件事，以致於度過很長、很悠閒也很快樂的作業空窗期（喂喂喂）。明明早就和韭方老師約好了，卻沒有更早寄出契約書，後來還針對人物站位及身體細節作出大幅改變，實在非常抱歉！所幸韭方老師依舊發揮高超精緻的繪製專業，賦予《天平II》兩位新人物最貼切也最到位的形象，並畫出位於背景後方，充滿壓迫感與威嚇力的朱雀。

再次感謝您飛快的畫筆和精湛的呈現，抱歉讓您大幅改動，真的是太抱歉了！您筆下的書樗和雨潼實在太可愛啦！「聖眷的候鳥系列」能由韭方老師負責封面，真的是太好了，還有很多很多本呢，未來也請您多多關照——！（喂）

接著老樣子得向全心全意協助完稿檢查的母親大人道歉，每次都寫超過十萬字的長篇作品真的非常抱歉！錯漏字和誤用詞語的狀況超多也非常抱歉！在您百忙之中天天問「老媽妳稿子看完了沒」，真的非常抱歉！然後，未來的「每一本書」也麻煩您幫忙檢查了！（慢著）

另外也得向幫忙寫推薦序的業珩及尹會道歉，兩位案牘勞形，日理萬機，還能撥空完成如此長篇的序文，讓人感激涕零，日後若有所需亦將傾力相助，以報此次撰序之恩！（這什麼古代語氣啦）

當然也得向老是被我寫成事件重災區的新莊道歉，不只讓機場捷運崩塌砸毀一片黃金地段，還讓臺65線特二號高架橋這條堪稱新莊南下命脈的道路遭到烈火熔斷，實在非常抱歉，未來還請繼續增建指標性建築，讓我有更多的場景可以選擇！（喂）

最後，依舊得向詩櫻道個歉，首先不只讓妳重要的「朋友」雁翔身邊多出兩位迷人的女孩，還讓妳差點被人親了，更害妳生了場大病……不過嘛，也不是完全沒有好事的嘛，是不是？（這又是哪門子道歉）

看完本書的各位，相信已經發現「聖脊的候鳥系列」世界觀特別龐大的事實了，在往後的故事中——無論《天平》系列或其他子系列，還會以各種不同的面向、觀點和概念繼續延展。

很高興能與各位分享這個在我心中擁有特殊地位的共同世界觀。

謝謝你們的購買與閱讀，我是秀弘，希望有緣能再相見。

釀奇幻66　PG2740

玄靈的天平 II
──蛛絲、冰晶與熾燄的大地

作　　者	秀　弘
責任編輯	石書豪
圖文排版	陳彥妏
封面插畫	韭　方
封面設計	蔡瑋筠

出版策劃	釀出版
製作發行	秀威資訊科技股份有限公司 114 台北市內湖區瑞光路76巷65號1樓 電話：+886-2-2796-3638　傳真：+886-2-2796-1377 服務信箱：service@showwe.com.tw http://www.showwe.com.tw
郵政劃撥	19563868　戶名：秀威資訊科技股份有限公司
展售門市	國家書店【松江門市】 104 台北市中山區松江路209號1樓 電話：+886-2-2518-0207　傳真：+886-2-2518-0778
網路訂購	秀威網路書店：https://store.showwe.tw 國家網路書店：https://www.govbooks.com.tw
法律顧問	毛國樑　律師
總 經 銷	聯合發行股份有限公司 231新北市新店區寶橋路235巷6弄6號4F 電話：+886-2-2917-8022　傳真：+886-2-2915-6275

出版日期	2022年4月　BOD一版
定　　價	350元

版權所有・翻印必究（本書如有缺頁、破損或裝訂錯誤，請寄回更換）
Copyright © 2022 by Showwe Information Co., Ltd.
All Rights Reserved

讀者回函卡

Printed in Taiwan

國家圖書館出版品預行編目

玄靈的天平. II : 蛛絲、冰晶與熾燄的大地 / 秀
弘著. -- 一版. -- 臺北市 : 釀出版, 2022.04
面； 公分. -- (釀奇幻 ; 66)
BOD版
ISBN 978-986-445-642-0(平裝)

863.57 111003391